# 中國語言文字研究輯刊

初　編

許錟輝 主編

第 **14** 冊

楚系簡帛文字研究（下）

陳　立 著

花木蘭文化出版社

國家圖書館出版品預行編目資料

楚系簡帛文字研究（下）／陳立 著 -- 初版 -- 新北市：花木
蘭文化出版社，2011〔民 100〕

目 4+248 面；21×29.7 公分

（中國語言文字研究輯刊　初編：第 14 冊）

ISBN：978-986-254-710-6（精裝）

1. 簡牘文字　2. 帛書　3. 研究考訂

802.08　　　　　　　　　　　　　　　　　100016548

ISBN-978-986-254-710-6

9 789862 547106

中國語言文字研究輯刊

初　編　第十四冊　　　　　　ISBN：978-986-254-710-6

## 楚系簡帛文字研究（下）

| | |
|---|---|
| 作　　　者 | 陳立 |
| 主　　　編 | 許錟輝 |
| 總 編 輯 | 杜潔祥 |
| 出　　　版 | 花木蘭文化出版社 |
| 發 行 所 | 花木蘭文化出版社 |
| 發 行 人 | 高小娟 |
| 聯絡地址 | 新北市永和區中正路五九五號七樓之三 |
| | 電話：02-2923-1455／傳眞：02-2923-1452 |
| 網　　　址 | http://www.huamulan.tw 信箱 sut81518@gmail.com |
| 印　　　刷 | 普羅文化出版廣告事業 |
| 初　　　版 | 2011 年 9 月 |
| 定　　　價 | 初編 20 冊（精裝）新台幣 45,000 元 |

# 楚系簡帛文字研究（下）

陳 立 著

# 目次

上　冊

凡　例

第一章　緒　論 ……………………………………………1

　第一節　寫作緣起 ………………………………………1

　第二節　研究材料與方法 ………………………………4

　第三節　研究目的 ………………………………………6

　第四節　章節安排與內容述要 …………………………6

第二章　楚系簡帛概說 ……………………………………9

　第一節　前　言 …………………………………………9

　第二節　楚國疆域 ………………………………………10

　第三節　出土材料介紹 …………………………………12

　第四節　楚簡帛資料斷代分期 …………………………26

　第五節　楚簡帛文字研究概況 …………………………46

　第六節　結　語 …………………………………………55

第三章　楚簡帛文字——增繁與省減考 …………………57

　第一節　前　言 …………………………………………57

　第二節　增　繁 …………………………………………58

　第三節　省　減 …………………………………………123

　第四節　結　語 …………………………………………156

第四章　楚簡帛文字——異體字考 ………………………165

第一節　前　言 ……………………………………165
第二節　異體字的定義………………………………166
第三節　偏旁或形體的增減 ……………………………169
第四節　偏旁位置不固定 ………………………………172
第五節　更換偏旁 ……………………………………197
第六節　形體訛變 ……………………………………218
第七節　其　他 ………………………………………225
第八節　結　語 ………………………………………229

第五章　楚簡帛文字──類化考 ……………………239
第一節　前　言 ………………………………………239
第二節　類化的定義 …………………………………240
第三節　文字本身結構的類化 ………………………244
第四節　受到其他形近字影響的類化 …………………245
第五節　集體形近的類化 ……………………………249
第六節　受語言環境影響的類化 ……………………277
第七節　結　語 ………………………………………280

中　冊
第六章　楚簡帛文字──合文考 ……………………283
第一節　前　言 ………………………………………283
第二節　合文的定義與「＝（－）」符號的用法 ……286
第三節　楚簡帛文字合文的內容 ……………………289
第四節　楚簡帛文字合文的書寫形式 …………………325
第五節　合文發展的特質與舉例 ……………………333
第六節　結　語 ………………………………………342

第七章　楚簡帛文字──通假字考 …………………347
第一節　前　言 ………………………………………347
第二節　雙聲疊韻通假………………………………351
第三節　雙聲通假 ……………………………………415
第四節　疊韻通假 ……………………………………424
第五節　對轉通假 ……………………………………500
第六節　其　他 ………………………………………510
第七節　楚簡帛文字通假的方式與原因 ………………520
第八節　結　語 ………………………………………524

**下　冊**

**第八章　楚簡帛文字與同域、異時文字的比較**………537

　第一節　前　言 ………………………………537

　第二節　楚簡帛文字與同域文字的比較 ……………538

　第三節　郭店楚墓《老子》與馬王堆漢墓帛書《老子》
　　　　　的比較 …………………………………577

　第四節　結　語 ………………………………593

**第九章　楚系簡帛文字與《說文》古文合證**…………597

　第一節　前　言 ………………………………597

　第二節　六國用「古文」說的提出與考辨 …………599

　第三節　楚簡帛書與《說文》古文關係論 …………608

　第四節　結　語 ………………………………641

**第十章　結　論** ………………………………643

　第一節　楚系簡帛文字之研究價值 ………………643

　第二節　本文之研究成果 ……………………645

**參考書目** ……………………………………657

　附錄一　楚系簡帛著作知見目錄（1940 年 1 月～1999
　　　　　年 1 月）…………………………………677

　附錄二　引用器銘著錄索引 ……………………707

　附錄三　古今《老子》版本釋文對照表 ……………715

　附錄四　馬王堆三號漢墓帛書《老子》甲、乙本與郭
　　　　　店楚墓竹簡《老子》甲、乙、丙本書影……739

　附錄五　《說文解字》古文與楚、三晉、齊、秦、燕
　　　　　五系文字對照表 ……………………767

# 第八章　楚簡帛文字與同域、異時文字的比較

## 第一節　前　言

　　所謂「文字聿興，音韻乃作」，音韻有時空上的不同，在時代上可以區分爲上古、中古、近代與現代音韻，在空間上則有不同的方言區，如：官話、吳語、閩語、晉語、客語、粵語、湘語、贛語、徽語、平話等；相對的，文字亦有時空的分別，在時代上約略可分爲：殷商的甲骨文與金文、周原甲骨文、周代的金文、戰國的六國文字、秦代的小篆、漢代的隸書等。在空間上亦有地域的差別，如戰國時期有秦、齊、楚、燕、三晉等五系的文字。〔註1〕各系所處的環境不同，文字也有不同的表現，郭沫若云：

> 江淮流域諸國南系也，黃河流域諸國北系也。南文尚華藻，字多秀
> 麗；北文重事實，字多渾厚。〔註2〕

胡光煒云：

> 北方以齊爲中心；南方以楚爲中心；二派蓋同出於殷而異流也。……
> 至齊、楚之分，齊書整齊，而楚書流麗。整齊者流爲精嚴，而流麗

〔註1〕 本文所謂戰國文字分爲秦、齊、楚、燕、三晉等五系的説法，係採取何琳儀《戰國文字通論》的説法。（北京：中華書局，1989年）。

〔註2〕 郭沫若：《兩周金文辭大系·序》（日本東京：文求堂書店，1932年），頁9。

者則至於奇詭不可復識。〔註3〕

又云：

> 古金文字派別，約有四涂。……一爲殷派。其下筆如楔而方折，……
> 二爲周派。其書溫厚而圓轉，其結體或取從勢，或取衡勢，然使筆多
> 不甚長。……其三爲齊派。其四爲楚派。兩者同出於殷，用筆皆纖勁
> 而多長，其結體多取從勢。所異者：齊書寬博，其季也，筆尚平直，
> 而流爲精嚴，楚書流麗，其季也，筆多宛曲，而流爲奇詭。〔註4〕

戰國五系的文字雖源於西周的文字，卻仍受到所處環境不同而有不同的表現，進而產生不同系統的文字。

　　同系的文字，雖然表現的情形應該相同，實際上卻會依書寫的材質以及應用的場合而有所差異，就刻鑄於青銅器與書寫於簡帛的文字而言，一般用於太廟的鼎彝所見之字多爲厚實穩重，見於兵器的文字則多有省減或草率的現象，書寫於簡帛的文字，以楚簡爲例，由於受限於書寫材質的寬度，文字多有省減與趨於扁平的情形。總之，雖屬於同系的文字，其間的表現亦不盡相同。

　　既然文字有時代的不同，又因書寫的材質與應用的場合有所差異，因此本文將分爲楚簡帛文字與同域文字的比較、郭店楚墓《老子》與馬王堆帛書《老子》比較兩節，分別觀察其間的同異及其特質。

## 第二節　楚簡帛文字與同域文字的比較

　　楚系文字雖與其他六國的文字不甚相同，可是究其源流而言，仍源於中原一帶而爲周代諸國通用的文字，由於身處高山大澤與雲煙變幻的自然環境，在環境的影響下，遂產生特有的文字風格。從書寫的材質言，可分爲銅器文字、貨幣文字、璽印文字、簡帛文字、陶器文字等，其中以銅器、簡帛文字爲出土文物的大宗，以下將以銅器與簡帛文字爲主，相互比較，藉以瞭解其間文字形體的差異及特殊性。

　　楚系文字的範圍，據何琳儀指出當自春秋中期以後，以楚國爲中心，其間

---

〔註3〕 胡小石：《胡小石論文集·古文變遷論》（上海：上海古籍出版社，1982 年），頁171。

〔註4〕 《胡小石論文集·齊楚古金表》，頁174。

包括吳、越、徐、宋、蔡、曾等國，以及漢水、淮河之間的小國。〔註5〕現今所知最早的楚文字，出現於西周晚期的青銅器上，如：〈楚公豪鐘〉、〈楚公豪戈〉與〈楚公逆鐘〉，〔註6〕其間的文字形體與同期的金文相近，「筆劃粗短，形體方正，字體大小不一」，〔註7〕發展至春秋早期仍承繼西周金文的風格；楚文字的發展直至春秋中期才有明顯的不同，如：

其：〈王子午鼎〉

鼎：〈王子午鼎〉

字體修長，筆畫波折彎曲，具有美術體的韻味。劉紹剛以為這種形體修長而且結構勻稱的現象，雖是當時流行的新書體的基本特徵，將之與他系文字相較，則以楚國與曾國的金文形體最為修長，而且在圓轉與盤曲的用筆上也最為突出。〔註8〕文字的發展過程，所產生的繁化與簡化，是兩種同時或交互的發展現象，可是偶爾也有朝向極端簡化或是繁化的趨勢。楚系文字富有特色之圓轉、盤曲、修長的形體，發展至一定的階段，又產生所謂的「鳥蟲書」，亦即在文字上添加一些鳥形或蟲形的紋飾，甚者更將文字置於次要的位置，美術化的成份極其濃郁，使得文字喪失實用的功能，也增加後人辨識上的難度。

　　盤曲、修長與圓轉的形體，以及飾以蟲、鳥等紋飾的文字，在文字使用者要求便利與速捷的條件之下，存在的空間日漸縮小，發展至戰國時期，盤曲、修長的形體已日漸減少，整體上又趨於勻整，其後或因受到簡帛上的文字影響，形體漸由修長趨向扁平，無論銅器或是簡帛文字，多有偏向於扁平與草率形體的趨勢。

　　文字的形體，會因書寫的材質與應用的場合，有不同的表現，同一系統的文字，當有相同或相異書寫的習慣。本節依文字的形體結構表現，以及書寫的方式，分為增繁、省減、文字異體與書體等四部分，先以表格方式將簡帛文字

---

〔註5〕《戰國文字通論‧戰國文字分域概述》，頁135。

〔註6〕劉彬徽：〈楚國有銘銅器編年概述〉，《古文字研究》第9輯（北京：中華書局，1984年），頁333～336。

〔註7〕黃靜吟：《楚金文研究》（國立中山大學中國文學系博士論文，1997年），頁83。

〔註8〕劉紹剛：〈東周金文書法藝術簡述〉，《周紹良先生欣開九秩慶壽文集》（北京：中華書局，1997年），頁7。

與銅器文字的相同與差異處，分別表述，然後再加以說明。〔註9〕

## 一、增　繁

「增繁」現象據本論文第三章「楚簡帛文字——增繁與省減考」所言，係指在一個文字既有的形體之上，添加一些新的筆畫、偏旁，或是重複其形體，對於原本記錄的音義不發生任何的改變。

### （一）將短橫畫飾筆「－」添加於起筆橫畫之上者

| 字例 | 簡帛文字 | 西周銅器文字 | 春秋銅器文字 | 戰國銅器文字 |
|---|---|---|---|---|
| 中 |  （天 1）<br> （包牘 1）<br> （仰 20） | |  〈王孫遺者鐘〉<br> 〈楚屈子赤角簠蓋〉 |  〈鄂君啓車節〉 |
| 下 |  （曾 50）<br> （包 33） | |  〈𪓐鎛〉 | ， 〈曾侯乙鐘〉<br> 〈鄂君啓車節〉 |
| 上 |  （曾 50）<br> （包 246） | |  〈蔡侯盤〉 | |
| 啓 |  （曾 155）<br> （包 13） | | |  〈鄂君啓舟節〉 |
| 坪 |  （曾 160）<br> （包 83） | | |  〈曾侯乙鐘〉<br>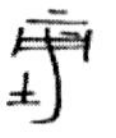 〈墉夜君成鼎〉 |

〔註 9〕由於具有相同現象的文字太多，再加上同一個字出現的情形亦是多見，於此無法詳細羅列，爲避免篇幅過於龐大，僅以舉例的方式處理。

| 諆 |  諆<br>(天1) | |  諆<br>〈王孫遺者鐘〉 | |
| 攻 |   攻<br>(天1)<br>攻<br>(包106) | | 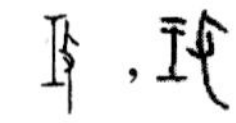 攻,攻<br>〈王孫誥鐘〉 |  攻<br>〈�君啓舟節〉 |
| 返 |   返<br>(天1)<br>返<br>(包121) | | |  返<br>〈鄂君啓舟節〉 |
| 其 |   其<br>(包7)<br>其<br>(包15反)<br>其,其<br>(郭·緇衣35) |  其<br>〈楚公家鐘〉 |  其<br>〈王孫遺者鐘〉 <br>其<br>〈楚嬴盤〉 <br>其<br>〈楚王領鐘〉 |  其<br>〈鄂君啓舟節〉 |
| 王 |  王<br>(包2) | |  王<br>〈姑馮昏同之子句鑃〉 | |
| 帀 | 帀<br>(包45)<br>帀<br>(包52) | |  帀<br>〈鄂君啓舟節〉 <br>帀<br>〈楚王酓忎鼎〉 | |
| 不 |   不<br>(包15反)<br>不<br>(包27) | |  不<br>〈王孫遺者鐘〉 <br>不<br>〈王孫誥鐘〉 |  不<br>〈鄂君啓舟節〉 |
| 期 |  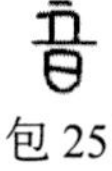 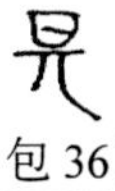 期<br>(包22)<br>期<br>(包25)<br>期<br>(包36) | |  期<br>〈王孫誥鐘〉 <br>期<br>〈王子申盞〉 | |
| 正 |  正<br>(包29) | |  正<br>〈王孫遺者鐘〉 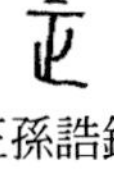<br>正<br>〈王孫誥鐘〉 |  正<br>〈楚王酓忎鼎〉 |

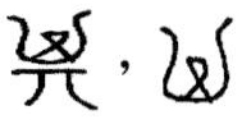

| | | | | |
|---|---|---|---|---|
| 苛 | <br>（包 37）<br><br>（包 135） | | | <br>〈楚王酓忎鼎〉 |
| 五 | <br>（包 45）<br><br>（包牘 1） | | | <br>〈楚王酓章鎛〉<br><br>〈噩君啓舟節〉 |
| 酉 | <br>（包 61） | | | <br>〈噩君啓車節〉 |
| 政 | <br>（包 81） | | <br>〈王孫遺者鐘〉<br><br>〈王孫誥鐘〉 | <br>〈噩君啓舟節〉 |
| 聖 | <br>（包 84）<br><br>（包 136） | | <br>〈王孫遺者鐘〉 | <br>〈曾姬無卹壺〉 |
| 聞 | <br>（包 130 反）<br><br>（包 157） | | <br>〈王孫誥鐘〉 | <br>〈郾客問量〉 |
| 所 | <br>（包 154）<br><br>（包 162） | | <br>〈王子午鼎〉 | |
| 天 | <br>（包 215）<br><br>（包 219）<br><br>（包 237） | | <br>〈倗戈〉<br><br>〈◻鎛〉 | |
| 侯 | <br>（包 237）<br><br>（包 243） | | <br>〈王孫誥鐘〉 | <br>〈楚王酓章鎛〉 |

將短橫畫飾筆「－」添加於起筆橫畫之上的現象，於春秋時期的銅器文字已經發現，如：天、正、政、攻、不等字，或添加飾筆，或未添加飾筆，並不十分的固定；文字發展至戰國時期，銅器文字或添加飾筆者，如：下、王、苟、正、政、侯、不、坪、酉、帀等字，或未添加飾筆者，如返、聖、聞、五、攻等字。一般而言，簡帛文字多有兩種不同的形體，亦即飾筆的添加與未添加二種，可是，卻發現簡帛文字未添加短橫畫飾筆「－」於起筆橫畫之上，卻在戰國銅器文字出現飾筆添加的現象，如：王字。短橫畫飾筆「－」的添加與否，沒有一定的標準，主要是受書寫者個人的書寫習慣與審美觀所造成的影響，從文字的結構言，除補白外，應有穩定字體的作用。

### （二）將短橫畫飾筆「－」添加於收筆橫畫之下者

| 字例 | 簡帛文字 | 西周銅器文字 | 春秋銅器文字 | 戰國銅器文字 |
|---|---|---|---|---|
| 至 | （曾121）<br>（信1.1）<br>（包16） | | 〈驫鐘〉 | |
| 室 | （天1）<br>（包233） | | | 〈曾姬無卹壺〉<br>〈楚王酓忎鼎〉 |
| 且 | （望2.10） | | 〈王孫遺者鐘〉 | |

將短橫畫飾筆「－」添加於收筆橫畫之下的現象，已見於春秋時期的銅器文字，添加飾筆者，如：且字；未添加飾筆者，如：至字。至戰國時期，銅器文字將短橫畫飾筆「－」添加於收筆橫畫之下的情形，並不十分一致，或添加飾筆、或未添加飾筆者，如：室字。一般而言，簡帛文字多有兩種不同的形體，亦即飾筆的添加與未添加二種。短橫畫飾筆「－」添加於收筆橫畫之下，並沒有一定的標準，其因素與添加於起筆橫畫之上的「－」相同，主要是書寫者個人的書寫習慣與審美觀所致，從文字的結構言，除了補白外，亦應有穩定字體的作用。

## （三）將短橫畫飾筆「－」添加於較長的豎畫之上者

| 字例 | 簡帛文字 | 西周銅器文字 | 春秋銅器文字 | 戰國銅器文字 |
|---|---|---|---|---|
| 羊 | <br>（曾 6）<br><br>（包 275） | | | <br>〈噩君舟啓節〉 |
| 屯 | <br>（曾 43）<br><br>（信 2.1） | | | <br>〈噩君啓舟節〉 |
| 凡 | <br>（曾 121）<br><br>（包 137） | | 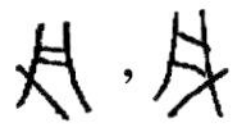<br>〈鼄鎛〉 | |
| 鼄 | <br>（曾 164） | | <br>〈鼄鎛〉 | |
| 庚 | <br>（天 1） | | | <br>〈噩君啓舟節〉 |
| 光 | <br>（望 2.13）<br><br>（包 207） | | <br>〈吳王光鑑〉 | |
| 赤 | <br>（望 2.40）<br><br>（望 2.49）<br><br>（包牘 1） | | <br>〈楚屈子赤角簠蓋〉 | |
| 內 | <br>（包 7） | | | <br>〈噩君啓舟節〉 |
| 市 | <br>（包 45）<br><br>（包 52） | | | <br>〈噩君啓舟節〉<br><br>〈楚王酓忎鼎〉 |

| | | | | |
|---|---|---|---|---|
| 不 | （包 15 反）<br>（包 102）<br>（包 121） | | 〈王孫遺者鐘〉<br>〈王孫誥鐘〉 | 〈鄂君啓舟節〉 |
| 南 | （包 154）<br>（包 231） | | 〈楚王鐘〉 | |
| 難 | （帛甲 4.25） | | 〈䣄鎛〉 | |

將短橫畫飾筆「一」添加於較長豎畫之上的現象，於春秋時期的銅器文字已經發現，如：赤、凡、光等字，亦見未添加飾筆者，如：不、南、䣄等字；文字發展至戰國時期，銅器文字或添加飾筆者，如：屯、庚、內等字，或未添加飾筆者，如：羊、不等字，或見添加與未添加飾筆二種者，如：帀字。一般而言，簡帛文字多有兩種不同的形體，亦即飾筆的添加與未添加二種。此種飾筆添加的現象，主要是書寫者個人的書寫習慣與審美觀所致，除了可以增加文字結構的穩定性外，也富有裝飾的意味。

### （四）將短橫畫飾筆「一」添加於從口的部件之中者

| 字例 | 簡帛文字 | 西周銅器文字 | 春秋銅器文字 | 戰國銅器文字 |
|---|---|---|---|---|
| 中 | （包 269）<br>（仰 20） | | 〈王孫遺者鐘〉<br>〈楚屈子赤角簠蓋〉 | 〈鄂君啓車節〉 |
| 楚 | （曾 122）<br>（望 1.124） | 〈楚公冢鐘〉<br>〈楚公逆鐘〉 | 〈楚嬴盤〉<br>〈王孫誥鐘〉 | 〈楚王酓章鎛〉<br>〈楚王酓肯簠〉<br>〈楚尚車轄〉 |

| | | | |
|---|---|---|---|
| 缶 | 含<br>（信 2.14）<br>含<br>（望 2.46） | | 中<br>〈佣缶〉 | |
| 以 | 𠃊<br>（包 2） | | 𠃊<br>〈王子午鼎〉 | |
| 事 | 𩁁<br>（包 16）<br>𩁁<br>（包 135 反）<br>𩁁<br>（包 161） | | 𤔌<br>〈王孫誥鐘〉 | |
| 競 | 競<br>（包 110）<br>競<br>（磚 1） | | | 競<br>〈劉篙鐘〉 |
| 舍 | 舍<br>（包 120）<br>舍<br>（包 133） | | | 舍<br>〈鄂君啓車節〉 |

　　將短橫畫飾筆「－」添加於從「口」部件中的現象，於春秋時期的銅器文字已經存在，添加飾筆者，如：以字，未添加飾筆者，如：中、事、缶等字，或二種現象皆有者，如：楚字；文字發展至戰國時期，銅器文字或未添加飾筆者，如：中、楚、競、舍等字。一般而言，簡帛文字多有兩種不同的形體，亦即飾筆的添加與未添加二種，可是卻發現簡帛文字未將短橫畫飾筆「－」添加於從「口」部件之中，而春秋時期銅器文字出現飾筆添加的現象，如：以字。此項短橫畫飾筆「－」的添加與否，與前面幾項飾筆的添加相同，並沒有一定的標準，它主要是書寫者個人的書寫習慣與審美觀所致，這種飾筆的添加則具有補白的作用。

## （五）將短斜畫飾筆「ˋ（ˊ）」添加於某字或偏旁的左側、右側、下方者

| 字例 | 簡帛文字 | 西周銅器文字 | 春秋銅器文字 | 戰國銅器文字 |
|---|---|---|---|---|
| 客 | （曾 171）<br>（包 6） | | | 〈鑄客鼎〉 |
| 後 | （包 2）<br>（包 227） | | | 〈曾姬無卹壺〉 |
| 得 | （包 6）<br>（包 102） | | 〈𠤳鎛〉 | |
| 事 | （包 16）<br>（包 135 反）<br>（包 161） | | 〈王孫誥鐘〉 | |
| 受 | （包 58）<br>（包 63） | | 〈王孫誥鐘〉 | |
| 弗 | （包 123）<br>（包 156） | | | 〈新郘戈〉 |
| 隻 | （范） | | | 〈楚王酓忎鼎〉 |

　　春秋時期銅器文字尚未見將短斜畫飾筆「ˊ」或「ˋ」添加於某字或偏旁的左側、右側與下方的現象；至戰國時期，銅器文字的「後」、「隻」二字出現

添加飾筆的現象,「後」字於簡帛文字同時出現飾筆添加與否的兩種形體,「隻」字於簡帛文字卻尚未發現飾筆的添加。

## （六）將短斜畫飾筆「ˋ（ˊ）」分別添加於一字或偏旁的兩側、同側者

| 字例 | 簡帛文字 | 西周銅器文字 | 春秋銅器文字 | 戰國銅器文字 |
|---|---|---|---|---|
| 璜 | (望 2.50) | | 〈楚屈子赤角簠蓋〉 | |

「璜」字所從之偏旁「玉」,於兩周的銅器文字甚少發現飾筆的添加,除了偶見於秦系文字之〈咸陽盆〉或〈詛楚文〉外,即以楚簡帛文字最爲習見。幾乎凡從偏旁「玉」者,悉於「玉」字的同側、或兩側、或上下相同位置處,分別加上一筆,因此,偏旁「玉」所見的飾筆,或有二筆、三筆與四筆的現象,其中往往以左右兩側各添加一道筆畫形成二筆者爲多。據本論文第三章第二節「增繁」之「將短斜畫飾筆『ˋ（ˊ）』分別添加於一字或偏旁的兩側、同側者」的論述,從金文與楚簡帛「玉」字添加飾筆的現象觀察,當時的人對於「王」、「玉」二字區別甚明,並無後人所謂「辨識不清」的情況。「玉」字或從偏旁「玉」者添加飾筆的現象,應是受到人類對於「對稱」審美觀的需求所致。所謂因辨識不清,增加筆畫以爲區隔「王」、「玉」二字的現象,應是後人在辨識上發生困惑,遂在「玉」字上添加短斜畫「ˋ」。

## （七）將橫畫飾筆「＝」添加於某字或偏旁的下方、中間者

| 字例 | 簡帛文字 | 西周銅器文字 | 春秋銅器文字 | 戰國銅器文字 |
|---|---|---|---|---|
| 命 | (曾 63)<br>(包 2)<br>(包 12) | | | 〈鄂君啓車節〉<br>〈鄂客問量〉 |
| 齊 | (包 7) | | | 〈者沪鐘〉<br>〈大府鎬〉 |

　　「齊」字無論簡帛、銅器文字皆將橫畫飾筆「＝」添加於該字的下方；銅器文字「命」尚未見添加飾筆的現象，簡帛文字或見飾筆添加在偏旁「口」的上方，如曾侯乙墓竹簡（63），或將之添加於「命」字的下方，如包山楚簡（2），或不見飾筆的添加，如包山楚簡（12），飾筆添加的位置並不固定，添加與否亦不固定。

### （八）將短斜畫飾筆「丶（〃）」添加於某字或偏旁的兩側、同側者

| 字例 | 簡帛文字 | 西周銅器文字 | 春秋銅器文字 | 戰國銅器文字 |
|---|---|---|---|---|
| 文 | （雨2）<br>（雨3）<br>（包42）<br>（包203） | | 〈王子午鼎〉<br>〈王孫遺者鐘〉 | |
| 光 | （望2.13）<br>（包207）<br>（包268） | | 〈吳王光鑑〉 | |

　　銅器文字的「文」字，尚未見飾筆的添加，簡帛文字卻多有變化，或在「文」字下方添加無義偏旁「口」，如雨臺山21號墓竹簡（2），甚者更在該字右上方添加幾道短斜畫「ˊ」的飾筆，如雨臺山21號墓竹簡（3），或將將短斜畫飾筆「〃」添加於該字右上方，現象十分不固定；銅器文字的「光」字是在其左右兩側各添加一道略微彎曲的飾筆，簡帛文字是在該字的兩側分別添加上短斜畫飾筆「〃」與「丶」。二者的飾筆不同，產生的因素卻相同，主要是書寫者個人的書寫習慣與審美觀所致，除具有補白的作用外，可能亦有使文字結構穩定的作用。

### （九）將短斜畫「八」添加於某字、偏旁或部件的上方者

| 字例 | 簡帛文字 | 西周銅器文字 | 春秋銅器文字 | 戰國銅器文字 |
|---|---|---|---|---|
| 猶 | （信1.24） | | 〈王孫遺者鐘〉<br>〈王孫誥鐘〉 | |

| 字例 | | | | |
|---|---|---|---|---|
| 帀 | <br>（包45）<br>（包52）<br>（包232） | | | <br>〈鄂君啓舟節〉<br>〈楚王酓忎鼎〉 |

　　無論銅器、簡帛文字的「猶」字，其左方所從爲偏旁「酉」，「酉」字在甲、金文的形體本像盛酒器之形，其上所見的短橫畫「─」與「八」，皆爲「酉」字多餘的部分，應屬於飾筆，後人因爲誤解該字原本的字形，遂產生於「酉」字上添加「八」的形體；「帀」字在銅器文字只見將短橫畫飾筆「─」添加於起筆橫畫之上與較長的豎畫，而簡帛文字除了具有前述二種情形外，也偶見將「八」加在該字的部件上方。此種飾筆的添加，除了具有美觀的作用，亦應具有穩定結構的功用。

## （十）將小圓點「・」添加於較長的豎畫之上者

| 字例 | 簡帛文字 | 西周銅器文字 | 春秋銅器文字 | 戰國銅器文字 |
|---|---|---|---|---|
| 帀 | <br>（包12）<br>（包45）<br>（包52） | | | <br>〈鄂君啓舟節〉<br>〈楚王酓忎鼎〉 |
| 辛 | <br>（包31） | | <br>〈蔡侯盤〉 | |
| 襄 | <br>（包103）<br>（包155） | | | <br>〈鄂君啓車節〉 |

　　或見銅器文字添加小圓點「・」，而簡帛文字未添加者，如：襄、辛等字；或簡帛文字添加小圓點「・」，而銅器文字未添加者，如：帀字。小圓點「・」的添加位置多在豎畫，這是因爲該筆畫較長，爲了避免產生單調，並且增加視覺上的效果，遂在豎畫上添加小圓點。事實上，從本論文第三章「楚簡帛文字

——增繁與省減考」的討論結果發現，楚系簡帛文字除了在某字較長的豎畫添加小圓點「‧」外，也習慣以短橫畫「－」的方式添加，而且「－」的現象多於「‧」。在文字的發展過程，由「‧」走向「－」的發展十分習見。即文字發展史言，長筆者往往先增圓點「‧」，然後再變成橫畫「－」，戰國文字所以「－」多於「‧」者，是因為春秋時代的文字「‧」多於「－」，到了戰國時代已將「‧」擴大為「－」所致。無論添加「－」或「‧」的現象應是相同的，其因素亦應相近。

## （十一）將小圓點「‧」添加於較長的彎筆之上者

| 字例 | 簡帛文字 | 西周銅器文字 | 春秋銅器文字 | 戰國銅器文字 |
|---|---|---|---|---|
| 隹 | <br>（帛乙 1.1） | | | <br>〈者沪鐘〉 |
| 虔 | | | | <br>〈者沪鐘〉 |
| 弋 | <br>（郭‧緇衣 13） | | | |

添加小圓點「‧」的「弋」字只見郭店楚簡，而「虔」字亦只見於〈者沪鐘〉；此外，「隹」於簡帛文字尚未見「‧」的添加，於銅器文字則將之添加於較長的彎筆之上。〈者沪鐘〉的字形較為修長，為了視覺的美觀因而以小圓點「‧」為飾，所以林麗娥云：「為避免細長所產生的單調、空虛之病及增加節奏感，故有普遍加點美化的傾向。」〔註10〕從上列字形觀察，其言應可採信。

## （十二）將半圓點「‧」添加於較長的豎畫之上者

| 字例 | 簡帛文字 | 西周銅器文字 | 春秋銅器文字 | 戰國銅器文字 |
|---|---|---|---|---|
| 成 | <br>（包 91） | | | <br>〈者沪鐘〉 |
| 年 | <br>（包 126） | | | <br>〈者沪鐘〉 |
| 日 | <br>（包 131） | | | <br>〈者沪鐘〉 |

---

〔註10〕林麗娥：〈春秋戰國文字裝飾性特徵及其盛行因素之探討〉，《出土文物與書法學術研討會論文集》（臺北：中華書道學會，1998 年），頁肆～10。

| 庶 | <br>（包 257） | | | <br>〈者沪鐘〉 |

將半圓點「‧」添加於較長的豎畫之上者，只見於〈者沪鐘〉，簡帛文字尚未見半圓點「‧」的添加。此種現象的產生，應與〈者沪鐘〉的字形較為修長有關，為了視覺的美觀因而以飾以半圓點「‧」，避免字形細長產生單調、空虛之病及增加節奏感。

### （十三）將半圓點「‧」添加於較長的彎筆之上者

| 字例 | 簡帛文字 | 西周銅器文字 | 春秋銅器文字 | 戰國銅器文字 |
| --- | --- | --- | --- | --- |
| 九 | <br>（包 39） | | | <br>〈者沪鐘〉 |
| 有 | <br>（包 123） | | | <br>〈者沪鐘〉 |
| 于 | <br>（包 163） | | | <br>〈者沪鐘〉 |

將半圓點「‧」添加於較長的彎筆之上者，只見於〈者沪鐘〉，簡帛文字尚未見半圓點「‧」的添加。此種現象的產生，應與將半圓點「‧」添加於較長的豎畫之上者相同，為了避免字形修長產生單調、空虛之病及增加節奏感，故添加半圓點「‧」以為裝飾。

### （十四）將垂露點添加於某一筆畫之上者

| 字例 | 簡帛文字 | 西周銅器文字 | 春秋銅器文字 | 戰國銅器文字 |
| --- | --- | --- | --- | --- |
| 命 | <br>（曾 63） | | <br>〈王子午鼎〉 | |
| 楚 | <br>（曾 122） | | | <br>〈楚王酓肯盤〉 |
| 文 | <br>（雨 2）<br><br>（包 42） | | <br>〈王子午鼎〉 | |
| 王 | <br>（包 2） | | | <br>〈楚王酓肯盤〉<br><br>〈敓戟〉 |

| 之 | （包2） |  | 〈王子午鼎〉 |  |
|---|---|---|---|---|
| 爲 | （包5） |  |  | 〈楚王酓肯盤〉 |
| 不 | （包15反） |  | 〈王子午鼎〉 |  |
| 正 | （包29） |  | 〈王子午鼎〉 |  |
| 政 | （包81） |  | 〈王子午鼎〉 |  |
| 共 | （包228） |  |  | 〈楚王酓肯盤〉 |
| 自 | （包232） |  | 〈王子午鼎〉 |  |
| 惠 | （帛乙10.19） |  | 〈王子午鼎〉 |  |

「垂露」之意，據徐堅引王愔《文字志》云：「垂露書如懸針而字不遒勁，阿那若濃露之垂，故謂之垂露。」〔註11〕唐蘭進一步指出，古文字所見的「垂露點」，係指在每一筆畫的中間作肥筆，而首尾皆爲瘦筆，或是筆尾較肥，形狀似露珠垂掛之形。〔註12〕這種紋飾的添加，主要的作用爲裝飾，書於簡帛的文字尚未見添加垂露點於某一筆畫。再者，從出現該字體的器物觀察，這些銅器多不具實用的功能。因此，對於眞正具有記錄作用，如：竹書、遣策、司法文書、卜筮等記錄之用的簡帛言，此種飾筆的添加，只有徒增書寫者的困擾。此外，簡帛本身的長度與寬度皆十分有限，由於它具有眞正的記錄作用，必須利用有限的竹簡記錄下最多的文字，倘若爲了視覺的美感而添加垂露點的飾筆，可能會產生空間的浪費。又簡帛文字的形體，多呈扁平、攲斜之勢，僅管曾侯乙墓竹簡的文字與其他的簡帛文字相較，有較爲修長的形體，可是與上列的銅器文字相較，則又屬於扁平之勢。因此，在曾侯乙墓竹簡文字亦不見此種飾筆的添加。加上垂露點的飾筆，是爲了使修長的形體產生協調的視覺感受，此種

---

〔註11〕　（唐）徐堅：《初學記》卷21（臺北：新興書局，1972年），頁1131。

〔註12〕　唐蘭：《中國文字學》（臺北：開明書店，1991年），頁120。

飾筆並不適用於形體扁平的文字。

## （十五）將鳥蟲紋飾添加於某字或筆畫者

| 字例 | 簡帛文字 | 西周銅器文字 | 春秋銅器文字 | 戰國銅器文字 |
|---|---|---|---|---|
| 用 | 用<br>（曾5） | | 〈玄鏐戈〉<br>〈虞公劍〉 | 〈戉王州句矛〉<br>〈蔡侯產戈〉<br>〈楚王酓璋戈〉 |
| 玄 | （曾79） | | 〈玄鏐戈〉 | |
| 子 | （曾173） | | 〈子照之用戈〉<br>〈王子邦戈〉 | |
| 白 | （曾176） | | | 〈番仲戈〉 |
| 乍 | （信1.1）<br>（帛甲7.29） | | 〈自作用戈〉 | 〈戉王州句劍〉<br>〈蔡侯產劍〉<br>〈楚王酓璋戈〉 |
| 皇 | （信2.25） | | | 〈番仲戈〉 |
| 丁 | （望1.10） | | | 〈越王者旨於賜鐘〉 |
| 光 | （望2.13） | | 〈吳王光戈〉 | |
| 劍 | （望2.48）<br>（包18） | | | 〈戉王州句劍〉 |

| 亡 | 止 (望2.49) | | 〈之利殘片〉 | 〈越王者旨於賜鐘〉 |
|---|---|---|---|---|
| 之 | 止 (包2) | | 〈王子邘戈〉 〈王子遣匜〉 〈玄鏐戈〉 | 〈蔡侯產劍〉 |
| 王 | 王 (包2) | | 〈攻敔王光戈〉 〈王子邘戈〉 | 〈戉王劍〉 〈楚王酓璋戈〉 〈楚王孫漁戈〉 |
| 君 | 君 (包4) | | 〈□君戈〉 | |
| 吉 | 吉 (包13) | | 〈廣公劍〉 | |
| 日 | 日 (包15) | | | 〈越王者旨於賜鐘〉 |
| 月 | 月 (包19) | | | 〈越王者旨於賜鐘〉 |
| 亥 | 亥 (包19) | | | 〈越王者旨於賜戈〉 |
| 公 | 公 (包22) | | | 〈宋公欒戈〉 |
| 州 | 州 (包27) | | | 〈戉王州句劍〉 |
| 南 | 南 (包38) | | | 〈楚王酓璋戈〉 |

| | | | |
|---|---|---|---|
| 宋 | (包49) | | 〈宋公繼戈〉<br>〈宋公得戈〉 |
| 侯 | (包51) | | 〈蔡侯產劍〉<br>〈蔡侯產戈〉 |
| 得 | (包102) | | 〈宋公得戈〉 |
| 攻 | (包106) | 〈攻敔王光戈〉 | |
| 季 | (包127) | 〈吳季子之子逞劍〉 | |
| 產 | (包187) | | 〈蔡侯產劍〉<br>〈蔡侯產戈〉 |
| 於 | (包203) | | 〈戉王者旨於賜劍〉<br>〈越王者旨於賜戈〉 |
| 戈 | (包261) | 〈自作用戈〉<br>〈子賏之用戈〉 | 〈番仲戈〉〔註13〕 |

「鳥蟲書」本分爲「鳥書」與「蟲書」，從文獻資料觀察，原本只稱爲「蟲書」，而後才稱之爲「鳥書」或「鳥蟲書」。如《漢書·藝文志》云：「漢興，蕭

〔註13〕由於目前所見收錄銅器銘文書籍的拓本均不甚清晰，所以，關於添加鳥蟲紋飾的文字，悉取自曹錦炎與張光裕合編《東周鳥篆文字編》之摹本。（香港：翰墨軒出版有限公司，1994 年）。

何草律，亦著其法，……六體者，古文、奇字、篆書、隸書、繆篆、蟲書。」
〔註14〕又《說文解字‧敘》云：「自爾秦書有八體：一曰大篆、二曰小篆、三曰
刻符、四曰蟲書、五曰摹印、六曰署書、七曰殳書、八曰、隸書。……及亡新
居攝，使大司空甄豐等校文書之部，自以為應制作，頗改定古文，時有六書：
一曰古文，孔子壁中書也；二曰奇字，即古文而異者也；三曰篆書，即小篆，
秦始皇使下杜人程邈所作也；四曰左書，即秦隸書；五曰繆篆，所以摹印也；
六曰鳥蟲書，所以書幡信也。」〔註15〕據此可知，「鳥書」與「蟲書」應是兩種
不同的紋飾現象，在西漢時多稱之為「蟲書」，新莽後則見「鳥」、「蟲」二字合
稱為「鳥蟲書」。此外，《後漢書‧蔡邕列傳》云：「初，帝好學，自造《皇羲篇》
五十章，因引諸生能為文賦者，本頗以經學相招，後諸為尺牘及工工書鳥篆者，
皆加引召，遂至數十人。」又《後漢書‧酷吏列傳》云：「斗筲小人，依憑世戚，
附託權豪，俛眉承睫，徼進明時，或獻賦一篇，或鳥篆盈簡，而位升郎中，形
圖丹青。」〔註16〕又據《鳥蟲書大鑑》收錄自秦漢魏晉南北朝的璽印觀察，璽
印裡的鳥蟲書，其形體或宛轉盤曲，或宛轉盤曲而首筆仍具鳥形者，〔註17〕亦
即鳥書與蟲書兼融為一。史書未提及「蟲書」，可是它並未消失，只是東漢後習
以「鳥書」或「鳥篆」作為「鳥蟲書」的通稱。

　　對於鳥蟲書的研究，歷來應以容庚與馬國權為代表。關於「鳥蟲書」一詞
的解釋，董作賓云：

　　　「鳥書」於字旁或上下附加一鳥形，有時取其對稱左右各一為二鳥，

　　　鳥又有長尾短尾之異。有時僅作鳥首形，或一或二，皆為裝飾美觀。

　　　「蟲書」，蟲本為蛇，凡增加筆畫之宛轉盤曲如蛇虺者，均為蟲書。

　　〔註18〕

---

〔註14〕　（漢）班固撰、（唐）顏師古注、（清）王先謙補注：《漢書補注》（臺北：藝文印
　　　　　書館，1996年），頁885～886。

〔註15〕　（漢）許慎撰、（清）段玉裁注：《說文解字注》（臺北：黎明文化事業股份有限公
　　　　　司，1991年），頁766～769。

〔註16〕　（宋）范曄撰、（唐）李賢注、（清）王先謙集解：《後漢書集解》（臺北：藝文印
　　　　　書館，1996年），頁707，頁893。

〔註17〕徐谷甫：《鳥蟲書大鑑》（上海：上海書店，1994年），頁1～106。

〔註18〕董作賓：〈殷代的鳥書〉，《董作賓先生全集乙編》第4冊（臺北：藝文印書館，1977

馬國權云：

> 所謂鳥書，指的是以篆書爲基礎，仿照鳥的形狀施以筆畫而寫成的
> 美術化的字體。⋯⋯鳥書既以鳥形爲特點，不管是寓鳥形於筆畫之
> 中，或附鳥形於筆畫之外，只要有鳥的形狀，這都稱爲鳥書。⋯⋯
> 蟲書，指的是筆道屈曲回繞狀如蟲形的變體篆書。⋯⋯凡與鳥書同
> 一銘文而沒有鳥形特徵的字，大抵都可以歸在蟲書一類。〔註19〕

容庚云：

> 蟲書之狀，宛轉盤屈，于璽印中時見之。〔註20〕

凡於文字的偏旁或該字添加鳥形紋飾者則可稱爲「鳥書」，相對的，筆畫宛轉盤曲者則爲「蟲書」。此外，關於「鳥蟲書」紋飾的問題，叢文俊主張將之細分爲「鳥」、「蟲」、「龍」與「鳳」等四種紋飾。〔註21〕從上列的字形觀察，「鳥」與「蟲」的紋飾本有繁簡的不同，再加上這些文字非出於一人之手，無法要求每一個「鳥」形必定全然地符合「鳥」的形象。圖飾的表現，可以爲近於實物的摹寫，也可以是特徵、抽象或概念的表現；再者，傳說中的「鳳」爲鳥類，其形象應與「鳥」相同，所以毋須如此細分，益能彰顯楚文字的特色。

從出土文物上刻鑄有鳥蟲紋飾字形的器物觀察，它流行的地域並不廣泛，據容庚指出有名字可以考證者有吳王子于、楚王孫漁、宋公欒、楚王酓璋、蔡侯產、越王者旨於賜、越王丌北古、宋公得與越王州句等九人，依其所屬國別，則爲吳、楚、宋、蔡、越五國，其中又以越國所作之器最多。〔註22〕這種繁複的文字增繁現象，主要流行於南方的楚域。

此外，從文字的紋飾添加，可以發現其方式的不同。關於鳥書的形式，容

---

年），頁710～711。（又收入《大陸雜誌》第6卷第11期）

〔註19〕馬國權：〈鳥蟲書論稿〉，《古文字研究》第10輯（北京：中華書局，1983年），頁145～158。

〔註20〕容庚：〈鳥書考〉，《頌齋述林》（香港：翰墨軒出版有限公司，1994年），頁87。（又收入《燕京學報》之〈鳥書考〉、〈鳥書考補正〉、〈鳥書三考〉，與《中山大學學報》1964年第1期之〈鳥書考〉）

〔註21〕叢文俊：〈鳥鳳龍蟲書合考〉，《故宮學術季刊》1996年第14卷第2期，頁99～126。

〔註22〕〈鳥書考〉，《頌齋述林》，頁87～129。

庚指出有以下幾種特色：一、在原字之外，添加一個鳥形於旁，去除鳥形仍可成字；二、添加一個鳥形於下；三、分別在左右兩旁添加一個鳥形；四、或添加一個鳥形，或添加二個鳥形；五、文字筆畫與鳥形混合不分；六、有筆畫作雙鉤鳥紋者。〔註23〕馬國權從容氏研究的基礎出發，更進一步的指出已知的鳥書形式有以下十三種：一、寓鳥形於筆畫者；二、寓雙鳥形於筆畫者；三、附鳥形於字上者；四、附鳥形於字下者；五、附鳥形於字左者；六、附鳥形於字右者；七、附雙鳥形於字上者；八、附雙鳥形於字之下者；九、附雙鳥形於字之上下者；十、附雙鳥形於字之左右者；十一、寓雙鉤鳥形筆畫者；十二、附雙鉤鳥形於字旁者；十三、附鳥形於二字之間者。〔註24〕關於蟲書的形式特質，叢文俊指出有以下幾種：一、在體勢被拉長的正體銘文中，有部分字形加大線條的擺動幅度，增加線條的波狀弧曲，甚者個別增加飾筆；二、增加部分字形的外飾，線條作粗細形狀的變化；三、改變線條的式樣；四、飾以圓點或半圓點於曲線上的變體蟲書。〔註25〕

　　從上列字例所見的紋飾添加方式觀察，以「用」、「子」、「宋」、「玄」、「戈」等字添加鳥形紋飾者為例。在筆畫上添加單鳥者，如：〈子賏之用戈〉的「子」字、〈番仲戈〉的「戈」字；在筆畫上添加雙鳥者，如：〈宋公欒戈〉與〈宋公得戈〉的「宋」字；在該字下方添加單鳥者，如：〈蔡侯產戈〉的「用」字；在該字上方添加單鳥者，如：〈楚王酓璋戈〉、〈戉王州句矛〉的「用」字；在該字右方添加單鳥者，如：〈虞公劍〉的「用」字；在該字左右各添加一鳥者，如：〈玄鏐戈〉的「用」與「玄」字。正與容、馬二氏所言相合。此外，諸多字例所見的紋飾，仍以「鳥」形的圖飾最多，對於此種現象，學者多以為是當時「崇鳥」、「尊鳳」的習慣所致。〔註26〕真正的原由，有待日後更進一步的探討。

　　簡帛文字始終未出現添加鳥、蟲的紋飾，而此種書寫的形式，多集中於春

〔註23〕　〈鳥書考〉，《頌齋述林》，頁104。

〔註24〕　〈鳥蟲書論稿〉，《古文字研究》第10輯，頁149～152。

〔註25〕　〈鳥鳳龍蟲書合考〉，《故宮學術季刊》1996年第14卷第2期，頁108～109。

〔註26〕　陳松長：〈楚系文字與楚國風俗〉，《東南文化》1990年第4期，頁94；董楚平：〈金文鳥篆書新考〉，《故宮學術季刊》1994年第12卷第1期，頁71。

秋、戰國時代的吳、越、楚、蔡、宋諸國的劍、戈、矛、鐘等器物。簡帛文字未發現在文字上裝飾鳥、蟲的紋飾，其原因應與上列將垂露點添加於某一筆畫的情形相同，亦即對於眞正具有記錄作用的簡帛言，這種複雜的飾筆添加，只有徒增書寫者的困難度，並且使得書寫的速度變慢。再者，簡帛本身的長度與寬度皆十分有限，由於它具有眞正的記錄作用，必須在有限的竹簡上記錄下最多的文字，倘若爲了視覺的美感而添加鳥、蟲的飾筆，不僅可能會產生空間的浪費，也會徒增書寫的時間及其速度。

### （十六）重複形體者

| 字例 | 簡帛文字 | 西周銅器文字 | 春秋銅器文字 | 戰國銅器文字 |
|---|---|---|---|---|
| 月 | <br>（信 1.23）<br><br>（包 19） | <br>〈楚公逆鐘〉 | <br>〈王孫遺者鐘〉 | <br>〈酓君啓車節〉 |

「月」字的重複形體現象僅出現於簡帛文字，誠如本論文第三章「楚簡帛文字——增繁與省減考」該字項下所言，重複形體的書寫方式，或是爲了避免同一文句中相同的字距離太近，易使閱讀者發生干擾，或是受到字形美感風尚所致，才在相近而相同的字形上作如此安排。然而，其眞正的原因並無法知曉，仍須待日後進一步的深入探究。

### （十七）重複偏旁或部件者

| 字例 | 簡帛文字 | 西周銅器文字 | 春秋銅器文字 | 戰國銅器文字 |
|---|---|---|---|---|
| 翼 | <br>（曾 17） | | | |
| 敗 | <br>（包 23）<br><br>（包 128） | | | <br>〈酓君啓車節〉<br><br>〈酓君啓舟節〉 |

「翼」字重複「羽」的現象只見於曾侯乙墓竹簡；「敗」字於銅器文字多有重複形體的現象，簡帛文字雖然亦多重複形體，可是亦有極少數如包山楚簡（128）的形體。「敗」字於金文皆重複左側「貝」的形體，楚簡帛所見的現象應是沿襲金文的習慣與寫法。

## （十八）增加無義偏旁為飾者

| 字例 | 簡帛文字 | 西周銅器文字 | 春秋銅器文字 | 戰國銅器文字 |
|---|---|---|---|---|
| 中 | <br>（曾 1）<br><br>（天 1）<br><br>（包 71）<br><br>（仰 20） | | <br>〈王孫遺者鐘〉<br><br>〈楚屈子赤角簠蓋〉 | <br>〈噩君啓車節〉 |
| 國 | <br>（曾 174）<br><br>（包 57） | | <br>〈王孫遺者鐘〉 | |
| 文 | <br>（雨 2）<br><br>（雨 3）<br><br>（包 42） | | <br>〈王子午鼎〉 | |
| 毋 | <br>（天 1） | | | <br>〈噩君啓舟節〉 |
| 猶 | <br>（信 1.24）<br><br>（郭・語叢三 1） | | <br>〈王孫遺者鐘〉<br><br>〈王孫誥鐘〉 | |
| 後 | <br>（包 2）<br><br>（包 152） | | | <br>〈曾姬無卹壺〉 |
| 集 | <br>（包 10）<br><br>（包 234） | | | <br>〈噩君啓舟節〉 |

| 期 | 〈包 22〉 〈包 119 反〉 | | 〈王孫誥鐘〉 〈王子申盞〉 | |
|---|---|---|---|---|
| 丙 | 〈包 31〉 | | | 〈鄦客問量〉 |
| 壽 | 〈包 94〉 〈包 108〉 | 〈楚公逆鐘〉 | 〈王子吳鼎〉 〈王孫遺者鐘〉 〈斁鐘〉 | |
| 卲 | 〈包 95〉 〈包 167〉 〈包 226〉 | | | 〈卲王之諻鼎〉 〈鄂君啓車節〉 〈鄂君啓舟節〉 |
| 聞 | 〈包 130 反〉 〈包 157〉 | | 〈王孫誥鐘〉 | 〈鄦客問量〉 |

添加的無義偏旁可以分爲幾種現象：

1、添加偏旁「口」者

「後」字於戰國時期的銅器文字雖然出現添加短斜畫「ˊ」於該字下方的現象，卻尚未再添加無義偏旁「口」，簡帛文字或添加短斜畫飾筆，或是添加無義偏旁「口」，並不固定；「丙」字於銅器、簡帛文字皆添加偏旁「口」於該字下；「壽」字僅見於銅器文字上將「口」加於該字的左方；「毋」字於天星觀卜筮竹簡出現添加、未添加「口」的二種形體；「文」字於銅器文字尚未見將「口」加於該字的下方，簡帛文字則有添加與未添加「口」的兩種字形。

2、添加偏旁「宀」者

「集」字於銅器、簡帛文字皆添加偏旁「宀」於「集」字之上；「聞」字添加「宀」的現象僅見於簡帛文字，而且，加上「宀」的「聞」字亦不多見，可

能是書寫者個人的書寫習慣所致；「中」字添加「宀」的現象僅見於簡帛文字，加上「宀」的「中」字十分習見，是楚文字特有的字形。

### 3、添加偏旁「心」者

「國」字於銅器文字尚未見無義偏旁的增添，簡帛文字則於該字下增加無義偏旁「心」；「猶」字於簡帛文字僅見郭店楚簡添加無義偏旁「丌」，銅器文字則出現於該字下增加無義偏旁「心」的字形；「邵」字於春秋時期的銅器文字尚未見增加「心」的字形，戰國時期的〈鄂君啓舟節〉與〈鄂君啓車節〉將「心」增添於「召」的下方，該字於簡帛文字的形體甚爲複雜，或未添加任何偏旁，或加「心」、「止」於該字下方，誠如本論文第三章「楚簡帛文字——增繁與省減考」的討論，增加的「心」、「止」皆爲無義偏旁。

### 4、添加偏旁「丌」者

「猶」字於簡帛、銅器文字皆出現於該字下增加無義偏旁「丌」的字形。

### 5、添加偏旁「阜」者

「期」字於銅器文字尚未見將「阜」加於該字的左上方，簡帛文字亦僅見一例添加偏旁「阜」。究其原因，尚不可知，或是書寫者一時誤加，或是爲了文字結構的穩定性而添加。

## （十九）增加標義偏旁者

| 字例 | 簡帛文字 | 西周銅器文字 | 春秋銅器文字 | 戰國銅器文字 |
|---|---|---|---|---|
| 匹 | （曾129）<br>（曾179） | | | 〈曾姬無卹壺〉 |
| 乍 | （信1.1）<br>（包207）<br>（帛甲7.29） | 〈楚公豪鐘〉 | 〈王孫遺者鐘〉<br>〈王子申盞〉 | 〈曾姬無卹壺〉<br>〈楚王酓肯簠〉 |
| 僕 | （包15）<br>（包137反） | | 〈斷鎛〉 | |

| 上 | 上<br>（包 79）<br>從<br>（包 150）<br>圥<br>（包 236） | | | 圥<br>〈鄂君啓舟節〉 |
|---|---|---|---|---|
| 缶 | 舍<br>（包 85）<br>廠・缸<br>（包 255）<br>舍<br>（包 260） | | 击<br>〈佣缶〉 | |

1、添加偏旁「馬」者

「匹」字於銅器文字已見添加偏旁「馬」，作爲馬匹之「匹」字的專字，在曾侯乙墓竹簡則出現一般的「匹」字，與增添「馬」偏旁的「匹」字；此外，偏旁「馬」字在銅器與曾侯乙墓竹簡皆未見以截取特徵的方式表現（如作「畠」者），仍然保有全形。

2、添加偏旁「又」或「止」者

「乍」字於西周與春秋時期的銅器文字尚未見添加偏旁「又」者，發展至戰國時期則逐漸出現於該字下方加上「又」的形體，而簡帛文字多見增加標義偏旁「又」的形體，至於帛書所見未添加任何偏旁，以及信陽楚簡所見加「止」的現象，仍屬偶見。信陽楚簡的「乍」字於下方加上偏旁「止」，目的是爲了表示該字具有動詞的性質。

3、添加偏旁「臣」者

「僕」字之義爲「給事者」，「臣」字亦有屈服事君的意思，於「僕」字原本的形體上再加上偏旁「臣」，益發突顯其表義的功能，而據上列例字觀察，春秋時期的銅器文字，或戰國時期的簡帛文字，皆出現添加有義偏旁「臣」的形體，而且偏旁「臣」多置於該字原本的下方。

4、添加偏旁「止」或「辵」者

「上」字在戰國時期無論銅器文字或是簡帛文字，皆出現添加偏旁「止」或「辵」的形體，從其書寫的形體不同之處觀察，誠如本論文第三章「楚簡帛

文字——增繁與省減考」所言，若作爲名詞使用，則僅是添加短橫畫的飾筆「－」，若作爲動詞使用，則可以加上偏旁「止」或「辵」，其間的不同，正因爲意義和作用的差異，產生的文字分化現象。

### 5、添加偏旁「石」或「土」者

「缶」字於銅器文字尚未見標義偏旁的增添，於簡帛文字出現增添偏旁「石」、「土」的「缶」字，添加的標義偏旁是爲了表示製作材質的不同。

### （二十）增加標音偏旁者

| 字例 | 簡帛文字 | 西周銅器文字 | 春秋銅器文字 | 戰國銅器文字 |
|---|---|---|---|---|
| 其 | （望 2.49）<br>（包 15 反）<br>（郭・緇衣 35） | 〈楚公象鐘〉 | 〈王孫遺者鐘〉<br>〈楚嬴盤〉<br>〈楚王領鐘〉 | 〈鄂君啓車節〉 |
| 兄 | （包 63）<br>（包 133）<br>（包 138 反） | | 〈王孫遺者鐘〉<br>〈王孫誥鐘〉 | |

### 1、添加聲符「丌」者

「其」字於西周時期爲象形文，春秋時期或添加聲符「丌」以爲形聲字，或仍爲象形文，戰國時期多發展爲形聲字。簡帛文字除郭店楚簡〈緇衣〉少數的「其」字形體與銅器文字相同外，多將形符省減，僅保留聲符，有時更在起筆橫畫之上添加一道短橫畫飾筆「－」，寫作「亓」。關於保留聲符後的形體，一般可分爲飾筆的添加與未添加二種，從現今已發表的幾批簡帛資料觀察，曾侯乙墓竹簡皆未添加飾筆，信陽、望山、九店竹簡與楚帛書皆添加飾筆，包山、郭店楚簡則同時出現添加與未添加兩種不同的寫法。從時代的先後言，曾侯乙墓出土的銅器文字皆以形聲字的形體出現，竹簡所見的「其」字，則是省減形符，只保留聲符的部分。將銅器與竹簡的「其」字比較，可以發現竹簡的「其」字寫法應是受到銅器文字的影響，然而爲了書寫的便利，故將形符省略。而時

代略晚者，如信陽、望山楚簡等出現飾筆的添加，或同時有飾筆添加與不添加現象者，如包山、郭店楚簡，除了可能是受到書寫者個人的書寫習慣與審美觀所致外，也有可能是受到當時的書寫習慣影響，雖然現今所見簡帛「其」字最早的形體，出現於曾侯乙墓竹簡，而且以省減形符的方式出現，但是，於此並無法確切的直指其後所見的「其」字悉受它的影響，於此只能將之視爲是時代潮流下的趨勢。

2、添加聲符「坒」者

「兄」在銅器文字已有添加標音偏旁的字形，簡帛文字亦相同，只有少數如包山楚簡（138 反）的例字未加上標音的偏旁。

## 二、省　減

省減係指在一個文字既有的形體之上，省略一些筆畫、偏旁，或是重複的形體、偏旁，對於原本記錄的音義不發生任何的改變。

### （一）共用筆畫者

| 字例 | 簡帛文字 | 西周銅器文字 | 春秋銅器文字 | 戰國銅器文字 |
|---|---|---|---|---|
| 新 |  （曾 50） 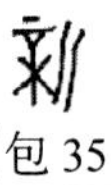 （包 35） | |  〈倗戈〉 |  〈新弨戟〉 |
| 僕 |  （包 15）  （包 137 反） | |  〈𪒠鎛〉 | |
| 集 |  （包 209）  （包 234） | | |  〈噩君啓舟節〉 |
| 歲 |  （包 217） | | |  〈噩君啓舟節〉 |

「集」、「新」二字在銅器文字皆見共用筆畫的形式，在簡帛文字則有不同的形體。從字形的結構觀察，該字所從偏旁「木」，若未置於豎畫之下，則不會產生相同或相近筆畫共用的情形，這種書寫的方式，應是書寫者爲減少文字書

寫筆畫而產生的現象。

「僕」字在銅器文字尚未出現共用筆畫，於簡帛文字則因書寫者的習慣或心理因素，常見偏旁「人」與置於下方的「臣」有共用筆畫的現象。

「歲」字無論銅器、簡帛文字皆有共用筆畫的現象，這是因爲該字上半部所從的「之」字，與下半部偏旁所從的長橫畫，具有相同的筆畫，書寫時二者共用一個筆畫。

### （二）省減單筆者

| 字例 | 簡帛文字 | 西周銅器文字 | 春秋銅器文字 | 戰國銅器文字 |
|---|---|---|---|---|
| 易 | <br>（曾 165）<br><br>（包 183）<br><br>（帛丙 10.2） | | <br>〈王孫遺者鐘〉<br><br>〈王孫誥鐘〉 | <br>〈楚王酓章鎛〉<br><br>〈鄂君啓舟節〉 |
| 國 | <br>（曾 174） | | <br>〈王孫遺者鐘〉 | |
| 甲 | <br>（包 12）<br><br>（包 46）<br><br>（包 185） | <br>〈楚公逆鐘〉 | | |
| 湯 | <br>（包 131）<br><br>（包 184） | | 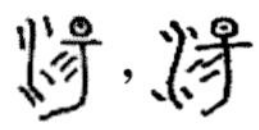<br>〈鄦鐘〉 | |

「國」字無論於銅器、簡帛文字皆省減一個筆畫；「易」、「甲」等字於銅器、簡帛的字形，雖有古今字體的不同，基本上銅器文字不省略任何一筆，簡帛文字則有省減單筆的現象。此一現象的產生，應是書寫者的書寫習慣，或是爲了減少書寫時間所致。

## （三）截取特徵者

| 字例 | 簡帛文字 | 西周銅器文字 | 春秋銅器文字 | 戰國銅器文字 |
|---|---|---|---|---|
| 無 | （曾 95）<br>（包 16） | | 〈王孫誥鐘〉<br>〈王子申盞〉 | 〈曾姬無卹壺〉<br>〈鄦陵君鑑〉 |
| 馬 | （曾 128）<br>（包 8）<br>（包 119）<br>（包牘 1） | | | 〈鄂君啟舟節〉 |
| 則 | （信 1.1）<br>（包 216） | | 〈𪓷鎛〉 | 〈鄂君啟舟節〉 |
| 鼎 | （信 2.14）<br>（包 54）<br>（包 265） | | 〈王子午鼎〉 | 〈邵王之諻鼎〉<br>〈墉夜君成鼎〉<br>〈楚王酓肯鼎〉<br>〈楚王酓忎鼎〉 |
| 皇 | （信 2.25）<br>（包 266） | | 〈王孫遺者鐘〉 | 〈鄦陵君王子申豆〉 |
| 爲 | （包 5）<br>（包 16） | | 〈楚叔之孫途盉〉 | 〈鄂君啟舟節〉 |

| 得 | （包6）<br>（包102） | | <br>〈鼄鎛〉 | |
| 倉 | （包19） | | <br>〈鼄鎛〉 | |
| 嘉 | （包74）<br>（包166）<br>（包216） | | <br>〈王孫誥鐘〉<br><br>〈王子申盞〉 | <br>〈鄴客問量〉 |

　　所謂截取特徵，係指省減某字較不重要的形體或偏旁，而仍保有它最重要的部分，或是基本的特徵。從以上所舉的字形觀察，春秋時期的銅器文字仍保有全形者，如：皇、爲、則、嘉、鼎、得、無等字，以截取特徵的形式出現者，如：倉字；至戰國時期以截取特徵的形式出現者，如皇、爲、嘉、無等字；而簡帛文字則以截取特徵的方式出現者爲多，可是亦偶見保留全形的文字，如：鼎、馬、則、無等字。在截取特徵時，有些文字往往省減過甚，因此會在該字的下方添加「＝」，表示此爲省減的形體，如簡帛文字的「馬」、「爲」與「則」等字。這種書寫的方式，雖亦見於〈東周左𠂤壺〉的「爲」字（如作「」者），卻尚未見於楚系銅器文字。

## （四）省減同形者

| 字例 | 簡帛文字 | 西周銅器文字 | 春秋銅器文字 | 戰國銅器文字 |
|---|---|---|---|---|
| 霝 | （天1）<br>（包149）<br>（包172）<br>（包270） | | <br>〈鼄鎛〉 | |

| 競 | (包23) (包68) | | | (𤔲窝鐘) |
|---|---|---|---|---|

　　「競」字於銅器文字依舊保留全形，在簡帛文字則出現省減同形的現象，亦即將上半部相同的部分省減。「需」字的現象亦與之相同，只是它省減的部位為下半部的「口」。從上列二例的現象觀察，銅器文字的形體相較於簡帛文字而言較為固定，不會過於任意的增減文字的同形部件。

## （五）省減義符者

| 字例 | 簡帛文字 | 西周銅器文字 | 春秋銅器文字 | 戰國銅器文字 |
|---|---|---|---|---|
| 遊 | (曾120) (包152) (包181) (包277) | | | (鄂君啓舟節) |
| 易 | (曾165) (包183) (帛丙10.2) | | (王孫遺者鐘) (王孫誥鐘) | (楚王酓章鎛) (鄂君啓舟節) |
| 秦 | (天1) (包133) (包167) | | | (楚王酓忎鼎) |
| 閒 | (包13) (包179) | | | (曾姬無卹壺) |

「遊」、「易」二字於戰國早期的曾侯乙墓竹簡的形體皆未省減有義的偏旁，至包山楚簡則已省減義符。這種現象在銅器文字亦可見，如「易」字早期的形體仍保有義符，至〈鄂君啓舟節〉時則省去義符。據此可見簡帛文字與銅器文字之間的相互影響。「秦」字無論於銅器、簡帛文字多見省減義符「春」；「閒」字於銅器文字尚未見省減義符「門」，而簡帛文字則有省減與未省減義符「門」的兩種形體。

### 三、文字異體

所謂文字異體，係指文字間彼此的音義相同，而外形不同的字，其來源如：偏旁的增繁與省減、形近偏旁的替代、義近偏旁的替代、聲近偏旁的替代、偏旁位置的不固定、字形不同或形體訛變等現象。茲就偏旁位置的不固定與字形不同等現象，舉例說明。

| 字例 | 簡帛文字 | 西周銅器文字 | 春秋銅器文字 | 戰國銅器文字 |
|---|---|---|---|---|
| 少 | 小<br>（曾 18）<br>少<br>（天 1） | | 小<br>〈䣄鐏〉 | 少<br>〈鄧客問量〉 |
| 四 | 四<br>（曾 36）<br>中<br>（曾 39）<br>四<br>（曾 120）<br>三<br>（曾 140） | | 三<br>〈王孫誥鐘〉 | |
| 甲 | 丑<br>（曾 123）<br>田<br>（包 12）<br>止<br>（包 90） | 十<br>〈楚公逆鐘〉 | | |

| | | | | |
|---|---|---|---|---|
| 坪 | （曾 160）<br>（包 83）<br>（包 214） | | | 〈曾侯乙鐘〉<br>〈墉夜君成鼎〉 |
| 留 | （信 2.13） | | 〈留鎛〉 | |
| 月 | （包 19） | 〈楚公逆鐘〉 | 〈王孫遺者鐘〉 | 〈噩君啓車節〉 |
| 期 | （包 22）<br>（包 25）<br>（包 36） | | 〈王孫誥鐘〉<br>〈王子申盞〉 | |
| 孫 | （包 31） | 〈楚公彖鐘〉<br>〈楚公逆鐘〉 | 〈楚王鐘〉<br>〈楚嬴盤〉 | |
| 金 | （包 44）<br>（包 118） | | 〈王子吳鼎〉<br>〈王孫遺者鐘〉 | 〈噩君啓車節〉<br>〈噩君啓舟節〉 |
| 兄 | （包 63）<br>（包 133）<br>（包 138 反） | | 〈王孫遺者鐘〉<br>〈王孫誥鐘〉 | |
| 舒 | （包 76） | | 〈王孫誥鐘〉 | |

文字形體不同者，如：「甲」、「四」、「金」等字。將簡帛與金文比較，發現簡帛文字的形體多有不同，一個字往往有二至四種的形體，相對的，銅器文字在形體上便顯得單一，改變的程度比較小。此外，偏旁位置發生左右互置者，

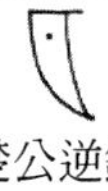

如：「坪」、「少」、「月」、「兄」、「孫」等字；偏旁位置由左右式結構改爲上下式結構者，如：「舒」字；偏旁位置由上下式結構改爲左右式結構者，如：「留」字；偏旁位置發生上下互置者，如：「期」字。由此可知，楚文字在偏旁位置經營上並無一定的規則，往往任意更動其間的位置。

從以上所列的增繁、省減與文字異體三方面的觀察，發現銅器文字與簡帛文字的相互影響：戰國早期的簡帛文字，如：曾侯乙墓竹簡，有不少字形取之於銅器的文字，是以多見縱長的字形，而至中晚期的銅器文字則反受簡帛文字的影響，日漸的趨於扁平與省略的書寫形式。換言之，它是時代的潮流影響所致。從曾侯乙墓竹簡的形體與金文的觀察、比對，我們發現早期的楚金文形體多盤曲、修長，當時的書寫者以此爲風尚，雖然不能完全將這種形式，轉移到竹簡上，卻亦採取折中的方法，亦即取其形體的修長，而書寫時的筆畫又較之金文略爲短的方式，延續下來。相對的，發展到戰國中、晚期，簡帛的大量使用，爲了書寫的方便與快速、省減抄錄的時間，並且在有限的資源裡抄寫最多的資料，在習慣書於竹簡的情況下，由於習慣使然，因此，文字的形體遂由修長、盤曲改爲扁平而且簡率，而書於銅器上的文字反受其影響，由傳統習見的修長、筆畫均勻，走向扁平而簡率的形體。

## 四、書　體

簡帛文字與銅器文字的不同，除了文字形體的差異，在書體上亦有不同，誠如以上所言，銅器與簡帛文字時見相互的影響，所以，銅器文字所見形體扁平近於隸體的字形，便有學者提出其間的差異。關於古文已存有隸書的說法，早在民初的羅振玉已經提出這種看法，他說：

> 往在海東撰殷虛書契考釋，始知古文有存於今隸中者，⋯⋯以上所載五十四文，均今隸上合古文者，又或古文已佚而尚存於今隸者，或今隸或體及別搆中間存古文者。〔註27〕

時代不同，書寫的文字雖然近同，卻仍有成熟與否的差異，以楚簡文字與秦、漢代的隸書爲例，楚簡上的文字，雖言具有「隸書」的現象，就其與秦漢間的

---

〔註27〕羅振玉：《羅雪堂先生全集・車塵稿・古文間存於今隸說》初編冊 7（臺北：文華出版公司，1968 年），頁 2891～2902。

隸書相較，一般的隸書多有轉折，可是楚簡帛文字卻是扁平而多用圓筆，在書寫上亦是直接下筆，未有秦、漢時期隸書的回鋒、藏鋒、雁尾等筆法，〔註28〕這種現象與其稱之爲「隸化」，實不如稱之具有「隸意」更爲適切。〔註29〕楚簡帛上的文字，係直接以毛筆沾墨書寫，未經過鑄刻的加工，書寫隨意，「而在近年發現的包山楚簡和天星觀楚簡中，可以看出一些字中橫劃的起筆與收筆及折筆的形態，開啓了行、草書用筆的先河。」又「包山楚簡的一、下、王等字，橫畫的起筆與收筆處與行草書已基本一致；九、子、巳等字的折筆和字形也與行草書非常接近。此外，行書中『系』旁的寫法，草書中『天』、『夫』等字的寫法，也顯系由楚簡演變而來。」〔註30〕其中所言開行書與草書的先河，即與「隸意」的現象相同，它僅是該種書體的先驅，處於萌芽的時期，尚未眞正的具備後代所謂的「行書」與「草書」的標準，所以本文仍稱之爲「行意」與「草意」。由此可知，早期文字在書體上雖與後期者近同，卻仍有成熟與否的分別。

　　對於楚系文字的書體表現，學者多有主張，關於曾侯乙墓出土文物的書體結構，饒宗頤云：

> 曾侯乙墓鐘銘字體作長方形而盤曲奇詭，蔡侯鐘更加瘦長，奇古益甚，皆取縱勢。若信陽、望山竹簡，則較爲整飭，結構扁平，唯橫畫多欹斜，則取衡勢。縱勢近篆，而衡勢近隸，此其大較也。〔註31〕

---

〔註28〕杜忠誥：《書道技法1・2・3・碑帖的選用》（臺北：幼獅圖書股份有限公司，1990年）；譚興萍：《中國書法用筆與篆隸研究・隸書研究》（臺北：文史哲出版社，1991年）；高尚仁：《書法藝術心理學》之〈各體書法之欣賞〉與〈綜合分析及討論〉（臺北：遠流出版事業股份有限公司，1993年）；劉正強：《書法藝術漫話・漢字書法的里程碑》（臺北：業強出版社，1994年）。

〔註29〕據杜忠誥：《書道技法1・2・3・碑帖的選用》、譚興萍：《中國書法用筆與篆隸研究・隸書研究》、高尚仁：《書法藝術心理學》之〈各體書法之欣賞〉與〈綜合分析及討論〉、劉正強：《書法藝術漫話・漢字書法的里程碑》等書指出，隸書的標準，應具有字形扁平，左右分展；起筆蠶頭，收筆雁尾；粗細分明，方圓兼備等條件。由此可知，楚簡帛文字僅具有隸書的韻味，而未符合其標準，故應稱之爲「隸意」而非「隸化」。

〔註30〕以上所引見劉紹剛：〈東周金文書法藝術簡述〉，《周紹良先生欣開九秩慶壽文集》，頁5，頁13。

〔註31〕饒宗頤：《楚帛書・楚帛書之書法藝術》（香港：中華書局，1985年），頁148～149。

此外，林進忠亦云：「簡文整體而言，結體以縱長居多，挺勁暢快的露鋒長短勁線，輔以偶見的長引弧線，襯顯出中宮結體緊密而端秀雄渾的風采。」〔註32〕

關於信陽、望山、仰天湖、五里牌楚簡的書體結構，馬國權云：

> 出土最北的信陽長臺關《竹書》、信陽長臺關《遣策》，字均修長，
> 筆畫勻細公整，不少字與中原地區所出古器銘文結構相同。發現於
> 湖北江陵望山一號墓的《疾病等雜事札記》，雖出兩人的手筆，文字
> 亦略呈長形，結構亦基本勻整，它與長臺關的兩批竹簡一樣，字畫
> 中時有多餘的「羨畫」。望山二號墓的《遣策》，字則略帶扁平，用
> 筆時露粗率之意。……仰天湖《遣策》和五里牌《遣策》，字均扁平，
> 筆道比較寬厚。五里牌的一批，用筆較爲草率。〔註33〕

包山楚簡的書體問題，除上列劉紹剛所論述外，日本學者新井光風亦提出：「在包山楚簡中，應該說已經出現未見其形，已感其勢帶有隸書味道的字形；字體上含有一些類似隸書的字形；在極少的右肩轉彎部，出現隸書的寫法；隸書的萌芽時期是處於包山楚簡的篆書中。」〔註34〕此外，林素清也指出包山楚簡的書法不僅解散篆體，破圓爲方，在字體上更有明顯的向右上挑起的筆畫，是篆體過渡到隸體的蘊釀與萌芽時期。〔註35〕

楚帛書出土的時代最早，有關書法藝術與書體的討論也較多，如郭沫若云：

> 字體雖是篆書，但和青銅器上的銘文字體有別。體式簡略，形態扁
> 平，皆近于後代的隸書。〔註36〕

饒宗頤云：

> 帛書結體，在篆、隸之間，形體爲古文，而行筆則開隸勢，所有橫

---

〔註32〕林進忠：〈曾侯乙墓出土文字的書法研究——附論小篆的眞實形相〉，《出土文物與書法學術研討會論文集》（臺北：中華書道學會，1998 年），頁參～13。

〔註33〕馬國權：〈戰國楚竹簡文字略説〉，《古文字研究》第 3 輯（北京：中華書局，1980 年），頁 153～154。

〔註34〕新井光風：〈包山楚簡書法的考察〉，《書法叢刊》1994 年第 3 期，頁 25。

〔註35〕林素清：〈探討包山楚簡在文字學上的幾個問題〉，《中央研究院歷史語言研究所集刊》第 66 本第 4 分（臺北：中央研究院歷史語言研究所，1995 年），頁 1125。

〔註36〕郭沫若：〈古代文字之辯證的發展〉，《考古學報》1972 年第 1 期，頁 8。

筆，微帶波挑，收筆往往稍下垂，信陽竹簡亦然。……帛書橫畫起
筆，多先作一縱點，然後接寫橫筆。……今觀楚帛書已全作隸勢，
結體扁衡，而分勢開張，刻意波發，實開後漢中郎分法之先河，孰
謂隸書始於程邈哉？惟帛書用圓筆而不用方，以圓筆而取衡勢，體
隸而筆篆也。〔註37〕

李孝定亦云：「傳世楚繒書，其結構是六國古文一系，但在書法和形式上，已饒
有分隸的意味。」〔註38〕此外，林進忠亦云：

楚帛書文字秀峻勁挺，……橫畫中部皆略向上彎，兩端稍低垂形成
狀……斜度近似包山楚簡，顯得逸動靈活，輔以兩端低垂，又具穩
定感。其主筆長畫則常見先以筆尖按置點頓而後行筆，同於侯馬盟
書卻趣韻稍異。其副筆短線則往往自然帶過，字架結體輕重變化有
序。……帛書則同於侯馬盟書，落筆自左上而下，順筆點頓，筆鋒
留現，與漢隸不同而近於唐楷之起筆。〔註39〕

游國慶綜合饒氏與林氏之言，以為「楚帛書文字原大約 0.6～0.7 公分見方，於
楚系墨書中字體最小而用筆最精到，又以健筆書之，故其起筆雖略見側偏之勢，
而行筆線條圓渾健挺，無絲毫側筆偏枯之狀。」〔註40〕

　　綜觀學者對於楚系簡帛文字與銅器文字的討論，可知二者在書體的表現實
為不同，後者的形體多為修長、筆畫均勻，前者形體多扁平，而且在書法上「運
筆流利且有輕重頓挫」，〔註41〕可以視為兩種截然不同的文字形體表現。至於楚
系簡帛與少數銅器文字，所見形體扁平而近於隸體的字形現象，唐蘭以為早於
春秋時期的〈陳尚陶釜〉已有隸書的風格，而六國文字在書寫上日趨於草率的
字形，正為隸書的先導。〔註42〕簡言之，早期的隸書風格，是為書寫的便捷而

〔註37〕饒宗頤：《楚帛書‧楚帛書之書法藝術》，頁 149～151。

〔註38〕李孝定：《漢字的起源與演變論叢‧中國文字的原始與演變》（臺北：聯經出版事
　　　業公司，1992 年），頁 151。

〔註39〕林進忠：〈長沙戰國楚帛書的書法〉，《臺灣美術》1989 年第 2 卷第 2 期，頁 49～50。

〔註40〕游國慶：〈楚帛書及楚域之文字書法與古璽淺探〉，《印林》1996 年第 17 卷第 1 期，
　　　頁 5。

〔註41〕周鳳五：《書法》（臺北：幼獅文化事業公司，1985 年），頁 11。

〔註42〕唐蘭於《中國文字學》云：「總之西周已有較簡單的篆書，是可以的，眞正的隸書，

產生的簡捷篆體，它僅具有隸書韻味，而非眞正後代所謂的隸書。就其所言而論，楚系簡帛文字的現象亦即如此，它是一種時代的潮流，是爲了書寫的方便與快速下的產物，由於時尙與書寫的習慣，因此書於銅器上的文字亦受其影響，由傳統習見的修長、筆畫均勻，走向扁平而簡率的形體。

　　從銅器與簡帛的文字觀察，楚系銅器文字的發展，在春秋中期以前，仍然沿襲著西周金文的書寫形體，其後至戰國早、中期則日漸發展出獨特的字形，此一時期有兩種明顯的裝飾化現象，第一種係誇張筆畫的長度並且予以盤曲，第二種則是在筆畫的兩端或是中段，添加某種裝飾的符號，如垂露點、小圓點、半圓點、短橫畫、短斜畫、鳥蟲書等；至戰國中期以後，由於當時的書寫方式與材質多以書於竹簡者爲主，結構扁平而且簡率的簡帛文字，反而影響銅器文字，從中晚期的銅器文字觀察，不乏形體與楚簡帛文字相近同者。其明顯的改變，即是字體不再爲修長的縱勢，反而減少筆畫的長度，日趨於方形的橫勢。又從書寫的工具觀察，以毛筆在狹窄而且有一定弧面的竹簡上書寫，並不如書於平面的物體容易，又爲了達到語言記錄的目的，在任務緊迫下，實不容精雕細琢的一筆一畫的書寫，相對的，便會產生簡率的現象。再者，竹簡文字係沾墨書寫，倘若墨水過多常形成濃團，過少則筆畫不顯。這些皆爲簡帛文字特有的現象，尤以後者更難於銅器文字上發現。

## 第三節　郭店楚墓《老子》與馬王堆漢墓帛書《老子》的比較

　　歷來出土的簡牘、帛書資料，多爲遣策、卜筮記錄、司法、日書、集簿等，記載古代書籍者甚少，尤其是同屬一本古籍而有不同版本者愈爲稀少，已知者只有馬王堆漢墓帛書《老子》與《易經》，郭店楚簡《老子》與香港中文大學收藏的《周易》竹簡，現今已發表並且可以相互對照者，僅有馬王堆漢墓帛書《老子》甲、乙本，以及郭店楚簡《老子》，一爲西漢文物，一爲戰國時期的楚國文物，前後年代相差一百多年，從二者的出土，可以確知《老子》一書至晚成於戰國中期，而且在西漢亦廣爲流傳。馬王堆 3 號漢墓與郭店 1 號楚墓出土的文

　　　　是不可能的。春秋以後就漸漸接近，像春秋末年的陳尚陶釜，就頗有隸書的風格了。六國文字的日漸草率，正是隸書的先導。」又云：「隸書在早期裏，只是簡捷的篆書，本沒有法則的。」頁 164～165，頁 168。

物多屬於古籍，它不僅可以與史書記載相互印證，亦可訂正其間的缺誤，更足以作爲校勘文獻資料的依據。茲從二者出土的年代與文物斷代、篇目內容的安排、文字、與助詞使用等方面，觀察彼此的差異。

## 一、出土年代與文物斷代

　　郭店《老子》竹簡分爲甲、乙、丙三類，甲類有三十九枚，竹簡長度最長者約爲 31.7 公分，乙類有十八枚，最長者約爲 30.1 公分，丙類有十四枚，最長者約爲 25.9 公分，合計共爲七十一枚，出土於郭店 1 號楚墓，該墓的正式發掘工作始於西元 1993 年 10 月 18 日至 24 日。據發掘報告指出，該墓地位於湖北省荊門市沙洋區四方鄉郭店村一組，南距楚國故城紀南城約 9 公里，西與江陵川店鎮豪林村相臨，在正式發掘之前曾於同年的 8 月 23 日與 10 月中旬遭到兩次的盜墓。〔註 43〕該墓的年代，據本論文第二章「第四節、楚簡帛資料斷代分期」的論述，屬於戰國中期晚段，與諸多楚墓年代的相互比對結果，可能在曾侯乙、雨臺山、慈利石板村、信陽、天星觀、藤店、望山、包山、馬山等楚墓之後。

　　馬王堆漢墓帛書《老子》出土於馬王堆 3 號墓，該墓於西元 1973 年 11 月至 1974 年年初之間發掘於湖南省馬王堆。據學者指出，該墓的墓葬形式與 1 號墓相近，置於帶斜坡墓道的豎穴裡，並以白膏泥與木碳封固多層的棺槨，槨室以雙層的木材構成，棺數爲三層。從該墓出土一枚記事木牘發現：3 號墓下葬於漢文帝初元十二年（西元前 168 年），上距文獻記載利蒼死於呂后二年（西元前 186 年），相距約 18 年。〔註 44〕

　　馬王堆漢墓帛書《老子》分爲甲、乙兩種寫本。甲本字形近於篆體，與卷後的四篇古佚書合抄成一長卷，學者以爲甲本的文字不避漢高祖劉邦諱，以此推算該書抄寫的年代，最晚應在漢高祖時期，約爲西元前 206 年至西元前 195 年之間；乙本字形爲隸體，與卷前的四篇古佚書合抄在一幅寬帛之上，出土時發現折疊的邊緣已經殘斷，分爲三十二片，乙本的文字多避漢高祖劉邦諱，故

---

〔註 43〕湖北省荊門市博物館：〈荊門郭店一號楚墓〉，《文物》1997 年第 7 期，頁 35～46。

〔註 44〕中國科學院考古研究所、湖南省博物館寫作小組：〈馬王堆二、三號漢墓發掘的主要收獲〉，《馬王堆漢墓研究》（湖南：人民出版社，1981 年），頁 59～60。（又收入《考古》1975 年第 1 期）

將「邦」字改作「國」字，而不避漢惠帝劉盈諱，抄寫的時代應略晚，可能為惠帝或呂后時期，約為西元前 194 年至西元前 180 年之間。〔註45〕

郭店楚簡《老子》的年代，本論文將之定為戰國中期晚段，其年代在望山 1 號墓之後，可能在西元前 307 年左右下葬；馬王堆漢代 3 號墓的年代，學者多定為漢文帝初元十二年（西元前 168 年）。現今出土的戰國楚簡《老子》與漢代馬王堆帛書《老子》，從其作為陪葬品，下葬入墓的時代推算，二者相距約有 139 年左右。

關於馬王堆漢墓帛書《老子》甲、乙二種版本的書體問題，學者一般認為甲本的書體「結體取縱勢，或取橫勢，舒展自由，用筆圓轉流利，多是圓筆，隸勢筆法甚為明顯。」〔註46〕或「方圓兼備，剛柔並濟，波磔分明。」〔註47〕乙本的書體「結體較為方正或扁方，橫向取勢，點畫排布均勻，筆畫中有波磔，挑法已粗具體勢，用筆嚴謹遒麗，粗具漢隸規模。」〔註48〕或「勁健雄毅，轉折方挺，造形方扁，體態平穩緊密。」〔註49〕郭店楚簡《老子》的書體大致與其他的楚簡相近，但較為「典雅、秀麗」。〔註50〕據此可知，年代的差異已經使得文字的書體有不同的表現。

## 二、篇目與內容安排

在篇目的安排上，以今本的王弼注本《老子》與之相較，郭店楚簡《老子》不分〈道經〉或〈德經〉，章次順序亦不固定；馬王堆漢墓帛書《老子》無論甲、乙本皆為〈道經〉在後，〈德經〉在前；此外，馬王堆漢墓帛書本在順序的安排上，第二十四章置於第二十二章之前，第四十一章置於第四十章之前，第八十、八十一章則置於第六十七章之前。

有關於今本《老子》、馬王堆漢墓帛書《老子》、郭店楚簡《老子》，在篇目

---

〔註45〕韓中民：〈長沙馬王堆漢墓帛書概述〉，《馬王堆漢墓研究》，頁 71～73。（又收入《文物》1974 年第 9 期）

〔註46〕譚興萍：《中國書法用筆與篆隸研究》，頁 210。

〔註47〕蕭世瓊：《馬王堆帛書文字研究》（國立臺灣師範大學國文研究所碩士論文，1997年），頁 132。

〔註48〕《中國書法用筆與篆隸研究》，頁 210。

〔註49〕《馬王堆帛書文字研究》，頁 132。

〔註50〕荊門博物館：《郭店楚墓竹簡・前言》（北京：文物出版社，1998 年），頁 1。

安排上的差異，表列如下：〔註51〕

| 今本《老子》 | 帛書《老子》甲本 | 帛書《老子》乙本 | 郭店楚簡《老子》 |
|---|---|---|---|
| 第一章 | 第三十八章 | 第三十八章 | 第十九章 |
| 第二章 | 第三十九章 | 第三十九章 | 第六十六章 |
| 第三章 | 第四十一章 | 第四十一章 | 第四十六章 |
| 第四章 | 第四十章 | 第四十章 | 第三十章 |
| 第五章 | 第四十二章 | 第四十二章 | 第十五章 |
| 第六章 | 第四十三章 | 第四十三章 | 第六十四章 |
| 第七章 | 第四十四章 | 第四十四章 | 第三十七章 |
| 第八章 | 第四十五章 | 第四十五章 | 第六十三章 |
| 第九章 | 第四十六章 | 第四十六章 | 第二章 |
| 第十章 | 第四十七章 | 第四十七章 | 第三十二章 |
| 第十一章 | 第四十八章 | 第四十八章 | 第二十五章 |
| 第十二章 | 第四十九章 | 第四十九章 | 第五章 |
| 第十三章 | 第五十章 | 第五十章 | 第十六章 |
| 第十四章 | 第五十一章 | 第五十一章 | 第六十四章 |
| 第十五章 | 第五十二章 | 第五十二章 | 第五十六章 |
| 第十六章 | 第五十三章 | 第五十三章 | 第五十七章 |
| 第十七章 | 第五十四章 | 第五十四章 | 第五十五章 |
| 第十八章 | 第五十五章 | 第五十五章 | 第四十四章 |
| 第十九章 | 第五十六章 | 第五十六章 | 第四十章 |
| 第二十章 | 第五十七章 | 第五十七章 | 第九章 |
| 第二十一章 | 第五十八章 | 第五十八章 | 第五十九章 |
| 第二十二章 | 第五十九章 | 第五十九章 | 第四十八章 |
| 第二十三章 | 第六十章 | 第六十章 | 第二十章 |
| 第二十四章 | 第六十一章 | 第六十一章 | 第十三章 |
| 第二十五章 | 第六十二章 | 第六十二章 | 第四十一章 |
| 第二十六章 | 第六十三章 | 第六十三章 | 第五十二章 |
| 第二十七章 | 第六十四章 | 第六十四章 | 第四十五章 |
| 第二十八章 | 第六十五章 | 第六十五章 | 第五十四章 |
| 第二十九章 | 第六十六章 | 第六十六章 | 第十七章 |

〔註51〕 表格所見的篇目順序：今本《老子》，依王弼注本安排的次序；馬王堆漢墓帛書本，
係依照出土帛書上的編號依序排列；郭店楚簡本，依照《郭店楚墓竹簡》所分的
甲、乙、丙三類依序排列，同一類者則又依竹簡的編號順序列出。

| 第三十章 | 第八十章 | 第八十章 | 第十八章 |
|---|---|---|---|
| 第三十一章 | 第八十一章 | 第八十一章 | 第三十五章 |
| 第三十二章 | 第六十七章 | 第六十七章 | 第三十一章 |
| 第三十三章 | 第六十八章 | 第六十八章 | 第六十四章 |
| 第三十四章 | 第六十九章 | 第六十九章 | |
| 第三十五章 | 第七十章 | 第七十章 | |
| 第三十六章 | 第七十一章 | 第七十一章 | |
| 第三十七章 | 第七十二章 | 第七十二章 | |
| 第三十八章 | 第七十三章 | 第七十三章 | |
| 第三十九章 | 第七十四章 | 第七十四章 | |
| 第四十章 | 第七十五章 | 第七十五章 | |
| 第四十一章 | 第七十六章 | 第七十六章 | |
| 第四十二章 | 第七十七章 | 第七十七章 | |
| 第四十三章 | 第七十八章 | 第七十八章 | |
| 第四十四章 | 第七十九章 | 第七十九章 | |
| 第四十五章 | 第一章 | 第一章 | |
| 第四十六章 | 第二章 | 第二章 | |
| 第四十七章 | 第三章 | 第三章 | |
| 第四十八章 | 第四章 | 第四章 | |
| 第四十九章 | 第五章 | 第五章 | |
| 第五十章 | 第六章 | 第六章 | |
| 第五十一章 | 第七章 | 第七章 | |
| 第五十二章 | 第八章 | 第八章 | |
| 第五十三章 | 第九章 | 第九章 | |
| 第五十四章 | 第十章 | 第十章 | |
| 第五十五章 | 第十一章 | 第十一章 | |
| 第五十六章 | 第十二章 | 第十二章 | |
| 第五十七章 | 第十三章 | 第十三章 | |
| 第五十八章 | 第十四章 | 第十四章 | |
| 第五十九章 | 第十五章 | 第十五章 | |
| 第六十章 | 第十六章 | 第十六章 | |
| 第六十一章 | 第十七章 | 第十七章 | |
| 第六十二章 | 第十八章 | 第十八章 | |
| 第六十三章 | 第十九章 | 第十九章 | |
| 第六十四章 | 第二十章 | 第二十章 | |

| 第六十五章 | 第二十一章 | 第二十一章 | |
|---|---|---|---|
| 第六十六章 | 第二十四章 | 第二十四章 | |
| 第六十七章 | 第二十二章 | 第二十二章 | |
| 第六十八章 | 第二十三章 | 第二十三章 | |
| 第六十九章 | 第二十五章 | 第二十五章 | |
| 第七十章 | 第二十六章 | 第二十六章 | |
| 第七十一章 | 第二十七章 | 第二十七章 | |
| 第七十二章 | 第二十八章 | 第二十八章 | |
| 第七十三章 | 第二十九章 | 第二十九章 | |
| 第七十四章 | 第三十章 | 第三十章 | |
| 第七十五章 | 第三十一章 | 第三十一章 | |
| 第七十六章 | 第三十二章 | 第三十二章 | |
| 第七十七章 | 第三十三章 | 第三十三章 | |
| 第七十八章 | 第三十四章 | 第三十四章 | |
| 第七十九章 | 第三十五章 | 第三十五章 | |
| 第八十章 | 第三十六章 | 第三十六章 | |
| 第八十一章 | 第三十七章 | 第三十七章 | |

　　據此可知：馬王堆漢墓帛書《老子》甲、乙本皆將〈德經〉置於前，〈道經〉置於後，郭店楚簡《老子》則無〈道經〉與〈德經〉之分。此外，郭店楚簡《老子》出現三次第六十四章，其中兩次出現於甲本，一次出現於丙本。再者，將郭店楚簡《老子》與今本《老子》相較，其間缺漏者甚多，郭店楚簡《老子》的篇目僅有三十一章，不及今本《老子》與馬王堆漢墓帛書《老子》的一半。

　　有關於內容的差異，由於篇幅甚多，無法於此處詳細羅列，請參見本論文附錄三〈古今《老子》版本釋文對照表〉。

## 三、帛書《老子》與竹簡《老子》之比較

### （一）字句的比較

　　從內容觀察，郭店楚簡《老子》雖分為甲、乙、丙三類，可是其本質與馬王堆漢墓帛書《老子》的甲、乙本不同，它僅有一種書體，而帛書本則依據不同的兩種書體分為甲、乙本。此外，馬王堆漢墓帛書《老子》的內容與今本相較，除了少數因毀損所致的缺漏外，大致與今本《老子》相近，相對地，郭店楚簡《老子》的內容與今本《老子》差異甚多，它多為一小段，或是部分，只

有少數爲全文；其次，文辭相異或顛倒的現象亦所在多有，如第十三章記載：

可託天下（今本《老子》）

可以寄天下（馬王堆漢墓帛書《老子》甲本）

可以寄天下矣（馬王堆漢墓帛書《老子》乙本）

可以连天下矣（郭店楚簡《老子》乙本）

第十八章記載：

國家昏亂有忠臣（今本《老子》）

邦家闆乳案有貞臣（馬王堆漢墓帛書《老子》甲本）

國家闆凡安有貞臣（馬王堆漢墓帛書《老子》乙本）

邦豪緒□□又正臣（郭店楚簡《老子》丙本）

第五十二章記載：

賽其兌，閉其門（今本《老子》）

塞亓門，閉亓門（馬王堆漢墓帛書《老子》甲本）

塞亓垸，閉亓門（馬王堆漢墓帛書《老子》乙本）

閟亓門，賽亓逸（郭店楚簡《老子》乙本）

第六十六章記載：

天下樂推而弗推（今本《老子》）

天下樂隹而弗猒（馬王堆漢墓帛書《老子》甲本）

天下皆樂誰而弗猒（馬王堆漢墓帛書《老子》乙本）

天下樂進而弗詀（郭店楚簡《老子》甲本）

再者，今本《老子》與馬王堆漢墓帛書《老子》甲、乙本皆不見「合文」的現象，郭店楚簡《老子》則於第二十章、六十四章出現「之所」二字的合文，第五十四章出現「子孫」二字的合文，第五十五章出現「蠆蟲」二字的合文。

## （二）文字現象

郭店楚墓出土的《老子》爲戰國中期晚段的作品，馬王堆漢墓出土的帛書《老子》則爲漢初的文物，此二者不僅在時代上有所距離，在材質上亦不相同，

一爲竹簡，一爲繪帛。一般而言，文字的形體常因書寫的材質或場合而有所不同，而且不同的時代所使用的文字亦不同，諸如殷商時期刻於甲骨上的甲骨文，商周時代刻鑄於青銅器上的銘文，每一種材質皆有其適宜表現的文字，每一個時代亦有其代表或習用的文字與習慣。茲從文字異體、合文、通假、語助詞現象等角度，觀察其間的差異，條分縷析，論述如下：

### 1、文字異體者

此處所謂「文字異體」者，除異體字外，尚包括飾筆現象。馬王堆漢墓帛書《老子》與郭店楚簡《老子》的文字異體現象十分常見，有關於文字異體的現象，本論文已有專章討論，請參見第三章「楚簡帛文字——增繁與省減考」、第四章「楚簡帛文字——異體字考」。於此僅將馬王堆漢墓帛書與郭店楚簡《老子》所見的現象，羅列於下：

難：難－難－戁〔註52〕（第二章）　　相：相－相－相（相）（第二章）

聖：聲－耴－聖（第二章）　　唯：唯－唯－唯（售）（第二章）

地：地－地－陸（第五章）　　間：口－閒－初（第五章）

其：口－亓－丌（第五章）　　猶：猶－猷－猷（第五章）

簞：簞－簞－簞（第五章）　　屈：淈－淈－屈（第五章）

動：蹱－動－遑（第五章）　　保：葆－葆－保（第九章）

失：失－失－遊（第十三章）　　及：及－及－迟（第十三章）

愛：愛－愛－忎（第十三章）　　樸：樸－樸－樸（藂）（第十五章）

道：道－道－衍（第十五章）　　作：作－作－复（第十六章）

其：其－亓－丌（第十七章）　　信：信－信－信（信）（第十七章）

功：功－功－紅（第十七章）　　廢：廢－廢－發（第十八章）

仁：仁－仁－悬（第十八章）　　家：家－家－豪（第十八章）

絕：絕－絕－凼（第十九章）　　倍：負－倍－伓（第十九章）

絕：口－絕－幽（第二十章）　　學：學－學－學（學）（第二十章）

惡：惡－亞－亞（第二十章）　　畏：口－畏－禖（第二十章）

---

〔註52〕爲使讀者明瞭古今《老子》版本的文字異體、通假現象，故於冒號「：」之前列出今本王弼注本《老子》，其後則依序列出馬王堆漢墓帛書《老子》甲本、乙本，最後則爲郭店楚簡《老子》；此外，若有相同的現象，亦僅列出一項，不一一臚列。

強：強－強－勥（第二十五章）　　　　主：主－主－宝（第三十章）

矜：矜－矜－矝（第三十章）　　　　　賓：賓－賓－賔（第三十二章）

合：合－合－合（𦥑）（第三十二章）　作：口－作－复（第三十七章）

樸：椢－樸－斀（第三十七章）　　　　笑：口－笑－芺（第四十一章）

辱：辱－辱－辱（辱）（第四十四章）　學：學－學－學（𢽫）（第四十八章）

兌：悶－坑－迸（第五十二章）　　　　使：使－使－叓（第五十五章）

氣：氣－氣－燹（第五十五章）　　　　奇：畸－畸－戜（第五十七章）

富：口－富－福（第五十七章）　　　　好：好－好－好（㜽）（第五十七章）

早：口－蚤－暴（第五十九章）　　　　國：國－國－邦（第五十九章）

難：難－難－蟄（第六十三章）　　　　臺：臺－臺－臺（臺）（第六十四章）

谷：浴－浴－浴（𣲹）（第六十六章）

　　根據上列資料顯示，郭店楚簡《老子》的文字異體現象，相較於馬王堆漢墓帛書《老子》甲、乙本爲多。此一現象透露出兩項訊息：《說文解字·敘》云：「其後諸侯力政，不統於王，惡禮樂之害己，而皆去其典籍，分爲七國，……言語異聲，文字異形。」〔註53〕從郭店楚簡《老子》的文字異體情形觀察，許愼所言甚是；在秦朝統一天下後，「罷其不與秦文合者」，在政治力量的干預下，文字走向一統，相對的，文字異體的現象亦較秦王統一文字之前爲少。此外，從上面的文字異體可以發現馬王堆漢墓帛書甲、乙本的文字相同者居多，相對的，則多與郭店楚簡本相異。由此可知，時代相距愈遠，文字異體的現象也愈加嚴重。

### 2、合文者

　　我們將馬王堆漢墓帛書《老子》甲、乙本與郭店楚簡《老子》相較，發現合文現象僅出現於後者，誠如本論文第六章「楚簡帛文字——合文考」討論的結果，合文現象於春秋、戰國時期日漸達到成熟、興盛的階段，當時以合文形式書寫的現象十分普遍，自秦國一統天下後，在文字統一與規範的要求下，合文逐漸的消失。而漢代可見的合文，則以數字合文較爲習見，如：「七十」、「五十」等。今從戰國楚簡與漢代帛書《老子》的觀察，正與該章的論述結果相合。

〔註53〕《說文解字注》，頁765。

　　郭店楚簡《老子》所見的合文現象，皆於二字合文的第二字的右下方添加合文符號「＝」，與重文有明顯的區別。有關合文現象，本論文另有專章討論，請參見第六章「楚簡帛文字——合文考」，於此僅將郭店楚簡《老子》所見的合文現象羅列出來，不再詳加說明。

　　（1）之　所

　　　　人**肵**＝畏亦不可不畏（第二十章）

　　　　復眾**肵**＝所迬（過）（第六十四章）

「之所」為「之╳」式的習用語，係採取共用筆畫的方式合書。

　　（2）子　孫

　　　　孫＝以其祭祀不屯（第五十四章）

「子孫」應指後代，係採取包孕合書的方式書寫，二字合書時，省減共同的偏旁「子」字。

　　（3）薑　蟲

　　　　蟲薑＝它（蛇）弗薑（螫）（第五十五章）

「薑蟲」係採取包孕合書的方式書寫，二字合書時，省減共同的偏旁「蟲」字。

### 3、通假現象者

　　馬王堆漢墓帛書《老子》與郭店楚簡《老子》的文字通假現象十分繁多，有關於通假字的現象，本論文有專章討論，其中不乏《老子》古今版本的通假字，請參閱第七章「楚簡帛文字——通假字考」，於此僅將古今四種《老子》版本〔註54〕所見有關的通假字羅列於下：

知：知－知－智〔註55〕（第二章）　　　美：美－美－散（第二章）

惡：惡－亞－亞（第二章）　　　　　　有：有－囗－又（第二章）

無：无－囗－亡（第二章）　　　　　　易：易－易－惕（第二章）

短：短－短－耑（第二章）　　　　　　形：囗－刑－型（第二章）

---

〔註54〕係指（晉）王弼注《老子》、馬王堆漢墓帛書《老子》甲本與乙本、郭店楚簡《老子》四種版本。

〔註55〕次序為馬王堆帛書《老子》甲本、乙本，郭店楚簡《老子》；此外，若有相同的現象，亦僅列出一項，不一一臚列。

盈：盈－盈－淫（第二章）　　　聲：聲－聲－聖（第二章）

隨：隋－隋－墮（第二章）　　　聖：聲－耶－聖（第二章）

物：物－物－勿（第二章）　　　辭：囗－始－訇（第二章）

恃：囗－侍－志（第二章）　　　愈：俞－俞－愈（第五章）

動：蹱－動－潼（第五章）　　　揣：囗－短－湍（第九章）

群：囗－允－群（第九章）　　　守：守－守－獸（第九章）

富：富－富－福（第九章）　　　驕：驕－驕－喬（第九章）

功：功－功－攻（第九章）　　　遂：述－遂－述（第九章）

退：芮－退－退（第九章）　　　寵：龍－弄－憃（第十三章）

驚：驚－驚－纓（第十三章）　　患：梡－患－患（第十三章）

何：苛－何－可（第十三章）　　謂：胃－胃－胃（第十三章）

吾：吾－吾－虍（第十三章）　　若：女－女－若（第十三章）

微：微－微－非（第十五章）　　識：志－志－志（第十五章）

容：容－容－頌（第十五章）　　豫：與－與－夜（第十五章）

兮：呵－呵－虖（第十五章）　　若：若－若－奴（第十五章）

畏：畏－畏－恨（第十五章）　　鄰：囗－嬰－嬰（第十五章）

敢：囗－嚴－敢（第十五章）　　渙：渙－渙－觀（第十五章）

釋：澤－澤－懌（第十五章）　　孰：囗－囗－竺（第十五章）

靜：情－靜－束（第十五章）　　樸：榿－樸－樸（第十五章）

徐：余－徐－舍（第十五章）　　欲：欲－欲－谷（第十五章）

盈：盈－盈－呈（第十五章）　　旁：旁－旁－方（第十六章）

根：囗－根－堇（第十六章）　　次：次－囗－即（第十七章）

侮：母－母－炙（第十七章）　　焉：案－安－安（第十七章）

遂：遂－遂－述（第十七章）　　姓：省－姓－眚（第十七章）

故：故－故－古（第十八章）　　親：親－親－新（第十八章）

孝：畜－孝－孝（第十八章）　　忠：貞－貞－正（第十八章）

巧：巧－巧－攷（第十九章）　　盜：盜－盜－覜（第十九章）

賊：賊－賊－惻（第十九章）　　孝：孝－孝－季（第十九章）

慈：慈－慈－子（第十九章）　　屬：屬－屬－豆（第十九章）

素：素－素－索（第十九章）　　　樸：囗－璞－樸（第十九章）

呵：訶－呵－可（第二十章）　　　何：何－何－可（第二十章）

美：美－美－咪（第二十章）　　　獨：獨－獨－蜀（第二十五章）

改：囗－玹－亥（第二十五章）　　字：字－字－挙（第二十五章）

佐：佐－佐－差（第三十章）　　　伐：囗－伐－戔（第三十章）

用：用－用－甬（第三十一章）　　尚：上－上－上（第三十一章）

偏：偏－偏－卞（第三十一章）　　禮：禮－禮－豊（第三十一章）

哀：依－囗－悋（第三十一章）　　位：立－立－位（第三十一章）

戰：戰－單－戰（第三十一章）　　勝：勝－朕－剩（第三十一章）

若：若－若－女（第三十二章）　　雖：唯－唯－唯（第三十二章）

露：洛－洛－零（第三十二章）　　始：囗－始－訇（第三十二章）

殆：囗－殆－訇（第三十二章）　　制：囗－制－折（第三十二章）

譬：俾－卑－卑（第三十二章）　　在：在－囗－才（第三十二章）

海：海－海－洱（第三十二章）　　平：平－平－坪（第三十五章）

過：過－過－怘（第三十五章）　　淡：談－淡－淡（第三十五章）

乎：呵－呵－可（第三十五章）　　聽：聽－聽－聖（第三十五章）

化：爲－化－蠡（第三十七章）　　鎮：囗－闐－貞（第三十七章）

靜：靜－靜－束（第三十七章）　　定：正－正－定（第三十七章）

動：動－勤－僮（第四十章）　　　弱：弱－囗－溺（第四十章）

勤：囗－堇－堇（第四十一章）　　若：囗－如－女（第四十一章）

遲：囗－遲－夷（第四十一章）　　隅：囗－禺－禺（第四十一章）

形：囗－刑－䇻（第四十一章）　　埶：囗－埶－箐（第四十四章）

得：得－囗－貴（第四十四章）　　亡：亡－囗－賣（第四十四章）

費：囗－囗－賢（第四十四章）　　病：病－病－疧（第四十四章）

久：久－囗－舊（第四十四章）　　缺：缺－囗－夬（第四十五章）

弊：敝－囗－幣（第四十五章）　　沖：盅－沖－中（第四十五章）

拙：拙－拙－佀（第四十五章）　　直：直－囗－植（第四十五章）

燥：趮－趯－桌（第四十五章）　　滄：寒－寒－蒼（第四十五章）

清：靚－囗－青（第四十五章）　　熱：炅－囗－然（第四十五章）

清：請－□－清（第四十五章）　　　　靜：靚－□－清（第四十五章）

□：□－憯－僉〔註56〕（第四十六章）　　禍：龢－□－化（第四十六章）

損：□－云－員（第四十八章）　　　　　終：終－多－終（第五十二章）

塞：塞－塞－賽（第五十二章）　　　　　修：脩－脩－攸（第五十四章）

餘：□－餘－舍（第五十四章）　　　　　鄉：鄉－鄉－向（第五十四章）

豐：□－峀－奉（第五十四章）　　　　　攫：瞿－據－攫（第五十五章）

猛：猛－孟－獸（第五十五章）　　　　　筋：筋－筋－董（第五十五章）

柔：柔－柔－秣（第五十五章）　　　　　牡：牡－牡－戊（第五十五章）

益：益－益－謚（第五十五章）　　　　　祥：祥－祥－羕（第五十五章）

閉：閉－閉－閔（第五十六章）　　　　　同：同－同－迵（第五十六章）

塵：輇－墊－斳（第五十六章）　　　　　淺：淺－賤－戔（第五十六章）

治：之－之－之（第五十七章）　　　　　奇：畸－畸－戟（第五十七章）

忌：□－忌－期（第五十七章）　　　　　諱：□－諱－韋（第五十七章）

彌：彌－彌－爾（第五十七章）　　　　　貧：貧－貧－畔（第五十七章）

滋：茲－茲－慈（第五十七章）　　　　　彰：□－章－章（第五十七章）

化：化－化－憑（第五十七章）　　　　　靜：靜－靜－青（第五十七章）

治：□－治－絥（第五十九章）　　　　　小：小－□－少（第六十三章）

味：味－□－未（第六十三章）　　　　　易：□－易－惕（第六十三章）

慎：愼－愼－斳（第六十四章）　　　　　慎：愼－愼－誓（第六十四章）

始：始－始－忖（第六十四章）　　　　　過：過－過－华（第六十四章）

輔：輔－輔－尃（第六十四章）　　　　　脆：□－□－霾（第六十四章）

散：□－□－徬（第六十四章）　　　　　治：□－□－紀（第六十四章）

□：□－矣－喜〔註57〕（第六十四章）　　過：爲－過－迮（第六十四章）

輔：輔－輔－梖（第六十四章）　　　　　谷：浴－浴－浴（第六十六章）

厭：猒－猒－詀（第六十六章）　　　　　爭：爭－爭－靜（第六十六章）

---

〔註56〕王弼注本《老子》該句作「咎莫大於欲得」，未見「憯」字，所以，此處未列出今本《老子》之字。

〔註57〕王弼注本《老子》該句作「無敗事」，未見「矣」字，所以，此處未列出今本《老子》之字。

據此可知，馬王堆漢墓帛書《老子》與郭店楚簡《老子》的通假現象十分頻繁，倘若未將之與今本《老子》相較，則難以一一辨識。再者，將古今四種版本的《老子》予以比較，馬王堆漢墓帛書本的文字多與今本《老子》相同或相近，相對的，郭店楚簡《老子》則與之多有差異。從文字通假的現象觀察，書寫者在書寫時，常以音同或音近的文字，取代一時忘記的文字，所以，通假現象並不一定會隨著時代的推移而減少。其次，楚簡上的通假現象，可能是受到當地方言與楚地特殊字形影響，因此，與其他三種版本《老子》相互對照比較後，才發現有如此大的差異。此外，文字的通假，並不一定必具有雙聲疊韻的關係，只要聲旁相同者，往往可以通假。

4、語助詞者

從上列的情形觀察，文字有異體、合文與通假現象的不同，在篇目的安排上亦多相異，內容上更有繁簡與文句顛倒的差別，以彼律此，文句裡常使用的語助詞，亦應有所差異。語助詞又稱爲「助辭」、「助詞」、「助字」，一般係指不具有實在意義，而在語句中幫助表達某種語氣，或是起某種結構作用，不能充當句子成分的特殊虛詞。〔註58〕從其放置的位置而言，一般可以分爲句首、句中、句末助詞三種，茲分項論述如下：

（1）句首助詞

句首助詞係指用於句首的助詞，用爲表示敘述事情的起始，或調節整個語句的節奏。

將馬王堆漢墓帛書本與郭店楚簡本相較，發現三種版本或有不同，如第二章記載：

　　訾不善已（馬王堆漢墓帛書《老子》甲本）

　　斯不善已（馬王堆漢墓帛書《老子》乙本）

　　此亓不善已（郭店楚簡《老子》甲本）

「訾」、「斯」、「此」三字的用法相同，其間的差異，應是書寫者個人或是時代先後所造成的不同習慣所致。

〔註58〕馬文熙、張歸璧：《古漢語知識詳解辭典》（北京：中華書局，1996 年），頁 698～699。

（2）句中助詞

句中助詞係指用於句間的助詞，用為幫助表達語氣，或是起結構作用。

馬王堆漢墓帛書《老子》與郭店楚簡《老子》在句中助詞的使用上，相同之處甚多，如第二章記載：

□□□□□□也，為而弗□□，□功而弗居也（馬王堆漢墓帛書《老子》甲本）

萬物昔而弗始，為而弗侍也，成□而弗居也（馬王堆漢墓帛書《老子》乙本）

萬勿復而弗忖也，為而弗志也，成而弗居（郭店楚簡《老子》甲本）

又如第三十七章記載：

萬物將自慹而欲□（馬王堆漢墓帛書《老子》甲本）

萬物將自化而欲作（馬王堆漢墓帛書《老子》乙本）

萬勿牺自慹＝而雒复（郭店楚簡《老子》甲本）

亦見用字不同者，如第十五章記載：

渙呵其若淩澤，□呵其若屋（馬王堆漢墓帛書《老子》甲本）

渙呵亓若淩澤，沌呵亓若樸（馬王堆漢墓帛書《老子》乙本）

唐亓奴懌，屯唐亓奴樸（郭店楚簡《老子》甲本）

「唐」字於此應視為「乎」字的通假，可知此為用字的不同。

從上列數例可知，作為句中助詞的「而」字，無論在馬王堆漢墓帛書本或是郭店楚簡本皆無異；而亦作為句中助詞的今本《老子》「乎」字，卻有用字不同的現象，其原因為何？楚簡帛文字未見「乎」字，由此推測，「唐」字可能是楚國方言的專字，是記錄語言時所產生的特有文字。

（3）句末助詞

句末助詞係指用於句末的助詞，用為表示某種語氣，或調節節奏。

馬王堆漢墓帛書《老子》與郭店楚簡《老子》在句末助詞的使用上相同之處甚多，如第五章記載：

□猶橐籥與（馬王堆漢墓帛書《老子》甲本）

亓猷橐籥與（馬王堆漢墓帛書《老子》乙本）

兀猷口籆與（郭店楚簡《老子》甲本）

亦見不同者，如第二章記載：

皆知善，訾不善矣（馬王堆漢墓帛書《老子》甲本）

皆知善，斯不善矣（馬王堆漢墓帛書《老子》乙本）

皆智善，此兀不善已（郭店楚簡《老子》甲本）

又如第二十五章記載：

王居一焉（馬王堆漢墓帛書《老子》甲本）

王居一焉（馬王堆漢墓帛書《老子》乙本）

王尻一安（郭店楚簡《老子》甲本）

「矣」字之義爲「語已詞也」，段玉裁云：「已矣疊韻。已，止也。其意止其言曰矣。」〔註59〕可知此爲用字上的不同。此外，亦見郭店楚簡本於句末添加助詞，而馬王堆漢墓帛書甲、乙本皆未添加者，如第二章記載：

天下皆知美之爲美，……是以弗去（馬王堆漢墓帛書《老子》甲本）

天下皆知美之爲美，……是以弗去（馬王堆漢墓帛書《老子》乙本）

天下皆智散之爲散也，……是以弗去也（郭店楚簡《老子》甲本）

或見郭店楚簡本於句末添加助詞，而馬王堆帛書甲、乙本僅見其一添加者，如第九章記載：

不可長葆之（馬王堆漢墓帛書《老子》甲本）

不可長葆也（馬王堆漢墓帛書《老子》乙本）

不可長保也（郭店楚簡《老子》甲本）

又如第十三章記載：

龍之爲下……可以寄天下（馬王堆漢墓帛書《老子》甲本）

弄之爲下也……可以寄天下矣（馬王堆漢墓帛書《老子》乙本）

懇之爲下也……可以寄天下矣（郭店楚簡《老子》乙本）

---

〔註59〕《說文解字注》，頁230。

或見郭店楚簡本末添加助詞，而馬王堆漢墓帛書甲、乙本僅見其一添加者，如第二十五章記載：

> 吾未知其名（馬王堆漢墓帛書《老子》甲本）
>
> 吾未知元名也（馬王堆漢墓帛書《老子》乙本）
>
> 未智元名（郭店楚簡《老子》甲本）

或見郭店楚簡本末添加助詞，而馬王堆漢墓帛書甲、乙本皆添加者，如第六十六章記載：

> 天下樂隼而弗猒也（馬王堆漢墓帛書《老子》甲本）
>
> 天下皆樂誰而弗猒也（馬王堆漢墓帛書《老子》乙本）
>
> 天下樂進而詀（郭店楚簡《老子》甲本）

總之，從句首、句中與句末助詞的觀察可以發現：句末助詞的差異最大，或用字不同，或添加的情況不一。「而」字於此多作為句中助詞；「虖（乎）」與「呵」雖然用字不同，卻仍具有句中助詞的作用；「也」、「矣」、「已」、「焉」、「安」等字是較為常見的句末助詞，這些字主要有幫助判斷的語氣，正因為它不具有疑問的語氣，所以，又可歸屬於「傳信助字」，〔註60〕相較之下，「與」字雖然亦為句末助詞，其語氣卻不如其他諸字肯定，出現次數亦不如其他幾個字多。

## 第四節　結　語

同域文字之間常因使用的目的不同，再加上書寫的材質有異，因此在表現上也會產生截然不同的風格。可是，文字的發展並不是如此的單純，它不一定是單線的發展，有時亦見兩種不同文字形體發生交互作用。從上面諸多的字例可以看出，早期的楚系銅器文字仍然延續著西周銅器文字的風格，甚至到春秋早期時仍保有西周遺風，直至春秋中期後，方才出現楚系獨特的文字風格，形體愈為修長、圓轉與盤曲，而在極度美術化的審美觀影響下，進一步的出現飾以鳥、蟲的紋飾。這種增飾極為繁複圖飾的文字，時常將文字置於次要的地位，

---

〔註60〕據《古漢語知識詳解辭典》記載，所謂「傳信助字」又可稱為「決詞」、「決斷之辭」、「決定詞」或「決定助詞」，一般用於句中或是句末，凡非表疑問語氣者均可列入其中。頁700～701。

使得文字的實用目的喪失，而後在文字的大量使用下，書寫者爲了書寫上的便利和速捷，遂又使得曾經蔚爲風尚的鳥蟲體，日漸爲人們淘汰。其後雖有一部分的銅器文字又回歸於原本體勢修長、圓轉的形體，可是亦出現刻畫草率的字形，甚者將修長的字形變爲扁平，而與簡帛文字的形體相近。

曾侯乙墓出土的竹簡文字，與其後的簡帛文字相較，它的形體較爲修長，或有學者以爲字體修長是受到記載的品物所致，﹝註61﹞將之與同墓出土的銅器文字相互對照觀察，不難發現它的字形多與之相近，於此只能說造成曾侯乙墓竹簡文字的形體修長的因素，有以下兩種：一、爲記錄的品物名稱所致，二、爲受到同時期的銅器文字影響所致。相反的，戰國中、晚期的楚國文字多書寫於簡帛上，爲了書寫的便捷，以及配合書寫的材質，文字走向扁平的形體，因此，無論是刻鑄於銘文或是書寫於簡帛的文字，多見如此的文字形體。由此可知，文字的形體演變與發展，往往是交互的影響，它會隨著使用者的習慣與需求，以及使用材質的不同，產生不同的變化。

銅器、簡帛文字之間的差異，大致而言相差不多，許多飾筆的增添皆可於二者的文字發現，除了少數特殊的飾筆現象，如半圓點、垂露點與鳥、蟲等複雜的紋飾外，一般多可以找到相同之處。二者在添加飾筆的差別，究其原因，主要仍是受到書寫的便捷與文字記錄的功用影響所致。從第二節所列舉裝飾半圓點、垂露點與鳥、蟲等紋飾的鼎、鎛、鐘、劍、戈、矛觀察，這些青銅器並不具有眞正使用的目的，其上刻鑄的文字，多爲記載某個事件，或以歌功頌德者爲多。此外，一般的青銅器多置於宗廟之用，因此，銅器上的文字，在字形上必需莊重嚴整。然而，楚系的銅器文字受到當時的審美觀影響，往往極盡的誇張筆畫，或盤曲、修長，或添加特殊的飾筆等，遂趨於極端的美術字發展。相對的，從出土的竹簡、帛書記載的事物觀察，多爲遣策、竹書、司法記錄、陰陽數術等，在文字記錄的目的與功用上，較之銅器文字，實有過之，爲求書寫上的方便與快速，爲了在有限的資源上記錄最多的資料，倘若一味的沿襲銅

﹝註61﹞ 林進忠於《出土文物與書法學術研討會論文集・曾侯乙墓出土文字的書法研究——附論小篆的眞實形相》云：「曾侯乙墓竹簡的多數文字體勢是縱長的，這與其內容車馬等用字構繁有關，由於簡面寬度固定而有限，文字能拉長而不能增寬，因此，依照文字構造繁簡，便有扁平、正方、縱長等不同的字相。」頁參～13。

器文字添加特殊飾筆的方式，除了徒增書寫的時間與不便外，也浪費簡帛書寫的空間。簡帛文字的飾筆增繁，雖然沿襲於銅器文字，卻並非一味的承繼，是在書寫的便捷之要求下，擇其所需，而有所不同。

此外，銅器文字多保有文字的全形，簡帛文字除了曾侯乙墓竹簡外，多有省減的現象；在文字異體上，二者所見的偏旁位置互換現象，十分嚴重。由此可知，古文字對於偏旁位置的經營並不固定，也沒有一定的標準。

有關馬王堆漢墓帛書《老子》與郭店楚墓竹簡《老子》，其文字的異體與通假現象，從時代的先後觀察，它是受到書寫者個人所處的時代與環境影響所致。由於時代的不同，各朝代有其不同的文字，或是專屬獨特的字形，書寫者在書寫該文章時，受限於自己所識的文字，才有不同的表現。相對的，亦受到個人方言的影響。亦即記錄文字時，誦讀者若與抄寫者的方音不同，在抄錄時往往會受到語言的影響，產生文字通假的現象。再者，不同的方言，常會有獨特的文字與之相合，因而產生某字僅見於某批資料的現象。

戰國時期文字殊體的情形十分嚴重，楚國人以其所知所識的文字記錄該文，對於當時的楚人，甚或其他地域者而言，這些形體特殊的文字或許並不為奇。再者，在秦代統一文字後，文字異體的現象雖得以減少，可是異體字的現象，依舊無法完全的消除。所以後人欲瞭解戰國與漢代《老子》版本間的差異，若非與今本《老子》對照，將難以完全明瞭。

馬王堆漢墓帛書《老子》甲、乙本與郭店楚簡《老子》是現今所見三種較古的版本，從上列的情形觀察，文字有異體、合文與通假現象的不同，在篇目的安排上，亦見前後次序的相異，內容上更有繁簡與文句顛倒的差別。文句裡常使用的語助詞，在句首與句中助詞上，除少數用字上的差異外，大致相近，句末助詞的差異則較大，或用字不同，或添加的情況不一。再者，馬王堆漢墓帛書《老子》甲、乙本皆未見合文的現象，而郭店楚簡則出現「之所」、「子孫」與「薑蟲」等二字合書的現象。又馬王堆漢墓帛書《老子》與郭店楚簡《老子》的通假現象十分頻繁，造成此一現象的因素，除了書寫者常以音同或音近的文字，取代一時忘記的文字外，亦可能是受到楚域當地方言影響，甚或是受到師承的影響。此外，又據二者的通假現象觀察，馬王堆漢墓帛書《老子》甲、乙本的文字多與今本《老子》相同，而郭店楚簡《老子》則與之差異較大，從楚

簡通假字與被通假字的聲旁觀察，往往可見聲旁相同者即發生通假現象，如：「未」通假爲「味」、「智」通假爲「知」、「亞」通假爲「惡」、「勿」通假爲「物」、「喬」通假爲「驕」、「胃」通假爲「謂」、「古」通假爲「故」等。據此可知，戰國楚簡在通假的使用，並不一定必具有雙聲疊韻的關係，只要聲旁相同者，往往可以通假。

　　儘管這三種版本多有差異，然而正因爲其間的不同，方能從中找出戰國時期楚國與西漢間文字使用，以及《老子》版本流傳的同異之處。甚者，不僅可以作爲校勘文獻上的缺漏與失誤，也可以從不同的版本，重新解析其間思想體系的相同與相異處，或是找出其間的聯繫與變化之處。總之，它爲文字、聲韻、版本、校勘、思想等學科，提供不少豐富的資料。

# 第九章 楚系簡帛文字與《說文》古文合證

## 第一節 前 言

　　古文字的範圍，一般以秦代統一文字爲下限，上自殷商文字，下至秦漢小篆，其間包括甲骨文、銅器文字、璽印文字、簡帛文字、泉幣文字、陶文等，由於書寫的材質不同，應用的場合有異，再加上時代的先後、地域的差異，文字在增繁與省減等演化的規律下，文字異形者不在少數。《說文解字》分爲十四篇，收錄正文計九千三百五十三字，重文爲一千一百六十三字，重文者又可分爲古文、奇字、籀文、篆文、或體、俗字與今文等七種。欲認識文字殊體的現象，《說文解字》的重文，實爲研究與認識古文字的重要參考資料。

　　《說文解字》所收的「古文」係指「孔子壁中書」，而與「古文」相近的「奇字」，係指「古文而異者」，段玉裁以爲此二者同爲古文，細分之則爲古文、奇字。〔註1〕關於古文、奇字的來源，王國維以爲當從「同時之兵器、陶器、璽印、貨

---

〔註1〕段玉裁於《說文解字注‧敘》「二曰奇字，即古文而異者也。」項下云：「分古文爲二。几下云：『古文奇字人也』，諆下云：『奇字無也』，許書二見，蓋其所記古文中時有之，不獨此二字矣。〈楊雄傳〉云：『劉歆之子棻嘗從雄學奇字』。按：不言大篆者，大篆即包於古文、奇字二者中矣。張懷瓘謂奇字即籀文，其跡有石鼓文存，非是。」其言下之意，已將奇字歸屬於古文。（臺北：黎明文化事業股份有限公司，1991年），頁768。

幣求之。」〔註2〕王氏所處的時代，出土的文物較今日爲少，而識得之字亦較今時爲寡，卻能於諸多材料未能親睹的條件下，有此卓見實屬難能。隨著出土材料的增加，春秋、戰國時代文字的研究風氣日漸興起，〔註3〕研究者莫不對於《說文解字》所收的古文來源略作探究，可是多侷限於某國、某系、或書於某種材質上的文字觀察，一但有所得，旋即以爲某國或某系統的文字與《說文解字》所收的「古文」字形最爲相同。因此，觀察者雖多，而其結論卻不一，並未有較爲正式的統計數據。有鑑於此，本文於文後將齊、楚、秦、燕、三晉等五系文字予以

〔註2〕 王國維：〈桐鄉徐氏印譜序〉，《定本觀堂集林》（臺北：世界書局，1991 年），頁301。

〔註3〕 近來在臺灣研究春秋、戰國時期文字者甚多，以學位論文爲例，如：張光裕：《先秦泉幣文字辨疑》（國立臺灣大學中國文學研究所碩士論文，1970 年）、林素清：《先秦古璽文字研究》（國立臺灣大學中國文學研究所碩士論文，1976 年）、許學仁：《先秦楚文字研究》（國立臺灣師範大學國文研究所碩士論文，1979 年）、汪深娟《侯馬盟書文字研究》（私立中國文化大學中國文學研究所碩士論文，1983 年）、江淑惠：《齊國彝銘彙考》（國立臺灣大學中國文學研究所碩士論文，1984 年）、林素清：《戰國文字研究》（國立臺灣大學中國文學研究所博士論文，1984 年）、許學仁：《戰國文字分域與斷代研究》（國立臺灣師範大學國文研究所博士論文，1986 年）、林清源：《兩周青銅句兵銘文彙考》（私立東海大學中國文學研究所碩士論文，1987 年）、游國慶：《戰國古璽文字研究》（國立中央大學中國文學研究所碩士論文，1991 年）、陳月秋：《楚系文字研究》（私立東海大學中國文學研究所碩士論文，1992 年）、洪燕梅：《睡虎地秦簡文字研究》（國立政治大學中國文學系碩士論文，1993 年）、黃靜吟：《秦簡隸變研究》（國立中正大學中國文學研究所碩士論文，1993 年）、潘琇瑩：《宋國青銅器彝銘研究》（國立成功大學中國文學研究所碩士論文，1994 年）、謝映蘋：《曾侯乙墓鐘銘與竹簡文字研究》（國立中山大學中國文學研究所碩士論文，1994 年）、莊淑慧：《曾侯乙墓出土竹簡考》（國立臺灣師範大學國文研究所碩士論文，1995 年）、王仲翊：《包山楚簡文字研究》（國立中山大學中國文學系碩士論文，1996 年）、陳茂仁：《楚帛書研究》（國立中正大學中國文學研究所碩士論文，1996 年）、陳昭容：《秦系文字研究》（私立東海大學中國文學研究所博士論文，1996 年）、林宏明：《戰國中山國文字研究》（國立政治大學中國文學系碩士論文，1997 年）、林清源：《楚國文字構形演變研究》（私立東海大學中國文學系博士論文，1997 年）、陳國瑞：《吳越文字研究》（國立中山大學中國文學系碩士論文，1997 年）、黃靜吟：《楚金文研究》（國立中山大學中國文學系博士論文，1997 年）、林雅婷：《戰國合文研究》（國立中山大學中國文學系碩士論文，1998 年）、洪燕梅：《秦金文研究》（國立政治大學中國文學系博士論文，1998 年）。

觀察，除了將與《說文解字》所收「古文」字形相同或相似者列出外，並統計其間的相合的比率，希望從中得到與其最爲接近的文字系統之答案。

## 第二節　六國用「古文」說的提出與考辨

### 一、六國用「古文」說的提出

「古文」一詞本見於《說文解字・敍》，許慎云：

> 及宣王大史籀著大篆十五篇，與古文或異。至孔子書六經，左丘明述《春秋傳》，皆以古文，厥意可得而說。其後諸侯力政，不統於王，惡禮樂之害已，而皆去其典籍，分爲七國，語言異聲，文字異形。秦始皇帝初兼天下，丞相李斯乃奏同之，罷其不與秦文合者。……是時秦燒滅經書，滌除舊典，大發吏卒，興戍役，官獄職務繁。初有隸書，以趣約易，而古文由此絕矣。……及亡新居攝，使大司空甄豐等校文書之部，自以爲應制作，頗改定古文。時有六書：一曰古文，孔子壁中書也；二曰奇字，即古文而異者也……。壁中書者，魯恭王壞孔子宅而得《禮記》、《尚書》、《春秋》、《論語》、《孝經》；又北平侯張蒼獻《春秋左氏傳》；郡國亦往往於山川得鼎彝，其銘即前代之古文，皆自相似。雖叵復見遠流，其詳可得略說也。〔註4〕

許慎本從賈逵受古學，其學說和思想，與漢代古學家息息相關。古文學家站在史學的立場，認爲孔子只是整理六經而將它授予後人，並非著作、書寫六經，〔註5〕亦即六經之作早於孔子之前已存在，至孔子整理六經時，書於其上的文字即爲古文。深究許慎之意，乃指「古文」的年代早於籀文。所以，段玉裁爲《說文解字》作《注》時，於「一」字所收古文項下云：「凡言古文者，謂倉頡所作古文也。」〔註6〕雖然，段玉裁的說法多有補充許慎之意，於此並未將古文與籀文使用的地域予以指出。

---

〔註4〕《說文解字注・敍》，頁 764〜769。

〔註5〕周予同《群經概論》云：「古文學家視孔子爲一史學家。他們以爲六經都是前代的史料，所謂『六經皆史』；孔子只是前代文化的保存者，所謂『述而不作，信而好古』。」（臺北：商務印書館，1997 年），頁 17。

〔註6〕《說文解字注》，頁 1。

關於六國採用古文的說法，一般以爲始於王國維，然而，早於王氏之前，已見相同說法的提出，如：吳大澂云：

> 古籀之亡，不亡于秦，而亡于七國。爲其變亂古虞，各自立異，使後人不能盡識也。……竊謂許氏以壁中書爲古文，疑皆周末七國時所作，言語異聲，文字異形，非復孔子六經之舊簡，雖存篆籀之跡，實多訛僞之形。〔註7〕

陳介祺爲吳氏《說文古籀補》作〈敘〉時亦云：

> 許氏之書，至宋始著，傳寫自多失真，所引古文，校以今傳周末古器字則相似，疑孔壁古經亦周末人傳寫。故籀書則多不如今之石鼓，古文則多不似今之古鐘鼎，亦不說某爲某鐘、某鼎字。〔註8〕

吳、陳二氏雖然未如王國維直接在〈戰國時秦用籀文六國用古文說〉等文章，明言流行於六國的文字爲「古文」，卻已經糾正許慎所言，並且指明出於孔壁中書的古文字，爲周末七國時人所寫。

其後，王國維則正式發表文章，提出「六國用古文」的說法，云：

> 則史籀篇文字，秦之文字，即周秦間西土之文字也。至許書所出古文，即孔子壁中書。其體與籀文、篆文頗不相近，六國遺器亦然。壁中古文者，周秦間東土之文字也。〔註9〕

又云：

> 余前作〈史籀篇疏證序〉，疑戰國時，秦用籀文，六國用古文，并以秦時古器遺文證之，後反覆漢人書，益知此說之不可易也。……觀秦書八體中有大篆無古文，而孔子壁中書與《春秋左氏傳》，凡東土之書，用古文不用大篆，是可識矣。故古文、籀文者，乃戰國時東、西二土文字之異名，其源皆出於殷周古文。〔註10〕

---

〔註7〕 （清）吳大澂：〈說文古籀補敘〉，《說文古籀補》（臺北：藝文印書館，1968年），頁1。

〔註8〕 （清）陳介祺：〈說文古籀補敘〉，《說文古籀補》，頁1。

〔註9〕 王國維：〈史籀篇疏證序〉，《定本觀堂集林》，頁254～255。

〔註10〕 王國維：〈戰國時秦用籀文六國用古文說〉，《定本觀堂集林》，頁306。

王氏屢次在文章裡，將戰國時期的文字，分爲東土與西土文字，[註11] 東土文字係指通行於東方六國的文字，西土文字係指通行於西方的秦國文字。此外，他又進一步地表示，六國間通行的文字爲古文，秦國通行的文字則爲籀文，二者雖然不同，深究其根本，皆源於殷周以來的古文。

## 二、六國用「古文」説的考辨

王國維提出「六國用古文」的説法後，學者多有不同的意見，錢玄同云：

> 王氏説《説文》中之古文無出壁中書及《春秋左氏傳》以外者，我從各方面研究，知道這話極對。要問這種古文是否眞古文，先要問壁中書等是否眞物。……所以若認這古文是眞的，那就應該承認是孔、左兩公所寫的。那兩公所寫的古文，至遲也只能是春秋時候的文字，決不能是晚周文字。……總而言之，羅、王兩氏都是精研甲骨鐘鼎文字的，他們看到《説文》中的古文與甲骨鐘鼎文字差得太遠知道它不古，這是他們的卓識；但總因爲不敢懷疑於壁中書之爲僞物，於是如此這般的曲爲解釋，或目它爲「列國詭更正文之文字」，或目它爲「晚周文字」，或目它爲「東土文字」，其實皆無稽之談也。[註12]

民國初年，疑古思想興起，對於諸多古史皆抱持作僞的態度，而心存懷疑，甚至否認它的存在。錢氏的意見，源於清代今文經學家觀念，認爲以古文書寫的壁中書與《左傳》皆爲劉歆等人僞作，[註13] 進一步指出王國維所謂的「東土文字」等説法毫無根據。然而，從現今出土的資料顯示，王國維「戰國時六國用古文」的説法，漸已成爲顚撲不破的眞理，後人縱使有諸多的例證，亦多爲

---

〔註11〕王國維討論「秦用籀文，六國用古文」的説法除上列二篇文章外，又見於〈桐鄉徐氏印譜序〉、〈史記所謂古文説〉、〈漢書所謂古文説〉、〈説文所謂古文説〉等文章。

〔註12〕錢玄同：〈論《説文》及壁中古文經書〉，《古史辨》第 1 冊（臺北：藍燈文化事業股份有限公司，1993 年），頁 237～242。

〔註13〕清代的今文經學家，如：廖平認定《左傳》爲劉歆依附之説。見廖平：《今古學考》（臺北：學海出版社，1985 年），頁 163～164；此外，皮錫瑞亦言多古字古言的《左傳》爲劉歆所僞。見皮錫瑞：〈春秋〉，《經學通論》（臺北：商務印書館，1989 年），頁 34～37；皮氏之言又見於（清）皮錫瑞撰、周予同注：《經學歷史・經學昌明時代》（臺北：藝文印書館，1996 年），頁 67～97。

王氏說法的佐證，或是有爲其背書的作用。

此外，容庚與錢玄同一樣懷疑王國維說法，他從出土的彝銘文字觀察，進而質疑壁中古文的眞假，云：

> 王國維別爲「戰國時秦用籀文，六國用古文」之說，今以彝器文證之，齊魯之彝器文，與秦固無大異，古文之異於秦者，並異於齊魯，不能謂爲東土文字如是也。六國遺器中，如齊陳曼簠、陳侯午敦……。竊疑壁中古文出於僞託。〔註14〕

對於容氏的質疑，王國維曾經以書面答覆，云：

> 此段議論，前見古史辨中錢君玄同致顧頡剛書實如此說。然鄙意謂秦用籀文，六國用古文，乃指戰國時說。……此外如燕齊之陶器，各國之兵器、貨幣、璽印不下數千百品。其文字並詭變草率，不合殷周文字，且難以六書求之。今日傳世古文中，最難識者，即此一類文字也。許書古文，正與此類文字爲一家眷屬。今若以六國兵器與大良造鞅戟、呂不韋戈校，子禾子釜與重泉量校，齊國諸節與新郪虎符校，可知東方諸國文字與秦文決非大同。……至對許書古文，弟亦有一種意見：許書古文出壁中書，乃六國文字，自不能與殷周古文合。〔註15〕

容庚對於王國維的答覆，以爲流於「此但求證其同而不求證其異，未足以爲定讞。」〔註16〕誠如上面所言，許愼對於「古文」的時代概念，深受當時古文學家的影響，相對地，民國初年學者對於「壁中古文」的質疑，亦非突然而起。清末時期的今文經學家代表——康有爲，亦曾經懷疑劉歆僞造大批的古文經書，〔註17〕由於其身分與地位所致，在當時影響不少學者。此外，疑古學派的

---

〔註14〕 容庚：《中國文字學形篇》（又名《中國文字學》）（臺北：廣文書局，1980 年），頁 37～38。

〔註15〕 容庚：〈王國維先生考古學上之貢獻〉，《王觀堂先生全集》第 16 冊（臺北：文華出版社，1968 年），頁 7349～7351。

〔註16〕 〈王國維先生考古學上之貢獻〉，《王觀堂先生全集》第 16 冊，頁 7351。

〔註17〕 康有爲在《新學僞經考》裡多次提到劉歆造僞經書，如：〈劉向經說足證僞經考〉云：「歆早料天下將以向之說攻之，故於僞造《左傳》，則云『向不能難』，於僞造《周官》，則云『向不能識』，所以拒塞天下之口者，防之早密矣。」頁 352；〈重

興起，更加影響當時人們對於古史記載的眞實性產生存疑。所以，容庚於此懷疑「壁中古文」出於僞託，應是受到當時思潮的影響所致。

　　其後孫海波云：

> 孔子當春秋之末世，則孔子後學必戰國時人，其寫古文經，自是六國文字，是孔壁中書，實六國文字，非古文也。……再以文字證之，《說文》之古文，其形體與商周文字輒異，與六國文字多合。其合也自當有其淵源，必非偶然也。余嘗取《說文》古文以與商周、六國文字相較，得字七十有九，其合於商周也四之一，其合於六國也四之三，則知漢代所謂古文，即六國文字。〔註18〕

孫氏的意見，基本上同意王國維的說法，可是，他卻不認爲「六國文字」與「古文」二者相等，究其言下之意，應是認爲古文的年代早於戰國，故云：「漢代所謂古文，即六國文字。」此一說法雖與王國維略異，卻未與王氏之說相違背。因爲，王氏於文中亦表明，戰國時期東土通用的古文源於殷周古文。據此觀察，孫氏之言應是補充說明王氏所謂的「古文」，亦即指漢代人們接觸的「古文」爲戰國時期的文字。

　　此外，金德建透過對於彝器上的文字與《說文解字》所收古文字形的比對結果，提出意見，云：

> 古文的運用地域，王氏說：「六國」；「六國」所指，差不多除了秦以外統統包括在內了。王氏有時說：「行於齊、魯，爰及趙、魏。」類此範圍總覺得不免定得太寬些。古文運用地域，現在我們可以估定：大都在齊、魯一帶，趙、魏還沒有出現，更不會多至六國；其餘若許國、陳國都是很鄰齊、魯的。〔註19〕

---

刻僞經考後序〉云：「古文者，毛氏《詩》、孔氏《書》、費氏《易》、《周禮》與《左氏春秋》，與其他名古文者及與古文證合者，皆劉歆所僞撰而竄改者也。」頁379。（臺北：世界書局，1969年）。

〔註18〕孫海波：《中國文字學·文字之發生及其演變》（臺北：學海出版社，1979年），頁65～67。

〔註19〕金德建：〈古代東西土古籀文字不同考〉，《金德建古文字學論文集》（臺北：貫雅文化事業有限公司，1991年），頁57。

金氏此篇文章書寫的年代十分早,因此,諸多材料尚未見到,就其當時所見的觀察與統計的結果而言,其言論自有其一定的依據。可是,隨著近來出土材料的日增,此言則有待修正。從出土器物上的文字統計,合於《說文解字》所收古文字形者,以楚系文字最多,其後依序為三晉系、齊系、秦系、燕系文字。〔註20〕據此可知,金氏之說已非的論。

學者除了質疑「六國用古文」的說法外,對於文字有東土與西土之別,亦有不同的意見,如:郭沫若云:

> 曩者王國維倡為「戰國時秦用籀文六國用古文說」,自以為「不可易」,學者已多疑之。今此器乃戰國時韓器,下距嬴秦兼併天下僅百六十年,而其字體上與秦石鼓、秦公簋,中與同時代之商鞅量、商鞅戟,下與秦刻石、秦權量相較,並無何等詭異之處,僅此已足易王之肥說而有餘矣。〔註21〕

〈䚄羌鐘〉又名〈䚄氏編鐘〉、〈䚄鐘〉,出土於河南洛陽金村太倉古墓。關於〈䚄羌鐘〉的年代,學者說法不一。《殷周金文集成》以為當屬戰國早期,高明、徐中舒將之歸屬於戰國時期,馬承源根據銘文「唯廿又再祀」以及銘文所事項,推測「唯廿又再祀」應為周威烈王二十二年,此器為春秋晉烈公時期的作品。〔註22〕說法雖然不一,可是,將之歸屬於春秋、戰國時期之作應無疑議。

〈䚄羌鐘〉據《殷周金文集成》所記載應屬於編鐘,在周代的禮樂制度裡,用鼎的數量與鐘的佈局,皆為身份等級的象徵。有關於鐘的用途甚廣,從楚墓出土的器物情形觀察,並非所有的墓葬皆出現編鐘,就同時出土竹簡的楚墓而言,僅見信陽楚墓出土的〈䶒篙鐘〉、曾侯乙墓出土的〈曾侯乙鐘〉等。據此可知,它主要的用途之一,即為身分地位的象徵。又據文獻資料的記載,如《左

---

〔註20〕有關楚、三晉、齊、秦、燕五系文字與《說文解字》所收古文字形的相同或相近現象,請參見附錄五。

〔註21〕郭沫若:〈䚄羌鐘銘考釋〉,《金文叢考》(北京:人民出版社,1954 年),頁 362。

〔註22〕中國社會科學院考古研究所編:〈鐘鎛類銘文說明〉,《殷周金文集成》第 1 冊(北京:中華書局,1984 年),頁 20;高明:《古文字類編》(臺北:大通書局,1986 年),頁 195;徐中舒:《漢語古文字字形表》(臺北:文史哲出版社,1988 年),頁 380;馬承源:《商周青銅器銘文選》第 4 冊(北京:文物出版社,1990 年),頁 589。

傳・襄公三十年》云：「鄭伯有耆酒，爲窟室，而夜飲酒，擊鐘焉。」又《左傳・哀公十四年》云：「左師每食，擊鐘。聞鐘聲，公曰『夫子將食』，既食，又奏。」〔註23〕從文獻記載亦可知，它是身分地位較高的貴族所擁有，應屬身分地位的表徵。此外，於《詩經・小雅・楚茨》云：「禮儀既備，鍾鼓既戒。孝孫徂位，工祝致告。神具醉止，皇尸載起。鼓鍾送尸，神保聿歸。」〔註24〕此段記載，敘述貴族於宗廟祭祀儀禮，使用鐘的情形。據此可知，鐘又可作爲宗廟祭祀時的器物。既然鐘的用途多爲身分地位的表徵，或作爲宗廟祭祀之用，相對的，刻鑄於上的文字，不可能過於簡率或是粗陋，應傾向於典重、秀麗的風格，在行款的風格上，也多有定局。儘管時代更迭，其上的銘文，應不致有太大的轉變。縱使偶見如〈王子午鼎〉、〈曾侯乙鐘〉等楚系的美術化文字，但是，這種例子畢竟爲數不多。就文字而言，此二者的文字，亦不如楚系兵器上的鳥蟲書文字奇詭難識。所以，郭沫若以〈䳓羌鐘〉之例欲駁斥王國維的說法，實難以成立。再者，王國維於文章裡曾云：「其源皆出於殷周古文」，既然源頭相同，則文字的變化不大可能瞬間驟變。而且誠如上面所言，其文字與行款作風自有定局。雖有西周、春秋、戰國時代更迭的不同，可是，在變化上應不致流於瞬間轉變，它的變異應是漸進的，而非朝夕間即產生文字異形。再其次，王國維亦指出六國文字難識者爲「燕齊之陶器，各國之兵器、貨幣、璽印」，郭沫若以此例即言王國維之言爲肊說，未免流於篤斷。

此外，蔣善國云：

> 《說文》所收古文，完全根據漢代所發見和流傳的古文經傳，裡面的孔壁古文和《春秋左氏傳》是主要的。不過這種古文是經過新莽時候改定過的，不完全是原來的面貌。……其實孔壁古文和《春秋左氏傳》都不是春秋時寫的。……孔壁古文當是周末人傳的。但王國維把古文限于六國的文字，跟秦國的籀文分開，未免有些偏差。《說文》所收古文是戰國末季，秦禁《詩》、《書》以前，用魯國通行文字寫的，是可以肯定的，不過《說文》裡面的古文，是新莽改定古

---

〔註23〕楊伯峻：《春秋左傳注》（高雄：復文圖書出版社，1991年），頁1175，頁1687。

〔註24〕（漢）毛亨傳、（漢）鄭玄箋、（唐）孔穎達疏：《詩經》（十三經注疏本）（臺北：藝文印書館，1993年），頁458。

> 文後的古文，裡面已有許多字失掉了原來的面貌，不是魯國當時通
> 用的文字。……至于說古文是齊魯東土的文字，籀文是秦國西土的
> 文字，是不正確的。……不論秦、齊，都是用一種當時通行的文字，
> 本沒有什麼西土、東土之別。……戰國時文不但沒有西土與北土的
> 分別，並且有沒有東土與南土的分別。〔註25〕

蔣氏基本上肯定孔子壁中書與《春秋左氏傳》皆爲周末人所傳寫，可是卻反對將古文歸屬於齊魯的東土文字，籀文歸屬於秦國的西土文字，他認爲在當時並無所謂的東、西、南、北土文字的分別，各國所用的文字皆爲當時通行的文字。然而，隨著出土材料的增加，我們發現書寫於不同材料的文字，多有不同的字形，相對的，不同地域出土的文字，其字形亦往往不同，倘若當時只有一種通行的文字，何以產生這種現象。據此可知，蔣氏所謂戰國時期文字無東、西、南、北土的說法，實已不可成立。

其後張光裕從先秦泉幣的文字觀察，以爲六國古文的異形，或許是受到書寫工具或長時間受外界、人爲的影響所致，地域的不同不致使得文字產生太大的變化。〔註26〕究其文意，則是認爲文字不應有地域之分。然而，從諸多的出土文物觀察，不同的地域，自有其所屬的文字特色，倘若單從泉幣的層面而論，似乎亦流於狹隘。

此外，邱德修師從諸多文字的觀察，以爲王氏之說可改爲北土文字與南土文字。所謂「北土文字」係指通行於北方的齊魯、燕趙與西秦間的文字，「南土文字」係指通行於南方的荊楚與吳越間的文字。〔註27〕邱師所舉的南土文字之例字，有不少爲鳥蟲書，故以此作爲南、北文字之別的依據。就當時所見文物當可如此，可是，隨著文物的出土日增，若僅是將之區分爲南、北土文字亦不免流於廣泛、粗疏。然而，若將之與王氏的說法相互參照比對，把未曾交集的部分重新整理，在王氏的基礎上，可以再分爲秦系文字、楚系文字、齊魯韓趙

---

〔註25〕 蔣善國：《漢字形體學》（北京：文字改革出版社，1959年），頁135～137。

〔註26〕 張光裕：《先秦泉幣文字辨疑》（國立臺灣大學中國文學研究所碩士論文，1970年），頁157。

〔註27〕 邱德修師：《說文解字古文釋形考述》（國立臺灣師範大學國文研究所碩士論文，1974年），頁39～47。

魏燕系文字三種。據此可知，當時的說法雖然流於分類的廣泛、粗疏，可是，對於日後將戰國文字細分為齊、楚、秦、燕、三晉等五系文字，實具有奠基之效。

隨著出土材料的日漸增加，近來學者對於此一說法的討論更多，他們多從出土的文字著手觀察，並且比對二者的差異。言之者眾，卻多是補充王氏之說，或是印證王氏說法的正確性。如：裘錫圭從文字的觀察、比對，認為王氏所謂「六國用古文」的看法應為確論。〔註 28〕林素清以為《說文解字》所收古文，其字體多有省簡與訛變的現象，這是一種通行於戰國時期東方各國的新興字體。〔註 29〕陳昭容認為王氏提出「戰國時東土用古文」的說法，以今日所見的戰國文字相印證，二者確有相符的現象，可是，這些新興的異體，僅是其中的一部分，若將之改為「戰國時古文行用於東土」應該更符合實際的情況。〔註 30〕

從現今的出土資料觀察，王國維提出的「戰國時六國用古文」的說法，基本上是正確的，然而，若將《說文解字》所收古文與先秦文字相互比對，可以發現所謂「戰國時六國用古文」的說法，應可以再往前提至春秋時期。文字的演變與發展的情形，猶如文學與思想，它是漸進的，並非瞬間的突變，因此，無法以政治的朝代予以區分。從容庚的《金文編》所收文字觀察，大致而言，西周時期的文字變化不大，可是，至春秋中期以後，各國間的文字，便逐漸發展出各自的特色，地域相近的國家，在文字的形體上，也漸趨於相同或相近。文字由一統走向異形，這是由於周王室的力量日漸衰微，無法掌控諸侯國所致；鄰近國家的文字，產生相同或相近的形體，則是在軍事、商業、婚姻等，彼此間文化的互通所致。從已見的古文字資料現象觀察，古文與籀文的使用，於戰國時期的七國而言，並不是如此的壁壘分明。因此，王國維的說法若作為「戰國時六國通行古文」，應較能與歷史的足跡相符。此外，從出土文物上的文字觀

---

〔註 28〕 裘錫圭：《文字學概要》（臺北：萬卷樓圖書有限公司），頁 68～76。

〔註 29〕 林素清：〈《說文》古籀文重探——兼論王國維〈戰國時秦用籀文六國用古文說〉〉，《中央研究院歷史語言研究所集刊》第 58 本第 1 分（臺北：中央研究院歷史語言研究所，1987 年），頁 209～252。（此一說法又見於林素清：〈王國維「戰國時秦用籀文六國用古文」說重探〉，《戰國文字研究》（國立臺灣大學中國文學研究所博士論文，1984 年））

〔註 30〕 《秦系文字研究》，頁 45～46。

察，非僅戰國時秦國與六國使用的文字有所不同，早於春秋中、晚期，西方的秦國與東方諸國在文字的使用上已有差異。若將傳統史書對於政治朝代的劃分，套用在文字的使用，未免深受侷限。從此層面出發，則無妨於「戰國」二字之前加上「春秋」二字，或許更可以將整個現象涵括其中，亦即文字分域的概念，應可提早至春秋中期，無須至戰國時期才分作五個地域系統。又王國維將戰國時期的文字分爲東土與西土，就現今可見的戰國文字而言，不免流於粗疏。其所謂「西土文字」者爲西秦文字，應無爭論，可是，以東方六國涵括於「東土文字」，則無法突顯出各國文字間的特色與差異。因此，若將之細分爲齊、楚、秦、燕、三晉等五系文字，則更能表現出不同地域與國家間文字的不同和特色之歧異。

近來學者的研究與觀察，雖然多能從出土材料上去肯定王國維的說法，可是，並未進一步的提出《說文解字》所收古文的字形，與那一個地域系統的文字較爲接近，本文將於下一節對此問題，作一粗略的觀察與統計，希望得到較爲明確的答案。

## 第三節　楚簡帛書與《說文》古文關係論

《說文解字》所收古文的數量，由於諸家的統計方法、版本、論點不同，所以，統計的結果往往有所出入。王國維以爲「五百許字」，商承祚於《說文中之古文考》收有 461 組，章季濤指出其間注明爲「古文」者共有 510 個，陳昭容以爲「約收五百個古文」。〔註31〕本文依大、小徐本以及段注本《說文解字》統計，共有 464 組。此外，據章季濤之言可知，其間的不同，亦可能爲統計時使用的單位不同所致。因爲，《說文解字》所收錄的古文，並非規律地以一個古文對應一個小篆，其間亦偶見篆文下收錄二個或二個以上的古文。從《說文解字》收錄的古文觀察，收錄二個古文者，如：「旁」、「正」、「商」、「謀」、「信」、「農」、「友」、「畫」、「教」、「鳳」、「烏」、「則」、「虎」、「丹」、「飪」、「飽」、「夙」、「宜」、「保」、「仁」、「視」、「飲」、「長」、「光」、「奏」、「患」、「雷」、「雲」、「彝」、「堇」、「斷」等字，收錄三個古文者，如：「及」、「難」、「簋」、「箕」、「良」等

---

〔註31〕王國維：〈說文所謂古文說〉，《定本觀堂集林》，頁 315；章季濤：《怎樣學習《說文解字》》（臺北：萬卷樓圖書有限公司，1991 年），頁 110；《秦系文字研究》，頁 43。

字，收錄四個古文者，如：「殺」等字。據此可知，倘若以古文的個數爲單位，勢必較以「組」爲單位者多。以下茲就已出土並且發表的楚系簡帛文字資料，觀察其字形與《說文解字》所收古文間的相合情形。

## 一、字形形體相同者

所謂「字形形體相同」，係指楚系文字的字形與《說文解字》古文的字形形體一致，其間近乎無任何的差異。

### （一）字形形體相同表

| 楷書 | 小篆 | 古文 | 楚系文字 |
| --- | --- | --- | --- |
| 王 | | | 〈王子午鼎〉〈敓戟〉〈者𣱼鎛〉〈楚王酓肯盤〉 |
| 正 | | | 〈王孫誥鐘〉〈蔡侯盤〉〈考叔指父簠〉〈姑馮昏同之子句鑃〉 |
| 退 | | | （帛乙 8.6） |
| 後 | | | 〈曾姬無卹壺〉（包 227） |
| 商 | | | 〈曾侯乙鐘〉 |
| 革 | | | （曾 48）〈鄂君啓車節〉 |
| 教 | | | （郭・唐虞之道 4） |
| 自 | | | 〈敬事天王鐘〉 |
| 百 | | | （信 2.29）（帛乙 11.3）（郭・忠信之道 7） |
| 棄 | | | （信 1.18）（包 179） |
| 敢 | | | （包 135） |
| 箕 | | | 〈楚嬴匜〉〈中子化盤〉 |
| 巨 | | | （曾 172） |

| 養 | 養 | 筊 | 筊（郭‧唐虞之道 10） |
| --- | --- | --- | --- |
| 侯 | 𥊽 | 厌 | 厌〈曾侯乙簠〉 𥫔（天 2） 𥫔（包 243） |
| 坒 | 坒 | 坒 | 坒（包 87） 坒（包 99） |
| 南 | 南 | 峯 | 峯（包 90） |
| 賓 | 賓 | 賓 | 〈曾侯乙鐘〉 |
| 時 | 時 | 旹 | 旹（包 137 反） |
| 明 | 囧 | 明 | 明（帛乙 9.16） |
| 外 | 外 | 外 | 外（天 1） |
| 多 | 多 | 竹 | 竹竹（包 271） |
| 市 | 韍 | 市 | 市（曾 129） |
| 般 | 般 | 股 | 股（仰 39） |
| 恕 | 恕 | 怒 | 怒（郭‧語叢二 26） |
| 恐 | 珥 | 恐 | 恐（九 621.13） |
| 州 | 州 | 州 | 州（包 27） 州（包 30） |
| 至 | 坴 | 坴 | 坴〈齖鐘〉 坴〈齖鎛〉 坴（曾 121） |
| 奴 | 奴 | 仦 | 仦（包 122） |
| 絕 | 絕 | 劙 | 劙（曾 14） |
| 恆 | 恆 | 死 | 死（包 217） |
| 毀 | 毀 | 毀 | 毀〈鄂君啓車節〉 毀（郭‧語叢一 108） |
| 堯 | 堯 | 堯 | 林（郭‧六德 7） |
| 四 | 四 | 亖 | 亖〈楚釿布〉 |
| 五 | 五 | × | ×〈集刿鼎〉 |
| 己 | 己 | 己 | 己（包 150） |

## （二）字形形體相同之說明

楚系文字與《說文解字》古文字形相同者共有三十六筆，其中楚簡帛文字佔二十八筆。大體而言，楚系文字與《說文解字》古文形體完全相同，只是在

筆畫的表現上略有差異，以銅器文字的「王」字為例，古文作「㞷」，〈王子午鼎〉的「王」字筆畫則較為盤曲、修長；又以簡帛文字「恐」字為例，古文作「㤵」，九店竹簡作「㤵」（621.13），偏旁「心」的寫法不同。

此外，從楚簡與《說文解字》收錄古文的情形觀察，許慎應有誤收的現象。如：「恕」字古文作「㤵」，金文與楚系文字皆未見「恕」字作此字形，可是，郭店楚簡〈語叢二〉的「怒」字作「㤵」，中山國出土的〈奼𨥥壺〉「怒」字作「㤵」，與古文所見的字形相同，皆從心女聲。「恕」字反切為「商署切」，上古音屬「魚」部「審」紐，「怒」字反切為「徒對切」，上古音屬「魚」部「泥」紐，二者韻部相同，可以通假。由此推測，「恕」字所從古文實應為「怒」字的古文，許慎收錄當時未察，致使「怒」字古文誤收於「恕」字下。

從銅器、貨幣、簡帛文字與古文相合的情形觀察，楚系的簡帛文字相較於書寫於其他材質的文字，更接近《說文解字》的古文形體。

## 二、字形形體相近者

所謂「字形形體相近」，係指楚系文字的字形與《說文解字》古文的字形形體接近，其間的差異或是偏旁、部件的不同，或為文字形體的近似。

### （一）字形形體相近表

| 楷書 | 小篆 | 古文 | 楚　系　文　字 |
|---|---|---|---|
| 一 | 一 | 弌 | 𢎨（郭・緇衣 17） |
| 玉 | 王 | 㺎 | 玉（包 3） |
| 中 | 中 | 㔾 | 㔾〈番仲戈〉 |
| 莊 | 莊 | 㑣 | 㑣（郭・語叢三 9） |
| 君 | 君 | 㕁 | 君（包 4） |
| 昏 | 昏 | 昏 | 昏〈姑馮昏同之子句鑃〉 |
| 嚴 | 嚴 | 㕤 | 㕤〈王孫誥鐘〉 |
| 近 | 近 | 岂 | 岂（望 2.45）㫱（郭・性自命出 36） |
| 往 | 往 | 𨒇 | 𨒇〈吳王光鑑〉𨒇（郭・語叢四 2） |
| 得 | 得 | 㝵 | 㝵（包 22） |

| 御 | 御 | 豸 | 馬（曾7）義（天1） |
|---|---|---|---|
| 齒 | 齒 | 齒 | ↙（仰25） |
| 牙 | 牙 | 訇 | ⻆（曾165）⻆（郭・緇衣9） |
| 謀 | 謀 | 忠忠 | 憂（郭・緇衣22） |
| 僕 | 僕 | 鱗 | 鱗〈攈鎛〉鱗，鱗（包137反） |
| 弅 | 弅 | 鼻 | 弅（郭・六德31） |
| 共 | 共 | 共 | 牡（包239）ㄨㄨ（帛甲7.5） |
| 與 | 與 | 禿 | 弅（信1.3） |
| 及 | 及 | 及及变 | 坒（郭・語叢二19） |
| 彗 | 彗 | 習 | 箺（曾9） |
| 友 | 友 | 狌習 | 皆（郭・語叢三6）竹（郭・語叢三62） |
| 目 | 目 | 圖 | 訇（郭・五行45） |
| 睹 | 睹 | 覩 | 髽（包19） |
| 難 | 難 | 雖難雖 | 雖（包236） |
| 烏 | 烏 | 緇繪 | 汵〈鄂君啓車節〉汵〈鄂君啓舟節〉纷（包219） |
| 死 | 死 | 肕 | 芦（望1.176） |
| 脢 | 脢 | 揉 | 揉（包168） |
| 利 | 利 | 移 | 移（包135）移（包174） |
| 剛 | 剛 | 但 | 倡〈楚王酓忎鼎〉倡〈楚王酓忎盤〉倡〈秦苛臉匀〉倡〈倡盤楚匕〉倡（郭・老子甲本6） |
| 甚 | 甚 | 甚 | 甚（郭・唐虞之道24） |
| 旨 | 旨 | 旨 | 舌（郭・緇衣10） |
| 虐 | 虐 | 虐 | 寥（天1）寥（信1.15） |
| 舜 | 舜 | 蜜 | 㣛（郭・唐虞之道1） |

| 弟 | 弟 | 弟 | 弟（郭・唐虞之道 5） | | |
|---|---|---|---|---|---|
| 乘 | 乘 | 乘 | 乘（天 2） | | |
| 本 | 本 | 本 | 本（信 2.3） | | |
| 游 | 游 | 遊 | 遊（曾 120） | 遊（包 175） | |
| 旅 | 旅 | 旅 | 旅（包 116） | | |
| 期 | 期 | 丌 | 丌（包 36） | 丌（包 46） | 丌（包 99） |
| 栗 | 栗 | 栗 | 栗（包 264） | 栗（包簽） | |
| 宅 | 宅 | 宅 | 宅（信 1.16） | 宅（包 155） | 宅（包 190） |
| 寶 | 寶 | 寶 | 寶〈郘子行盆〉 | | |
| 宜 | 宜 | 宜 | 宜（天 1） | 宜（包 110） | 宜（包 134） |
| 呂 | 呂 | 呂 | 呂，呂〈曾侯乙鐘〉 | | |
| 席 | 席 | 席 | 席（曾 76） | | |
| 仁 | 仁 | 仁 | 仁（包 180） | 仁（郭・五行 9） | |
| 丘 | 丘 | 丘 | 丘（包 237） | | |
| 量 | 量 | 量 | 量（包 53） | 量（包 149） | |
| 衰 | 衰 | 衰 | 衰（郭・六德 27） | | |
| 裘 | 裘 | 裘 | 裘（包 63） | | |
| 履 | 履 | 履 | 履（包 163） | | |
| 首 | 首 | 首 | 首（包 270） | | |
| 旬 | 旬 | 旬 | 旬〈王孫遺者鐘〉 | | |
| 茍 | 茍 | 茍 | 茍〈楚季咩盤〉 | | |
| 廟 | 廟 | 廟 | 廟（郭・性自命出 20） | 廟（郭・性自命出 63） | |
| 長 | 長 | 長 | 長（包 230） | | |
| 狂 | 狂 | 狂 | 狂（包 22） | | |
| 熾 | 熾 | 熾 | 熾（包 139） | | |
| 吳 | 吳 | 吳 | 吳（郭・唐虞之道 1） | | |

| 愼 | | | （郭・語叢一 46） |
| 愛 | | | （包 236） |
| 淵 | | | （郭・性自命出 62） |
| 巠 | | | （郭・性自命出 65） |
| 多 | | | （包 2） |
| 西 | | | 〈楚王酓章鎛〉 （包 153） |
| 戶 | | | （包簽） |
| 閒 | | | 〈曾姬無卹壺〉 （包 13） |
| 聞 | | | 〈鄵客問量〉 （包 130 反） |
| 手 | | | （郭・五行 45） |
| 妻 | | | （包 91） （包 97） （郭・六德 28） |
| 民 | | | （帛乙 5.25） |
| 我 | | | （郭・老子甲本 31） |
| 曲 | | | （包 260） |
| 紹 | | | 〈楚王酓忑盤〉 |
| 終 | | | 〈鄀孫鐘〉 〈曾侯乙簠〉 |
| 彝 | | | 〈楚王酓章鎛〉 |
| 二 | | | （郭・語叢三 67） |
| 圭 | | | （郭・緇衣 35） |
| 堇 | | | （郭・老子甲本 24） |
| 野 | | | 〈楚王酓忑鼎〉 〈但盤埜匕〉 （包 173） |
| 勠 | | | （郭・五行 34） |
| 勇 | | | （郭・性自命出 63） |
| 金 | | | 〈王孫誥鐘〉 〈徐王義楚盤〉 〈王孫遺者鐘〉 〈鼄鎛〉 〈中子化盤〉 〈沇兒鎛〉 （曾 20） |
| 鈕 | | | （包 214） |

| | | | |
|---|---|---|---|
| 成 |  |  | 〈沇兒鎛〉（包 91） |
| 申 |  |  | 〈敬事天王鐘〉 |
| 牆 | 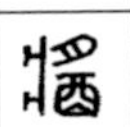 | 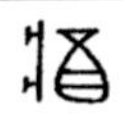 | （信 2.21） |
| 亥 |  |  | 〈噩君啓舟節〉（包 181） |
| 倉 |  | 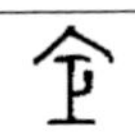 | （郭・太一生水 3） |

### （二）字形形體相近考釋

楚系文字與《說文解字》古文字形相近者共有八十九筆，其中楚簡帛文字佔七十八筆。從二者的觀察、比較可以發現：楚系文字或與《說文解字》古文的字形在偏旁位置經營上有所差異，或部件有所增減。茲就二者的不同，依序論述如下：

1、一

「一」字古文作「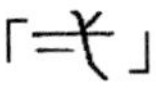」，楚簡作「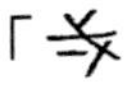」。楚簡帛文字所見「戈」字皆作「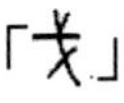」，「弋」字皆作「」，將之與楚簡「一」字比對，可知楚簡帛「一」字所從爲「戈」而非「弋」。又〈庚壺〉「一」字作「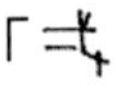」，〈繖宻君扁壺〉「二」字作「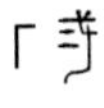」，而郭店楚簡〈語叢三〉之「二」字亦作「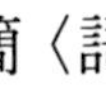」（67），其所從皆爲「戈」。由此可知，「一」字應從「戈」，《說文解字》作「弋」者，可能是傳抄之訛誤。

2、玉

「玉」字在甲骨文寫作「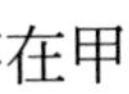」（《合》7053 正）、「」（《合》34149），「↓」爲將玉相連的繫繩。（《合》7053 正）的字形尚未見於金文，從金文的「玉」字觀察，應是由（《合》34149）的字形發展而來。楚簡帛文字並非無所承繼，它是在金文的基礎上發展而成，由此可知，楚簡「玉」字分別於兩側添加一筆短斜畫的情形，應可視爲飾筆現象。此外，據本論文第三章「楚簡帛文字——增繁與省減考」之「玉」字項下的討論，「玉」字於當時其他諸系文字的寫法，亦多作「王」，可知當時的人對於「王」、「玉」二字的分別甚明。據此可知，「玉」字添加短斜畫「」爲與「王」字區隔的現象，應是後人無法分辨其間的差異，遂以添加短斜畫「」的「玉」字，與「王」字區隔開來。換言之，古文「玉」字兩側所見的筆畫，應爲飾筆，至於作爲區別與「王」字的不同，應在裝飾的作用之後。從其字形觀察，楚簡與古文「玉」字的不同，僅爲部件安

排上的差異，究其字形而言，實無別異。

3、中

〈番仲戈〉「中」字與古文「中」字的不同，除了部件的位置經營有左右差異外，從金文的「中」字觀察，如：〈噩君啓車節〉作「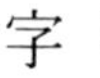」，「中」字「丨」上所見的符號爲「旗斿」，楚金文在形體的表現上，仍保留古文的字形。

4、莊

將二者的「莊」字形體觀察、比較，其不同點有二。一爲「」、「」的不同：《說文解字》「」字作「」，其下收錄一個籀文作「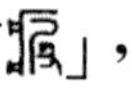」，〔註32〕可知二者相同，應無區別；一爲「」、「」的不同：從《說文解字》「歺」字作「」而言，其義爲「𠛪骨之殘也」，〔註33〕該字的形體與「莊」字右上方的部件相同，邱德修師云：「古文莊作『』與甲骨文作『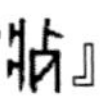』形似，僅增一丌耳。則由字形字音言，『』爲葬之古文似無疑問，又因其與莊同音，而有假借爲莊之現象，許君因入爲莊之重文。」〔註34〕許慎時期縱使或見甲骨，應無能識見甲骨文字，而且，以此例言之，表面上雖然言可成理，可是究其時代性與許慎於《說文解字・敘》所言古文的來源，卻無法與之相合。《金文編》收錄的〈趠亥鼎〉「莊」字作「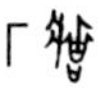」，「從廾從𦣞」，〔註35〕就「莊」字右上方的部件而言，應以郭店楚簡〈語叢三〉所見「莊」字與其最爲接近。古文「莊」字的寫法，可能是傳抄的訛誤所致。

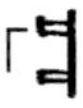

5、君

「君」字古文作「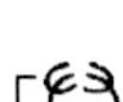」，許慎以爲「象君坐形」，究其字形只是從廾從口，實難以看出君坐之形。包山楚簡作「」，其上之「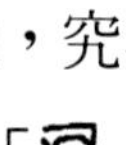」即爲「尹」，「尹」字本從又持丨，在楚文字中已消失，轉而寫作「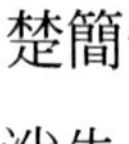」的形體。將包山楚簡與《說文解字》古文比對，古文的形體應是從楚簡訛變而來。其下所從的「口」，或寫作「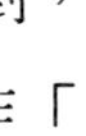」，或寫作「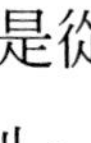」，應無分別。

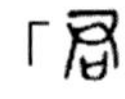

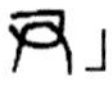

6、昏

「昏」字古文作「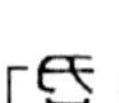」，以爲從「甘」，古文字習慣將短橫畫的飾筆，添加

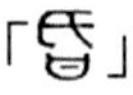

〔註32〕《說文解字注》，頁354。

〔註33〕《說文解字注》，頁163。

〔註34〕《說文解字古文釋形考述》，頁124。

〔註35〕容庚：《金文編》卷1（北京：中華書局，1992年），頁33。

於從「口」的部件裡，以楚簡為例，如：「缶」字作「舎」（信 2.14）、「事」字作「𩂻」（包 16）、「舍」字作「舍」（包 120）、「占」字作「占」（包 200）、「周」字作「𪷾」（包 207）、「中」字作「𩵋」（包 269）等，於此雖無直接證據可言古文從「甘」本應從「口」，可是從書寫的習慣而言，從「甘」者有可能是在從「口」者加上一筆短橫畫後產生。此外，古文字「口」與「甘」作為形旁時，往往可以相互替代，以楚簡為例，如「禱」字作「𩂻」（望 1.119）或「𧗵」（望 1.124）。古文與楚金文「昏」字有從「口」與從「甘」的不同，亦可能是因形近替代的影響所致。

### 7、嚴

比較〈王孫誥鐘〉與古文「嚴」字的不同，整體言之，應是二者「𠂤」與「𠃌」的部件，位置經營有所差異。〈王孫誥鐘〉「嚴」字所從部件「厂」作「𠂆」，古文作「厂」，從兩周金文「嚴」字的字形觀察，如〈多友鼎〉作「𢇍」、〈中山王𧊒方壺〉作「𢇍」而言，二者皆有所承繼，並非任意書寫。

### 8、近

楚系文字的「止」字作「𣥂」（天卜），或作「𣥂」（包 181），將從「止」之楚簡「近」字與古文相較，可知二者的形體相近，其間的差別為「止」字的寫法略異。此外，在楚簡的例字裡，亦可發現該字在偏旁位置的經營上並不固定，或可寫作「𫟪」（望 2.45），或可寫作「𫟪」（郭・性自命出 36）。

### 9、往

〈吳王光鑑〉「往」字作「𢓜」，其下所從為「土」，與古文「往」字右下方的部件相同，而楚簡則為「壬」。楚簡帛部件從「土」者多寫作「壬」的形體，如：「童」字或作「𨺚」（包 34）、或作「𨺚」（包 39），二者辭例同為「周童耳」，雖有從「土」與從「壬」的差異，仍同屬一字，此應是楚系簡帛文字本身的訛誤。

### 10、得

從《金文編》所收錄「得」字的字例觀察，或從彳從手持貝，如：〈得鼎〉之「𢔮」，或從手持貝，如：〈克鼎〉之「𢔮」，[註36] 基本字形多為從手持貝，並未見從寸持貝之形，可知從「寸」者應是於手之形象下添加「一」而成。楚簡的「貝」字多寫成「𧵑」，與「目」字的形體相近同。發生類化的現象，究其

---

〔註36〕《金文編》卷 2，頁 113～114。

原因或許是爲了書寫上的便利，因此將具有圖畫的形象，改以線條表現，後又受到形體相近的「目」字影響，寫成「𣍘」的形體。

11、御

「御」字古文從又馬，基本上與楚簡的形體相同。從楚簡的「御」字觀察，於「又」上所添加的偏旁「五」或「午」，應是添加的聲符。換言之，加上「五」或「午」後，使得該字的形音義更爲完整。

12、齒

將二者的「齒」字比較，其間的主要差異，在於部件的安排，古文「齒」字左右各標以三筆短的斜畫以爲齒形，而楚簡並無左右分列短斜畫，僅是依序的標以五筆短的斜畫以爲齒形。

13、牙

將二者的「牙」字比較，發現古文「牙」字左右各標以三筆短的斜畫，以爲牙齒之形，楚簡則是左右分列二筆短斜畫，以爲牙齒之形。此外，曾侯乙墓竹簡所見「牙」字，其上半部的形體，與《說文解字》小篆相近同，而郭店楚簡〈緇衣〉「牙」字上半部的形體則與古文相近，其差別主要爲「一」的位置經營不同。

14、謀

除了「謀」字古文出現「𫔶」的形體外，於「詩」、「訊」、「信」、「誥」、「訟」等字的古文亦見相同的偏旁，段玉裁於「詩」字下云：「左從古文言」，〔註37〕《金文編》收錄的「言」字作「𧥺」〈伯矩鼎〉、「𧥻」〈中山王𧉩鼎〉，〔註38〕此外「言」作爲偏旁使用，其字形亦與作爲單一文字時的形體相同，並非如段氏之言。「謀」字楚簡作「𧭇」，從母從心。楚簡帛文字的「心」字作「𭑜」、「𭑝」、「𭑞」，其形體與古文「謀」字下方的「𫔶」十分相似，可能是「𭑞」的訛變。

15、僕

古文「僕」字從「臣」，於其他系統的文字尚未見，相對的，楚系文字的「僕」字則多從「臣」的偏旁，由例字觀察，二者雖略有差異，基本上應源於同一字系。

---

〔註37〕《說文解字注》，頁 91。

〔註38〕《金文編》卷 3，頁 138。

16、舁

將二者的「舁」字比較，所從之「日」、「穴」的形體雖然略有不同，基本上仍是相同的字形，其間的差異，應是書寫者的習慣所致。

17、共

楚簡帛的「共」字形體與古文或異，邱師以爲「廿訛作『廿』作『廿』作『廾』作『𠦚』，與廾結合貫串即爲古文所自昉。」又以爲《說文解字》古文「共」字主要是從六國文字曲折訛變而來。〔註39〕今從楚簡帛的「共」字觀察，其言甚是。

18、與

古文「與」字作「𦥑」，與小篆「與」字的「与」形體相同，反觀楚簡與古文「與」字雖皆從廾与，楚簡之「与」則寫作「𠂤」。應是書寫者的習慣，或是抄寫失眞所致。

19、及

古文「及」字從「辵」，楚簡從「止」。古文字從「辵」、從「止」作爲偏旁時，常可因意義相近而通用，如：「過」字作「𬨨」〈過伯簋〉，或作「𬧐」〈過伯作彝爵〉；「近」字小篆作「𨒫」，古文作「𡭗」。古文與楚簡的字形雖有偏旁的差異，基本上卻是相同。

20、彗

楚簡與古文「彗」字的基本形體皆從竹從羽，惟古文「彗」字於下半部又從偏旁「臼」。關於「彗」字古文的形體解釋，邱師云：「字從竹，蓋示其竹類；從𦎍者，既非訓『數非』之習，亦非友之古文𦎍之省，其後所以雷同者，蓋受習、𦎍二字同化之故。」〔註40〕先生之意乃指「彗」字古文受到「習」字與「友」字古文的同化作用，遂又加上「臼」的形體。就現今所見資料，先生之言應可採信。

21、友

兩周金文「友」字作「ﾄﾄ」〈嘉賓鐘〉、「𠬻」〈王孫遺者鐘〉、「𠬻」〈麥鼎〉，皆不見於「又」的形體上出現短橫畫「一」，而古文「友」字則於「又」

---

〔註39〕《說文解字古文釋形考述》，頁297。
〔註40〕《說文解字古文釋形考述》，頁362。

的較長豎畫加上短橫畫「－」。在較長豎畫添加短橫畫飾筆「－」的現象，多見於楚簡帛文字，如：「屯」字作「毛」（信 2.13）、「艸」字作「✦✦」（信 2.19）、「在」字作「￡」（包 12）、「竹」字作「竹」（包 260）等，古文「友」字的短橫畫「－」可能爲飾筆。

22、目

《金文編》收錄「目」字作「◪」〈亞目父癸爵〉、「月」〈目爵〉，[註41]皆爲眼睛的象形，將之與古文「⬭」字比較，古文「目」字外象眼眶，內象眼球與眼睫毛，此一形體尚未見於其他出土文物上的文字。邱師以爲《說文解字》古文「目」字的形體應由陶文演變而來，因爲陶文所見的「目瞳」爲方眶，故而寫作「□」，而許書則將之曲圓寫作「⊙」；「睫」於陶文作「⌃」，許書則將上尖者向下移，進而分岔寫成「⬭」，形成古文形體。[註42]郭店楚簡「目」字作「⬭」，其上「人」即先生所言的「睫」，其下「目」即爲眼睛的形狀，從金文所見的「目」字觀察，楚簡「目」字是爲書寫的便捷，故將圖畫性的筆畫改以線條表現。古文與楚簡的不同，在於「目瞳」與「睫」的位置安排有所差異。

23、睹

「睹」字古文從見者聲，其所從偏旁與楚簡相同。二者的差別在於「者」字的寫法不同。楚簡帛文字所見的「者」字作「⬆」（信 2.20）、「⬆」（天卜）、「⬆」（帛丙 11.3），又「者」字於兩周金文作「⬆」〈者濾鐘〉、「⬆」〈子璋鐘〉，將之與古文所從偏旁「者」相互比較，可知《說文解字》所收「睹」字古文右側偏旁「者」的形體，應源自於金文。

24、難

「難」字古文收錄三字，其中「⬆⬆」與楚簡「⬆⬆」相近，皆從隹堇聲。「隹」字的形體雖有不同，基本上仍都表現出「隹」的形狀；「堇」字或作「⬆」〈洹子孟姜壺〉，其形與古文、楚簡略異，但是基本構件皆相同。又將古文、楚簡所從偏旁「堇」的形體比對，發現二者之別爲「八」的位置安排不同，一在「⬆」之下，一在「⬭」之下。

---

〔註41〕《金文編》卷 4，頁 233。

〔註42〕《說文解字古文釋形考述》，頁 413。

### 25、烏

「烏」字古文與楚簡相近同，其間的差異在於形體的表現或異。「烏」字在〈齊侯鎛〉作「（圖）」，在〈中山王𧉩鼎〉作「（圖）」，就左邊所從偏旁言，前者較為抽象，後者較為具體。將古文、楚簡二者相較，可發現古文「烏」字的形體較楚簡為具體。

### 26、死

甲骨文「死」字作「（圖）」（《合》17055 正）、「（圖）」（《合》17059），兩周金文作「（圖）」〈兮甲盤〉、「（圖）」〈齊侯鎛〉，從二者的形體觀察，左側偏旁「歺」已由「（圖）」走向「（圖）」。再將之與古文、楚簡相較，則發現：「（圖）」→「（圖）」→「（圖）」→「（圖）」；其次，右側所從之「人」，亦移到「歺」的下方。楚簡「人」字作「（圖）」（曾 206）、「（圖）」（包 7），其右側的部件與「歺」右下方的部件相近，所以當「（圖）」置於「（圖）」下方時，遂省減一個筆畫，進而構成一的完整的字形。古文「死」字下方所見的偏旁為「儿」，《說文解字》以為此乃「古文奇字人」。「古文奇字人」的寫法尚未見於簡帛文字，就文字言，古文與楚簡的形體基本上仍是較為相近。

### 27、膌

「膌」字古文從疒從朿，「疒」據「莊」字古文項下所言，寫作「（圖）」或「（圖）」，本無分別。此外，「朿」字據《金文編》收錄作「（圖）」〈朿卣〉、或作「（圖）」〈新邑鼎〉，[註43] 上半部的部件既可作「（圖）」、「（圖）」，亦應可作「（圖）」。楚簡與古文應無大區別。

### 28、利

「利」字古文與楚簡的形體十分相似，皆從禾從刀。多出的筆畫「／」，商承祚之意，以為應是「禾之皮屑，示刀利意」、「寫失則為勿」。[註44] 今觀察兩周金文「利」字作「（圖）」〈利簋〉，其言應為是。

### 29、剛

古文與楚系文字的「剛」字形體十分相近，其間仍有些許差異，如：「＝」部件的位置經營不同，古文將之置於偏旁「口」的上方，楚系文字置於下方。

---

〔註43〕《金文編》卷 7，頁 488。

〔註44〕商承祚：《說文中之古文考》（臺北：學海出版社，1979 年），頁 38。

### 30、甚

古文與楚簡「甚」字形體十分相近，其間的差異，主要爲整體的位置經營不同，古文之「口」置於「匹」之上，楚簡偏旁「匹」其上的部件「一」向下移置，「口」亦隨之下移。

### 31、旨

古文與楚簡的「旨」字形體十分相近，其間仍有些許差異，一爲偏旁位置的經營不同，古文作「旨」，楚簡作「旨」；其次爲從「甘」與從「口」之別，誠如「昏」字古文項下所言，古文字習見在「口」的部件裡加上短橫畫「一」，形成「甘」；再者，從「口」、從「甘」作爲偏旁時，往往可以相互替代。

### 32、虐

古文與楚簡的「虐」字形體相近，其間的差異，主要是二者所從偏旁「虍」的形體不同。

### 33、舜

古文與楚簡的「舜」字形體相近，二者的差異，僅在楚簡的字形省減過甚。

### 34、弟

古文與楚簡的「弟」字形體十分相同，其間的差異，爲古文「弟」字的筆畫較楚簡彎曲且圓轉。

### 35、乘

「乘」字的古文與楚簡形體相近，古文「乘」字上半部寫作「乘」，與小篆的字形相同，與楚系文字大同小異，可能是抄寫者受到小篆形體的影響所致。

### 36、本

古文與楚簡的「本」字形體相近，其差異在於所從「ＶＶＶ」的位置經營不同，古文將之置於「木」之下，楚簡置於其上方。

### 37、游

將「游」字的古文與楚簡比對、觀察，發現二者的差別在於「屮」、「川」。《金文編》收錄「游」字的形體，自西周至戰國其間的變化爲「游」→「游」→「游」→「游」，〔註45〕又從《說文解字》古文的形體觀察，在此之後應又省

---

〔註45〕《金文編》卷7，頁463～464。

減作「川」，當「川」與「予」結合後，寫作「予」。古文「游」字的形體應是
省減後產生訛變。

### 38、旅

古文與楚簡的「旅」字形體相近，二者上方皆從「止」。此外，古文從「二
人」，楚簡從「三人」，字形雖有差異，可是就古文字形體重複的現象言，應無
大區別。重複形體、部件的情形習見於古文字，以楚簡帛文字為例，如：「敗」
字作「敗」（包23）、「弱」字作「弱」（包95）、「郵」字作「郵」（包206）等。
形體重複的多寡，並不影響文字表示意義的功能。

### 39、期

古文與楚簡的「期」字形體十分相似，二者的差異，主要在於偏旁位置經
營的不同，古文將「日」置於「丌」的下方，楚簡則有兩種不同的方式，一為
將「日」置於「丌」的下方，一為將「日」置於「丌」的上方。

### 40、栗

古文「栗」字從西從二鹵從木，楚簡從三鹵從木。商承祚以為古文所見
從「西」應為「鹵」的訛寫；此外，又進一步的以「栗」字的籀文從三鹵的
形體，認為「栗」字下的重文應為籀文而非古文。〔註46〕從楚簡與古文的字形
觀察，「栗」字上半部所從的「西」為「鹵」的訛寫，應是可能的，然而亦有
可能是書寫者在傳抄過程產生的失真。此外，古文字重複形體或偏旁的現象，
據「旅」字項下論述，此一現象亦見於楚簡帛文字，而且從楚簡的「栗」字形
體觀察，一致從三鹵從木，若僅以「栗」字的重文之例為證，將「栗」字古文
改為籀文，未免過於篤斷。

### 41、宅

「宅」字有一古文作「宅」，其所從之「广」與楚簡「宅」字所從之「厂」
形體略有差異。兩周金文，如：「安」字作「安」〈作冊睘卣〉、或作「安」〈格
伯簋〉，「宕」字作「宕」〈不𣪘簋〉、或作「宕」〈五年召伯虎簋〉。「安」字分
別從宀從女、從厂從女；「宕」字分別從宀從石、從广從石。從偏旁「宀」者，
或可作「宀」、或可作「厂」或「广」。而古文所見從「广」，楚簡所見從「厂」
的情形，與之正相同。古文與楚簡「宅」字應無太大的區別。

---

〔註46〕《說文中之古文考》，頁67。

**42、寶**

古文「寶」字從宀從玉從缶,「玉」置於「缶」之上,楚金文「寶」字構成的偏旁雖與之相同,在位置經營上卻有所差別,它是將「缶」置於「玉」的左側。此二者的差異,主要在於偏旁位置的經營不同。

**43、宜**

「宜」字所收古文有二,其一的形體作「宜」,與楚簡所見相似,將二者比對,其不同處,在於部件的位置經營上有所差異,古文將「一」置於該字的下方,楚簡或置於二個「夕」的中間,或置於「夕」的上方,或分別於「夕」的上方加上「一」。

**44、呂**

段玉裁以爲「呂」字的形象爲「顆顆相承,中象其系聯。」〔註47〕就現今所見金文的「呂」字形體言,爲兩個形近「〇」的形體上下相承,並未於二者之間以一道「丨」系聯。

**45、席**

「席」字在甲、金文裡未見,許進雄以爲從古文字的形體而言,「正象屋內之坐席形」。〔註48〕楚簡「席」字上半部從「竹」,楚地位處南方,其地多產竹,日常所需多取之於竹,相對的,在文字上亦多見從「竹」之字,如:「篁」、「箕」、「箸」、「筒」、「笄」、「臼」、「竿」、「簍」、「簽」、「策」、「笙」、「箪」、「箙」、「荳」、「箶」、「籃」、「燋」、「籔」、「簫」、「篕」、「箕」、「竽」等字。從「竹」乃是表明製作的材質。楚簡「席」字「囷」之上所見「＝」,其義不明,可能爲紋飾,亦可能另有他意,則不可得知。邱師云:「『囷』從厂從囷,乃由置囷於(室屋)中,以會籍席之誼。」〔註49〕究其所言,「席」字古文的形體正象將囷放置於屋中之形,可知古人造字絕非任意妄作,所以楚簡「席」字所見的一筆一畫應是自有其意,亦應絕非憑空出現。

**46、仁**

「仁」字下收錄二個古文,一作「忎」,一作「尸」。後者從「尸」,與包山

〔註47〕《說文解字注》,頁346。

〔註48〕許進雄:《古文諧聲字根》(臺北:商務印書館,1995年),頁182。

〔註49〕《說文解字古文釋形考述》,頁737。

楚簡所見「仁」字相似；前者「從心千聲」，與郭店楚簡〈五行〉所見「仁」字形似。從偏旁「尸」的「仁」字，與楚簡之差異，在於偏旁位置經營的不同，古文將「＝」置於「尸」之下，楚簡將「＝」置於「尸」的右側。「從心千聲」者與「從心身聲」的楚簡「仁」字不同，從文字的形構言，「身」、「千」二字，於《金文編》皆收錄，如「身」字作「（字形）」〈瘭鐘〉、「（字形）」〈士父鐘〉，〔註50〕「千」字作「（字形）」〈禹鼎〉、「（字形）」〈汈其鼎〉、「（字形）」〈矢簋〉，〔註51〕二者的形體十分相近。相對的，楚簡與古文所從偏旁「身」、「千」的形體亦相近。「仁」字古文從「千」者，可能是從「身」之誤。又由聲韻言，「千」字為「此先切」，「身」字為「失人切」，上古音同屬眞部，清心旁紐，二者之別，亦可能是聲近替代所致。

### 47、丘

古文「丘」字作「（字形）」，從（字形）從一從土，段玉裁云：「從土猶從一」，〔註52〕則「一」有土地之義，從「一」者與從「土」者意義相同。楚簡「丘」字作「（字形）」，從（字形）從土，就字形與字義觀察，與古文「丘」字相同，所不同者在於古文「丘」字於「（字形）」之下多出部件「一」。

### 48、量

「量」字古文與楚簡所見形體十分相近，二者的不同，在於下半部所從的形體略異，古文作「（字形）」，楚簡作「（字形）」。而魏國〈廿七年大梁司寇鼎〉的「量」字作「（字形）」，其形體與古文「量」字十分近同。《說文解字・敘》所言古文的來源，應是可信。進一步而言，古文的來源，並不限於孔子壁中書，亦源於山川間所得的鼎彝，從現今所見的戰國時期的銅器，仍可找出形體相同的文字。進而可知，文字雖源於殷商與西周，在演變上具有相同的規則，可是隨著王室衰微，諸侯國分立天下，至戰國時期各國的文字，早已文字互異。因此，依據不同的地域，將文字分系，是必需的工作，也是迫在眉睫的工作。

### 49、衰

古文與楚簡的「衰」字形體相近，從二者的形體觀察，皆似從「衣」的象形，其中不同者，主要在於楚簡「衰」字將「人」與「（字形）」緊密結合，未若古

---

〔註50〕《金文編》卷8，頁583。

〔註51〕《金文編》卷3，頁135。

〔註52〕《說文解字注》，頁390。

文將之分離，並於中間加上「ᗞ」的部件。古文作「」者，與小篆相同，可能是書寫者於抄寫時受小篆形體影響所致。

50、裘

古文與楚簡的「裘」字形體相近，從二者的形體觀察，不同之處有二：一為部件的位置經營不同，楚簡「裘」字作「」，上半部所從部件為「凵」，古文作「」，上半部所從部件為「㇆」，前者朝向上方，後者則朝向左方；二為部件的寫法不同，楚簡下半部所從部件作「」，古文作「小」。又觀察小篆「裘」字作「」，古文的字形應是傳抄時受到小篆形體的影響。

51、履

古文「履」字從頁從足，楚簡則從頁從止。二者之別，在於所從之「足」與「止」的差異。「止」字於甲骨文作「」（《合 13684》）、「」（《合》13685 正）。孫詒讓云：「《說文》：『，下基也。象艸木出有止，故以止為足。』依許說則『止』本象草木之有止，而假借為足止。金文有足跡形，如〈母卣〉作『』，〈嗇夫鼎〉作『』，皆無文義可推，或即與止同字。」〔註53〕此外，從「止」之「步」字，據《金文編》收錄作「」〈父癸爵〉、「」〈爵文〉，〔註54〕李孝定云：「許君之說，乃在篆體訛變之後，本物形浸失而初誼乃晦。金文偏旁止字多作『』，與小篆同，惟〈子且辛爵〉步字作『』，〈父癸爵〉作『』，另一爵文作『』，與契文同。訛為『』為『』為『』，無復足形。」〔註55〕由此可知，「」雖為「止」字，其形體應為「足」形。又據此可知，從「足」與從「止」作為形旁時，有時可因形體相近而通用。

52、首

古文與楚簡「首」字十分相似，許慎以為古文「首」字其上之「」象髮形，「」之形於楚簡作「」，從其形體觀察，應是書寫的不同，並無大的區別。

53、旬

「旬」字古文與楚金文的差異，在於部件的位置經營不同，古文「旬」字

〔註53〕（清）孫詒讓：《名原》（山東：齊魯書社，1986 年），頁 16～17。

〔註54〕《金文編》卷 2，頁 86。

〔註55〕李孝定：《甲骨文字集釋》第 2（臺北：中央研究院歷史語言研究所，1991 年），頁 449。

將「日」置於「＝」中間，楚金文將「＝」置於「日」的右側。

　　54、苟

　　許慎以爲「苟」字古文從羊從勹從口，楚金文〈楚季嘩盤〉的「🔣」字形體與之相近。〈楚季嘩盤〉的「🔣」字於《殷周金文集成》釋爲「嘩」字，《金文編》釋爲「苟」字。〔註56〕觀察金文從「羊」偏旁者，皆未見形體如〈楚季嘩盤〉者，故從容庚在《金文編》的主張。將古文與楚金文相較，發現其不同之處，主要是偏旁結構的經營或異，亦即楚金文將「口」置於左側，右側「🔣」的形體則與古文所從者，在部件位置的安排上不同。

　　55、廟

　　「廟」字古文與楚簡形體十分相近，古文從广從苗，楚簡從宀從苗，誠如「宅」字項下所言，從「广」與從「宀」者無別，故知二者應相同。

　　56、長

　　「長」字古文與楚簡形體十分相似，二者的不同，主要在於下半部所從部件的位置經營與形體略異。

　　57、狂

　　《說文解字》古文「狂」字從心坒聲，「坒」字從止王聲。表面上楚簡「狂」字雖與其相同，但是，其下半部的形體卻爲「壬」。誠如「往」字項下所言，楚簡從偏旁「土」者，往往訛變爲「壬」的形體。從小篆與古文「狂」字的偏旁「坒」字觀察，二者的形體相同，可能是傳寫者受到小篆字形的影響所致。

　　58、熾

　　古文與楚簡的「熾」字形體十分相近，二者之別，在於部件位置經營上略有差異。古文將「戈」置於「🔣」的左側，楚簡在從「火」的部件之上，再添加一筆短橫畫「－」，並且將「戈」的位置往下移，與「一」相併連。短橫畫飾筆「－」加於從火的偏旁或部件的現象於楚系簡帛文字十分習見，如「燭」字作「🔣」（包163）、「赤」字作「🔣」（包168）、「光」字作「🔣」（包270）、「炎」字作「🔣」（帛甲6.1）、「火」字作「🔣」（帛丙2.4）等字。楚簡「熾」字於從「火」的部件之上所加的「－」，應爲飾筆的添加。

〔註56〕中國社會科學院考古研究所：《殷周金文集成》第 16 冊（北京：中華書局，1994年），頁 134；《金文編》卷 9，頁 652。

## 59、吳

古文「吳」字作「𡗾」，楚簡作「𡗶」，其間差別有二：一為古文將偏旁「口」置於左側，楚簡置於右側；一為「大」字的形體不同。楚簡帛文字的「大」字作「大」（曾146）、「大」（包5）、「大」（帛甲6.25），與《說文解字》所見「大」字相同，與古文所從之「大」作「夰」不同。古文「大」字在「大」之下又增加「川」的部件，可能是受到籀文「𠕅」的影響，寫成「夰」的形體。

## 60、慎

古文與楚簡「慎」字形體相近，其上半部所從之「米」與楚簡所從之「炎」相較，其間的變化可能是「人」向下移，而與「火」字結合作「𡗊」，其後又寫作「米」。又〈竈公華鐘〉的「慎」字作「杏」，其形體與古文相似，究其古文「慎」字的來源，可能為山川間所得的鼎彝上的文字。

## 61、愛

古文與楚簡的「愛」字十分相近，差異在於「旡」字的寫法不同，楚簡「旡」字作「𣬶」，古文作「亝」。

## 62、淵

古文與楚簡的「淵」字十分相近，其差別在於部件「口」的寫法略異，楚簡「口」作「𡉀」，古文作「囗」，二者形體雖有曲、直的差異，基本上皆為「口」的形體。

## 63、巠

「巠」字古文與楚簡字形十分相似，二者的差異，在於上半部所從部件不同，古文作「𣲘」，楚簡作「𣲙」。《金文編》「巠」字作「坙」〈盂鼎〉、「坙」〈克鼎〉、「坙」〈師克盨〉，[註57] 其上半部所從部件即有三畫「川」與四畫「𣲙」並存的現象；此外，從《說文解字》收錄的「く」、「巜」、「川」、「巠」字觀察，「く」字云：「水小流也」；「巜」字云：「水流澮澮也」；「川」字云：「貫穿通流水也」；「巠」字云：「水脈也」。[註58] 不論所從「く」為一、二、或是三個，皆與水流有關。將之與兩周金文所見的字形對照，從四畫者亦應與水相關，從四畫者與從三畫者相同無別。

---

[註57] 《金文編》卷11，頁742。

[註58] 《說文解字注》，頁573～574。

### 64、冬

古文與楚簡的「冬」字形體相近，二者的差別，在於偏旁位置經營的不同，楚簡將「日」置於下方，古文將「日」置於上方。

### 65、西

古文與楚系文字的「西」字十分相近，二者的差異，在於部件位置經營的不同，古文作「卤」，楚系文字以〈楚王酓章鎛〉爲例，寫作「卤」，二者內部所從的部件位置相反。

### 66、戶

「戶」字古文與楚簡形體相近，皆從「木」，表示其爲「木材」所製。但是，古文「戶」字上半部作「戶」，與小篆「戶」字相同，而與楚簡「戶」不同。楚簡在起筆橫畫之上所見「一」爲短橫畫飾筆的添加，此種飾筆現象，習見於楚系簡帛文字，並不影響其原有的表義功能。

### 67、閒

古文「閒」字作「閒」，從門從「夘」，「夘」與「恆」字古文「亙」所從偏旁「夘」相同，而楚系文字「閒」字則從門從「夘」。古文從「夘」的形體，可能是由「夘」訛變產生，即「夕」在書寫時因一時的筆誤，寫成「卜」的形體。

### 68、聞

古文與楚系文字的「聞」字十分相近，二者的差異，在於偏旁位置經營的不同，楚簡將偏旁「耳」置於「昏」的右側，古文將偏旁「耳」置於「昏」的左側。

### 69、手

「手」字古文與楚簡字形相近，二者的差異，在於部件位置經營的不同。古文「手」字作「乎」，將「一」置於「쏫」的下方，楚簡作「手」，將「一」置於「쏫」的上方。又包山楚簡（272）「拜」字作「拜」，其左側所從之「手」的形體，與古文「手」字相同。古文「手」字可能源自楚系文字。

### 70、妻

《金文編》收錄的「妻」字作「妻」〈弔皮父簋〉、「妻」〈農卣〉，[註59] 二者雖有從女與從母之別，基本上所指皆爲女姓。古文「妻」字，據許愼所言「從

---

〔註59〕《金文編》卷12，頁793。

肖女，肖古文貴字。」段玉裁云：「古文貴不見於貝部，恐有遺奪。」〔註60〕楚
簡帛「貴」字作「貴」（信1.26）、「貴」（包192）形，其上半部所從部件與「妻」
字相同；又從古文「妻」字上半部所從之「屵」與楚簡作「占」觀察，古文應
是由楚簡訛變之形，所以「屵」不應作爲「肖」，也不該稱「肖」爲古文貴字。

## 71、民

古文與楚簡的「民」字十分相近，二者的差異，在於上半部所從部件的寫
法不同。

## 72、我

古文與楚簡的「我」字十分相近，二者的差異，在於部件位置經營的不同。
古文將「屮」置於「戈」的下方，楚簡將之置於「戈」的左側。

## 73、曲

古文與楚簡的「曲」字形體相近，不同之處爲該字的寫法略異，楚簡作
「凵」，古文作「凵」。

## 74、紹

「紹」字的古文與楚簡形體相近，差別在於所從偏旁「糸」的寫法不同，
楚系文字偏旁「糸」多作「糹」或「糸」，未見作「糸」的形體。又《金文編》
收錄的「糸」字或從偏旁「糸」者，亦多作「糸」的形體，僅〈沈子它簋〉「繇」
字所從「糸」，寫作「糸」的形體，〔註61〕與《說文解字》所收古文的偏旁相同。
據此推測，在尚未出土的簡帛文字或是金文，應有如古文字形的「紹」字存在。

## 75、終

「終」字古文與楚金文的字形相近同，差別在於部件「一」的寫法略異。
古文「終」字作「兂」，〈曾侯乙簋〉作「凡」，前者將「一」相連接，寫作「一」
的形體，後者將「一」分立於豎畫上，究其形體，應無區別。

## 76、彝

「彝」字下收錄二個古文，其一作「糸」，與〈楚王酓章鎛〉的形體十分相
近，惟古文「彝」字下方省去偏旁「廾」。據《金文編》收錄的「彝」字，該字

---

〔註60〕《說文解字注》，頁620。

〔註61〕《金文編》卷13，頁857～873。

下方皆從「廾」，以示用雙手捧物之形；〔註62〕此外，《說文解字》「彝」字小篆與另一古文亦皆從「廾」。從字形言，省去偏旁「廾」的古文「彝」字，可能源於楚系文字，後因傳抄上的失誤，遂將「廾」遺漏。

77、二

「二」字古文與楚簡字形的差異現象，與「一」字相同，請參見「一」字項下的說明。

78、圭

「圭」字古文從玉圭聲，所從偏旁「玉」，未見在豎畫的兩側添加短斜畫「ˇ」，楚簡的偏旁「玉」字則分別於兩側添加一筆短斜畫。據「玉」字項下的論述可知，楚簡帛「玉」字並非無所承繼，它是在金文的基礎上發展而成。據此可知，楚簡「圭」字所從偏旁「玉」於兩側分別添加一筆短斜畫的情形，應可視爲飾筆現象

79、堇

《說文解字》收錄二個古文，其一作「𡷊」，與楚簡「堇」字相近，皆從黃從土，其差別在於「黃」字的寫法不同。楚簡「黃」字作「𩇨」（包21）、「𩇨」（包33）形，與古文「堇」字所從偏旁「黃」不同。此外，古文「堇」字下半部所從爲「土」，寫作「土」，楚簡則作「𡈽」。「‧」與「─」雖然不同，但是在文字的發展過程，「─」多由「‧」演變而來，故知二者實無區別。

80、野

古文「野」字作「𨛜」，楚系文字作「埜」。從〈楚王酓忎鼎〉的「野」字形體觀察，應爲從土從林，未如許慎所言「從里省從林」。可是，屬於秦系文字的《睡虎地秦簡》所見的「野」字則作「埜」，字形與古文相同。二者在形體上所見部件「𠀎」、「𠀎」，蓋或受到小篆從「予」的字形影響，所以，才在從土從林的形體上又加上「𠀎」的部件。

81、勥

「勥」字古文與楚簡形體相近，古文「勥」字從力從彊，楚簡作「𢀜」。據《金文編》收錄的「彊（疆）」字作「𤲬」〈深伯鼎〉、「𤲬」〈郊子宿車鼎〉、

〔註62〕《金文編》卷13，頁864～871。

「」〈毛伯鼎〉、「」〈散氏盤〉、「」〈秦公鎛〉，〔註63〕未見偏旁從「力」者。從字形言，古文「勥」字可能是受到兩周金文「彊（疆）」字的影響所致。楚簡「勥」字上方所從之「田」，應是「彊（疆）」的省減。「疆」字所見的「一」為田地的分隔線，在兩周金文的「彊（疆）」字裡，發現「一」的存在與否並不影響其字義，而文字的省減可以截取特徵的方式表現，該字最重要的特徵所在為「田」，故保留「田」以為「彊（疆）」字。

82、勇

「勇」字古文與楚簡形體相近，二者的差別，在於上半部所從偏旁「甬」的形體略異。兩周金文「甬」字作「」〈彔伯𣪕簋蓋〉，與楚簡所見相近同，而異於古文。據此推測，古文「甬」字，可能是傳抄者受到小篆「甬」字形體的影響，寫作「」的形體。

83、金

古文與楚系文字的「金」字相近同，其差別有二：一為部件位置經營的不同，古文作「」，楚系文字作「」、或作「」；一為「」的不同，古文作「」，楚系文字作「」、或作「」。雖然二者形體略異，可是，基本上是相同。

84、鈕

「鈕」字古文與楚簡相近，皆從玉丑聲。楚簡「鈕」字所從偏旁「玉」於兩側添加的短斜畫「一」，據「玉」字項下所言，屬於飾筆的添加；又楚簡帛文字「丑」多作「」，與古文或異。《金文編》收錄的「丑」字作「」〈天亡𣪕〉、「」〈令𣪕〉觀察，〔註64〕小篆與古文「丑」字作「」，應是由「」→「」→「」，亦即將原本分離的「」連接作「｜」。

85、成

「成」字古文與楚金文的字形相近同，差別在於部件「」上的「－」與「·」的不同，誠如「董」字項下所言，「－」與「·」無別，二者應無區別。

86、申

「申」字古文與楚金文的字形十分相近，古文作「」，〈敬事天王鐘〉作

---

〔註63〕《金文編》卷13，頁894～896。

〔註64〕《金文編》卷14，頁990。

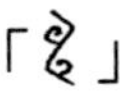

「�」，二者之別甚微。「申」字古文據大、小徐本皆寫作「◈」，段玉裁則改作「◈」，而兩周金文「申」字作「◈」〈命簋〉、「◈」〈此簋〉、或如〈敬事天王鐘〉之字形，尚未見作「◈」者。段氏更改古文之舉爲是。

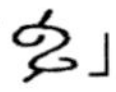

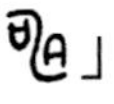

87、牆

「牆」字古文作「◈」，楚簡作「◈」，右側所從偏旁形體雖有不同，但是，基本上皆爲盛酒器之形。

88、亥

古文與楚系文字所見的「亥」字形體十分相似，古文作「◈」，楚系文字作「◈」（包 181），二者之別爲起筆橫畫上的「－」有無。從「亥」字的形體觀察，如：「◈」〈天亡簋〉、「◈」〈楚簋〉，或作「◈」〈虢季子白盤〉、「◈」〈齊侯鎛〉、「◈」〈噩君起舟節〉，屬西周早期的〈天亡簋〉，「亥」字尚未見於起筆橫畫上添加一筆短橫畫「－」，可是，屬西周晚期的〈虢季子白盤〉，則出現「－」的添加。據此推側：「－」應屬飾筆的性質。既爲飾筆，增減與否並不會影響該字原有的形音義，所以，古文作「◈」可能取自於楚系文字。

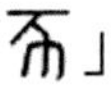

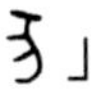

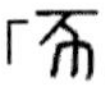

89、倉

楚系文字的「倉」字形體多一致，如：郭店楚簡〈太一生水〉作「◈」，與《說文解字》所收古文作「◈」形體相近。段玉裁以爲古文「倉」字從「古文巨」，[註65] 兩周金文「巨」字作「◈」〈䣄侯少子簋〉，未見作「◈」者，而《說文解字》收錄的「巨」字作「◈」，亦與「◈」未能相符。又「倉」字作「◈」〈叔倉盨〉，將之與楚系「倉」字相較，發現楚系「倉」字以截取特徵的方式，去除文字裡非主要的形體部分，僅保留最具特色的形體。文字的省減，不限於省去某一筆畫、部件、或是偏旁，亦可以僅保留其最具特色的特徵部分，而古文與楚系「倉」字相同，皆以截取特徵的方式表現文字。古文與楚系文字的形體應是較爲接近。

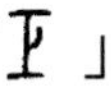

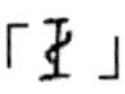

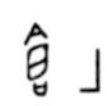

## 三、所從偏旁形體近同者

所謂「所從偏旁形體近同」，係指楚系文字雖與《說文解字》古文非同爲一字，可是所從的偏旁卻與《說文解字》所收古文的字形形體一致，或是相近。

---

〔註65〕《說文解字注》，頁 226。

## （一）所從偏旁形體近同表

| 楷書 | 小篆 | 古文 | 楚　系　文　字 |
|---|---|---|---|
| 示 | 示 | 示 | 祭（天1）禀（望1.51） |
| 邁 | 邁 | 迹 | 介（郭·緇衣16） |
| 反 | 反 | 反 | 枏（郭·緇衣8） |
| 邦 | 邦 | 当 | 当（《古璽彙編》0209） |
| 陝 | 陝 | 陝 | 壹（包25）壹（包105）壹（包151） |

## （二）所從偏旁形體近同考釋

楚系文字與《說文解字》古文字形所從偏旁形體近同者，共有五筆，其中楚簡帛文字佔四筆。由上面五例或見所從偏旁的形體相同者，或見相近者。茲就二者的不同，依序論述如下：

1、示

楚簡帛所見「示」字作「示」，與小篆「示」字相同，可是作為偏旁使用時則可以寫作「示」，如：「福」字作「禀」（包37）、「禀」（包205）、「禀」（望1.51）；「祭」字作「祭」（帛乙12.25）、「祭」（天卜），正與古文「示」字相同。

2、邁

「邁」字古文作「迹」，其右邊所從偏旁正與郭店楚簡〈緇衣〉所見的「介」字作「介」相同。

3、反

「反」字於楚簡帛文字皆作「反」，其形體與古文不盡相同，可是，郭店楚簡〈緇衣〉的「板」字作「枏」，其右邊所從偏旁「反」的形體與古文相同。

4、邦

「邦」字甲骨文作「当」（《合》595正），於兩周金文作「邦」〈瘋鐘〉、「邦」〈毛公鼎〉、「邦」〈齊侯鎛〉，於楚簡帛文字作「邦」（包7）、「邦」（帛丙8.4），未見與《說文解字》所收古文形體相近者。《古璽彙編》0209號王印上的字作「当」，其右邊所從偏旁與「邦」字古文十分相近。二者下方皆從「田」，其上半部的形體則略有差異。據林素清指出：璽印文字由於受印面空間限制，所以

省減的現象特別明顯，非僅一字有多種簡體，在字體偏旁的筆畫省減也十分自由；此外，又為了防止他人的作偽，印文時而離奇怪異；或是為了適應璽印的大小方圓，印文的字體亦常隨著書寫的空間而有所變畫，甚而改變原有筆畫的曲直。〔註66〕今將甲、金文的「邦」字相較，其間的變化很大，若金文的字形其下半部仍維持甲骨文從田的形體，將之與上半部的形體結合，從此途徑發展而成的「邦」字形體勢必十分佔空間，故邱師指出：「如作■形，則太佔空間，因省作■形；猶古璽變屮作■之例。」〔註67〕從林素清指出璽印文字的特色，與邱師的意見觀察，可知「屮」變為「屮」的可能性十分大，故此字右邊所從偏旁視為「邦」字應無疑。至於其左側偏旁從「邑」，則是為了表明該字與地名有關，屬於一種有義偏旁的添加。

5、陟

「陟」字古文作「■」，兩周金文「陟」字作「■」〈班簋〉、「■」〈散氏盤〉，皆從　從步，「步」字本從二「止」，楚簡「止」字多作「止」，而「步」字作「■」（包105），與古文「陟」字右邊所從偏旁「步」的形體相近同。

根據上面所列的130個字例觀察，「字形形體相近」的現象最多。換言之，楚系文字的形體與《說文解字》中的古文形體，仍有或多或少的差異，此一問題的產生，應與《說文解字》的流傳有關。故潘祖蔭云：「《說文》所載重文，後人或有增加，真偽參半。」〔註68〕林義光亦云：「顧許氏敘篆文合古籀，而所取古文，由壁中書及郡國所得鼎彝。時未有槧書之業，拓墨之術，壁經彝器，傳習蓋寡，即許君睹記，亦不能無失其真。」〔註69〕現今所知最早對於《說文解字》作注解者為唐朝的李陽冰，其後則有徐鉉與徐鍇，至清代時小學大興，研究《說文解字》者甚多，其中尤以段玉裁最為有名。李氏的《刊定說文解字》自宋代以後即已亡佚，其內容詳實如何不可得知，至於大、小徐本與段注本，除了注解的不同外，在文字的摹寫上亦略有不同，故知雖有底本供摹寫之用，

〔註66〕《先秦古璽文字研究》，頁30～47。

〔註67〕《說文解字古文釋形考述》，頁673。

〔註68〕（清）潘祖蔭：〈說文古籀補敘〉，《說文古籀補》，頁1。

〔註69〕林義光：〈文源敘〉，《說文解字詁林正補合編》第1冊（臺北：廣文書局，1977年），頁423。

仍會有形體上的差異。由此推知，許慎雖言古文得於孔子壁中書、《春秋左氏傳》、鼎彝銘文，然而，在抄錄的過程，也可能產生與其形體有所出入的現象。

## 四、「孔子壁中書」文字系統的提出與其歸屬

許慎提到「古文」時，僅言「孔子壁中書」、「郡國亦往往山川得鼎彝，其銘文即前代之古文」、「壁中書者，魯恭王壞孔子宅而得《禮記》、《尚書》、《春秋》、《論語》、《孝經》」。至於所得古文的系統，許慎未能知曉，因此，遂造成後人的多方論說。歷來對於「孔子壁中書」古文所屬的系統，研究者的說法甚多，以下僅列舉幾位學者之言，茲論述如下：

王國維云：

> 魏石經及《說文解字》所出之壁中古文，亦為當時齊魯間書。〔註70〕

孫海波云：

> 按六經之書，刪自孔子，孔子之學，傳於齊魯，則孔子壁中書必齊
> 魯後學傳鈔之本無疑。〔註71〕

提出孔子壁中書裡的文字屬於「齊魯間」、或是「齊魯系」文字的學者十分多，除王、孫二氏外，尚有陳昭容、〔註72〕何琳儀〔註73〕等人。

除了直指為「齊魯間」或「齊魯系」文字外，尚見學者提出它為「齊系」或是「魯國」的文字，如：胡光煒云：

> 吳大澂謂《說文》所謂古文即壁中書，而壁書古文，非孔子及左丘
> 明手書，當出於七國人手。吳說既出，同時惟陳籒齋信之。自今觀
> 之，其說是也。吾考許書古文，大率與齊器文合。以至魏正始三體

---

〔註70〕王國維：〈桐鄉徐氏印譜序〉，《定本觀堂集林》，頁299。

〔註71〕《中國文字學‧文字之發生及其演變》，頁65。

〔註72〕陳昭容云：「齊魯系文字以《說文》古文為例，年代約為戰國晚期。」其言雖未直接明言《說文解字》所收古文即為齊魯系統的文字，可是就其所言，已承認此一說法。詳見陳昭容：〈秦「書同文字」新探〉，《中央研究院歷史語言研究所集刊》第68本第3分（臺北：中央研究院歷史語言研究所，1997年），頁613。

〔註73〕何琳儀《戰國文字通論‧戰國文字與傳鈔古文》云：「以現代文字學的眼光看：壁中書屬齊魯系竹簡。」（北京：中華書局，1989年），頁45。（又收於《古文字研究》第15輯）

石經之古文，及六朝唐人所謂古文，以字形言，皆齊派也。〔註74〕

唐蘭云：

> 孔壁的竹簡，即是所謂古文經，……孔壁是魯文字，漢人把孔壁發
> 見的戰國末年人所寫的經書，誤認爲孔子手跡，又斷定孔子所寫的
> 一定是原始古文，所以把古文經推尊得太過分了，把文字發生的時
> 代都紊亂了。〔註75〕

邱德修師云：

> 許書古文約而言之，其源於孔壁古文，乃七國時通行於魯國之文字；
> 其次爲傳世典籍所載之文字；再其次爲山川所得鼎彝銘文，其中雜
> 揉小部分經甄豐所改定之古文也。〔註76〕

究其說法立論，除了根據許慎所言「孔子宅」外，亦就其當時所見的出土文物
資料觀察，而得出此一結論。然而，隨著出土文物的漸增，以往不多見的戰國
時期的楚系竹簡大批的面世，在幾經比對下，不難發現《說文解字》所謂的古
文，其文字的形體多與楚系文字相近。

茲將觀察的結果以數據與圖表表示如下：

|  | 楚系文字 | 晉系文字 | 齊系文字 | 秦系文字 | 燕系文字 |
|---|---|---|---|---|---|
| 字形近同 | 130 | 40 | 33 | 21 | 2 |
| 百 分 比 | 28.02 | 8.62 | 7.11 | 4.53 | 0.43 |

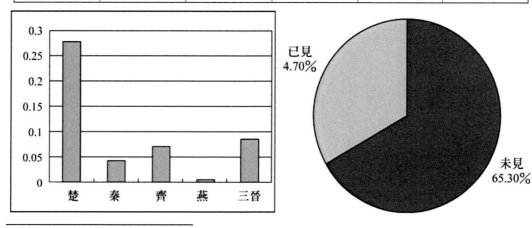

〔註74〕 胡小石：〈古文變遷論〉，《胡小石論文集》（上海：上海古籍出版社，1982年），頁
172。

〔註75〕 唐蘭：《中國文字學・文字的變革》（臺北：開明書店，1991年），頁152。

〔註76〕 《說文解字古文釋形考述》，頁55。

　　據大、小徐本以及段注本觀察，《說文解字》所收古文計有 464 筆，而楚、三晉、齊、秦、燕五系文字與《說文解字》古文形體相同或相近者只有 161 筆。換言之，尚有 303 筆，約佔 65.30％，尚未見於楚、三晉、齊、秦、燕五系文字。

　　此外，縱使已有不少璽印、陶文的出土，卻多未見收錄者登載其源於何處。因此，文物雖已出土，並且著錄於書籍，卻多未能指出其所屬爲何種地域或系統的文字，而僅能以「戰國文字」、「秦代文字」、「漢代文字」蓋括之。從陶文的收錄觀察，如：「示」字作「而」；〔註77〕「珇」字作「王目」（1.4）；「信」字作「亻Ｖ」（3.17）；「目」字作「㘎」（4.25）；「剛」字作「佢」（4.28）；「箕」字作「甘」（5.30）；「巨」字作「王」（5.31）；「旨」字作「𠰸」（5.31）；〔註78〕「鞭」字作「𡺄」（4.62）；「首」字作「㫧」（5.389）；〔註79〕「二」字作「弍」（1.3）、「弍」（1.4）；「泰」字作「㤗」（2.10）；「期」字作「𠔻」（4.35）。〔註80〕這些已出土的資料，有不少文字的形體與《說文解字》所收古文相近同，可是，收錄者卻未能表明出於何處，因此尚無法將此類資料，依其出土地或文字特色，依序歸入所屬的地域或文字系統。

　　對於尚未出現的古文，除了一部分可於已出土的西周文物，以及出土的秦代文物找到外，也能在許慎之前的出土文物上尋穫，可是究竟能從中再找出多少字形相合者則無法預知。因爲尚未出土的文物十分多，而且，據許慎所言書中所收古文爲「孔子壁中書」觀察，從現今已出土、公佈的簡帛文字資料而言，簡帛保存的條件並不理想，出土時往往已殘缺不堪，至於腐爛殆盡者應不在少數。然而，欲認識古文字，除了可從現今已識的文字比對外，《說文解字》所收的重文更能提供研究上的依據。至於現今已出土的文字，有多少與其所收的古文相近同者，由於相關的資料十分龐大，而且牽涉的時代亦久遠，因此，無法在本文中一一找出比對，故有待來茲。

　　《史記・魯周公世家》云：「十九年，楚伐我取徐州；二十四年，楚考烈王伐滅魯，頃公亡遷於卞邑，爲家人。魯絕祀，頃公卒于柯。魯起周公至頃公，

---

〔註77〕袁仲一：《秦代陶文》（陝西：三秦出版社，1987 年），頁 426。

〔註78〕以上見金祥恆：《金祥恆先生全集・陶文編》第 6 冊（臺北：藝文印書館，1990 年）。

〔註79〕以上見高明：《古陶文彙編》（北京：中華書局，1990 年）。

〔註80〕以上見徐谷甫、王延林：《古陶字彙》（上海：上海書店，1994 年）。

凡三十四世。」〔註81〕又據楊寬考證楚滅魯之年爲楚考烈王七年（西元前 256
年），而楚國亡於西元前 223 年，〔註82〕其間相距 33 年。楚國於春秋時期爲五
霸之一，至戰國時期又爲七雄的一分子，其國力與文化實屬強勢，魯國與其相
較，猶如蕞爾小國，因此只能依附於大國。此外，文化的傳播有幾種方式，除
了軍事征伐、外交使節的往來、國家間的會盟外，經濟貿易的力量更爲強大。
楚地自古以來，物產豐饒，古籍文獻多有記載，如：《尚書‧禹貢》云：「厥貢
羽、毛、齒、革、惟金三品，杶、榦、栝、柏、礪、砥、砮、丹。……厥篚玄、
纁、璣組；九江納錫大龜。浮于江沱潛漢，逾于洛，至于南河。」〔註83〕又《戰
國策‧楚策‧張儀之楚貧》云：「王曰：『黃金、珠璣、犀象出於楚，寡人無求
於晉國。』」〔註84〕又《韓非子‧內儲說上》云：「荊南之地，麗水之中生金。」
〔註85〕由此可知，楚國境內物資豐富，除了一般的布帛、絲織品外，還盛產皮
革、木材、牲畜、珠璣、丹砂、黃金，以及珍禽、犀象等。所以，在經濟貿易
上，《左傳‧僖公二十三年》載晉文公重耳遍歷諸國之事，重耳避難至楚國時，
曾云：「子、女、玉、帛，則君有之；羽、毛、齒、革，則君地生焉。其波及晉
國者，君之餘也。」〔註86〕據此可知，楚國自春秋時期起在經濟上的力量即十
分強大。隨著經貿的往來，楚文化自然而然的傳至當時的諸侯國，而魯國亦在
不知不覺下深受其文化的影響。

　　在軍事征伐上，除了一般的軍事戍守外，勝者亦常在被滅國者之地設郡，
如：趙武靈王破樓煩和林胡後設立雁門與雲中二郡、趙襄子滅代國後設立代郡、
秦開破東胡後設立上谷與漁陽二郡、楚懷王滅越後設立江東郡等。史書於楚國
滅魯後，雖未明言設置郡予以管理，可是，依其習慣而言，應有軍隊的駐守，

---

〔註81〕（漢）司馬遷撰、（唐）司馬貞索隱、（唐）張守節正義、（宋）裴駰集解、瀧川龜
　　　　太郎著：《史記會注考證》（臺北：宏業書局有限公司，1992 年），頁 564。

〔註82〕楊寬：〈戰國大事年表〉，《戰國史》（臺北：商務印書館，1997 年），頁 720、頁 722。

〔註83〕（漢）孔安國傳、（唐）孔穎達疏：《尚書》（十三經注疏本）（臺北：藝文印書館，
　　　　1993 年），頁 84～85。

〔註84〕（漢）劉向集錄：《戰國策》（臺北：里仁書局，1990 年），頁 540。

〔註85〕（周）韓非撰、（清）王先愼集解：《韓非子集解》（臺北：藝文印書館，1983 年），
　　　　頁 358。

〔註86〕《春秋左傳注》，頁 408～409。

或是分派官員前往管理，在管理或駐守的期間，楚文化對於魯國的影響應該也不小。從史書對於國家會盟的記載觀察，楚、魯二國自春秋時期往來已十分頻繁，以《左傳》爲例，如：僖公四年魯、齊、宋、陳、衛、鄭、許、曹、楚等國會盟於召陵，僖公十九年魯、齊、陳、蔡、鄭、楚等國會盟於齊，僖公二十一年魯、宋、楚、陳、蔡、鄭、許、曹等國會盟於薄，僖公二十七年魯、楚、陳、蔡、鄭、許等國會盟於宋，宣公十五年魯、楚會盟於宋，成公二年魯、楚會盟於蜀，襄公二十七年魯、晉、楚、蔡、衛、陳、鄭、許、曹等國會盟於宋，昭公元年魯、晉、楚、齊、宋、蔡、衛、陳、鄭、許、曹等國會盟於虢，昭公九年魯、楚、宋、鄭、衛等國會盟於陳。此外，又從二者在外交使節的往來上觀察，亦是十分頻繁，如：莊公二十年楚使聘魯，僖公二十一年楚宜申來魯獻捷，僖公二十六年魯東門襄仲與臧文仲至楚乞師，文公九年楚越椒聘魯，宣公十八年魯使至楚乞師，成公二年魯使至楚求好，襄公三十年楚蓮罷聘魯，昭公六年魯叔弓聘楚，昭公七年楚蓮啓彊召魯公赴楚。正因爲二者自春秋時期已往來頻繁，在長時期的文化交流下，楚國文化對於魯國多方面的影響，所以，出土於魯地孔子宅壁的竹簡，在文字上與楚系文字多有相近同之處。

據此可知，魯國的軍事力量與國力難敵其他諸國，所以，在長期間亦廣受其他強勢諸侯國的文化影響，[註87]因此，從〈附錄五〉的表格可以發現與《說文解字》古文字形相合者，非僅見於楚系文字，亦見三晉、齊、秦與燕系文字。就此觀察的結果而言，其他諸系的文字與其相合者不及楚系文字爲多，究其原因，除了楚國出土文物較多外，可能是楚國在政、經與軍事力量的多管齊下影響所致。所以，儘管楚國早已爲強秦所亡，而秦又已一統天下，可是，魯地學人在書寫傳抄時，使用的文字習慣，仍無法一時更改，而依舊深受楚系文字的影響，故書之於竹簡者，仍以楚系的文字居多。進一步地說，孔子壁中書雖然發現於魯國，可是並不能以此直接斷言必爲魯國文字，甚或直指爲齊魯系文字。從出土的地域而言，或許可以稱爲出於魯國境內，可是，就現在所能看到的戰國時期的五系文字而言，深究其文字的特色，則與楚系文字多爲接近。因此，

〔註87〕關於魯國與其他諸侯國之間的往來情形，見蕭璠：〈春秋戰國時期華夏文化的向南傳布〉《春秋至兩漢時期中國向南方的發展》（國立臺灣大學歷史學研究所碩士論文，1972年），頁51～124。

昔日學者所言孔子壁中書的文字，爲齊魯系、齊魯間、魯國文字等說法，應更正爲「接近楚系文字的體系」。

## 第四節　結　語

　　根據以上的討論以及觀察、整理已出土文字資料與《說文解字》古文的相合現象，發現與《說文解字》古文字形相合者，來源甚多，從書寫的材質而言，大部分屬於竹簡帛書上的文字，就文字的地域系統而論，則以春秋戰國時期的楚系文字所佔的比率最高，楚系文字出現 130 個，晉系出現 40 個，齊系出現 33 個，秦系出現 21 個，燕系僅有 2 個。此外，晉系文字雖有 40 個字與古文字形相合，可是，其中單就中山國的文字則已出現 28 個字。據此可知，若以國家而言，則以楚國居冠，中山國次之。

　　從相合文字的來源觀察，其出處非僅止於戰國文字，亦見春秋時期的文字。此外，也有不少文字源於西周時期，如：「教」字作「𢼒」〈散氏盤〉；「上」字作「二」〈癲鐘〉、「二」〈㝬鐘〉；「下」字作「二」〈長由盉〉、「二」〈番生簋〉；「善」字作「譱」〈毛公鼎〉；「要」字作「𡢗」〈是要簋〉；「鞭」字作「�」〈九年衛鼎〉；「則」字作「𣂪」〈段簋〉；「門」字作「𨳇」〈七年趞曹鼎〉、「𨳇」〈大克鼎〉；「盤」字作「𤮺」〈伯侯父盤〉；「豚」字作「𧰶」〈士上卣〉、「𧱣」〈豚卣〉；「津」字作「𣲎」、「𣴚」〈㝬生盨〉；「我」字作「𢧵」〈叔我鼎〉等。據此可知，許慎所言古文或得之於山川鼎彝上的文字可能未爲妄言。

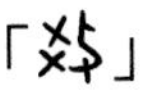

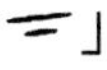

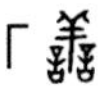

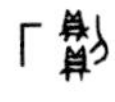

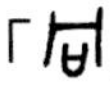

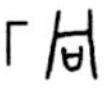

　　誠如第三節「楚簡帛書與《說文》古文關係論」的論述，以及與銅器、貨幣、璽印等文字的觀察與比對，我們不難發現，與古文字形相合者，非僅見於戰國文字，亦見於春秋時期的文字。再者，從〈附錄五〉的表格資料觀察，相同或相近的文字，其來源遍及齊、楚、秦、燕、三晉等五系的文字，各系統的文字，各有其特色，並不能等同視之，而這些文字並非全出於戰國時期，有不少屬於春秋時期。因此，王國維之「戰國時六國用古文」的說法，應可再往前提到春秋時期。

　　王國維提出「六國用古文」的說法，雖然或有學者提出不同的意見，然而，從以上的討論與統計結果，王氏的說法實爲確論，只是隨著出土文物的增加，其中有些許的論點需要修改，如其云：「同時之兵器、陶器、璽印、貨幣求之。」

從諸多出土的資料觀察，以楚系簡帛文字與之相合者居多，而非是以兵器、陶器、璽印或是貨幣上的文字爲多。其次，王氏將東方的齊、楚、燕、韓、趙、魏等六國歸併爲「東土文字」，其言雖然無誤，卻稍嫌粗疏。因爲政權的轉移，與王室力量的衰微，中央已經無力掌控諸侯國，是以造成不同的地域，文字異形現象興起，而諸侯國各有其使用的文字特色。從諸多的資料顯示，戰國時期東方六國的文字，雖與西方的秦文字源於同一個系統，由於諸侯國日漸興盛，王室的政治與軍事力量已難控制，因此，文字異形、語言異聲的現象十分嚴重。戰國時期的秦文字，仍沿襲著西周金文的系統，在辨識上還算容易，東方六國的文字，形體變化多端，各有其獨特的文字形體，相對的在辨識上較爲困難。據此可知，六國的文字，雖亦源於西周系統，可是在不同的環境下，遂又發展出不同的文字系統，倘若僅以「東土文字」統稱之，實在稍嫌粗疏。王氏當時尚未能見到如此龐大的出土實物資料，故未能將戰國時期的文字細分，可是若非其東、西土文字觀念的提出，對於後人產生啓發的作用，今日對於戰國文字的研究將無法如此順利。

# 第十章 結 論

## 第一節 楚系簡帛文字之研究價值

　　近五十年來出土的簡牘帛書，數量十分豐富，就戰國時期的簡帛資料而言，尤以楚簡帛書爲大宗。據已正式發表的出土楚系簡帛文字資料顯示，屬於戰國早期者，如：曾侯乙墓竹簡；屬於戰國中期晚段者，如：九店 621 號墓、望山、郭店、包山、信陽竹簡，以及楚帛書；屬於戰國晚期早段者，如：九店 M56 竹簡；屬於戰國晚期晚段者，如：楊家灣竹簡；此外，年代約屬於戰國晚期者，如：五里牌、仰天湖竹簡等。從其年代觀察，幾乎涵蓋整個戰國時代。這些龐大的資料裡，包涵著諸多的戰國時期楚系手寫文字的特色，在出土的數量上，亦尚未見同時代的其他地域，有如此多的資料出土，可謂自成一個獨立的體系。正因爲它的數量眾多，以及運用的範圍廣泛地見於遣策、卜筮祭禱、占辭術語、陰陽數術、日書、竹書、司法文書、《老子》、《禮記‧緇衣》等方面，由此推測，至少在戰國時期，楚地一帶已經大量的使用竹簡來記錄日常生活及學術上、禮俗上等多方面之用途。

　　茲就本論文研究的內容，歸納出楚系簡帛的研究價值，有下列幾項：

　　一、保存大量的古文字資料，可作爲研究先秦文字、《說文解字》古文的依據。

從本論文的統計與觀察，楚系文字與《說文解字》古文形體相同或相近者，計有 130 筆，佔古文總數的 28.02％，為五系文字之冠。此外，在楚簡帛文字裡，更保存許多《說文解字》未收錄之字，如：「薩」、「礦」、「蓁」、「遷」、「返」、「過」、「篷」、「諀」、「諻」、「輆」、「輇」、「輵」、「昌」、「攽」、「筓」、「裹」、「膚」、「瘜」、「偈」、「禪」、「砡」、「騍」、「闞」、「輕」、「鑐」、「鏽」、「鍾」、「臺」、「繪」、「哭」、「霋」、「魌」、「慚」、「悫」、「纗」、「叕」、「炎」、「黝」、「帕」等字。由此可知，楚簡帛文字的研究，除了可以瞭解《說文解字》古文的來源外，更可以作為研究古文斷代的依據，而這些未見於《說文解字》的資料，亦可補充許書之不足。再者，透過諸多已知的楚簡帛文字，應可作為日後研究戰國文字的依據。

二、保存大量的通假資料，可作為研究楚國方音或上古音系的依據。

楚系簡帛裡存在大量的通假現象，這些通假字或為雙聲疊韻的關係，或僅為雙聲、疊韻、對轉的關係。此外，亦見某些通假字，並無聲韻上的關係，僅是所從聲旁的相同，即可發生通假，如「妥」字通假為「綏」、「立」字通假為「位」等。其次，亦發現不少通假字，尚未見於字書，如：「啇」字等，究其使用的因素，該字應為楚人方音所產生的文字。從 487 組的通假現象觀察，通假字與被通假字的使用，應具有聲或韻的關係，對於那些聲韻關係俱遠而發生通假的合理解釋，應是「言語異聲」的現象所致，亦即楚國本身有其特有的方音。此外，從聲旁相同者即可發生通假而言，楚人在通假的使用上，並無後人嚴格要求必具有聲韻相同的關係。由此可知，這批通假字的存在，正可作為研究楚國方音或是建立楚國上古音系的依據。

三、保存大量的異體字資料，提供研究漢字形體結構發展與演變之需。

異體字的辨別，必須從相同辭例等方面，一一提出證據，方能確定某二字為文字異體的現象，因此，在判別上十分吃力。文字異體的現象，不僅存於楚系簡帛文字，亦大量的存在銅器、璽印文字，甚或陶文裡。透過楚簡帛文字異體的研究與觀察，不僅有助於日後研究古文字異體的現象，作為判別的依據與參考之需，又可作為研究漢字形體結構發展與演變的重要參考資料。

四、透過楚簡帛的合文資料，可作為研究先秦時期合文現象的依據。

楚系簡帛文字裡保留許多的合文資料，如：稱謂詞、數字、「之×」式的習

用語、時間序數詞、動物名稱、品物器用名稱、地名等。此外，在書寫的方式，亦多有變化，如：添加合文符號「＝」的不省筆合文、未添加合文符號「＝」的不省筆合文、添加合文符號「－」的不省筆合文、共用筆畫的省筆合文、借用偏旁的省筆合文、刪減偏旁的省筆合文、包孕合書式的省筆合文等。透過這些寶貴的資料，可供研究先秦其他文字，如：銅器文字、璽印文字、泉幣文字、玉石文字、陶文等之合文現象的依據。

五、保存大量的地名、官職名、人名、月名、動植物名稱、品物器用名稱，可作爲研究楚國社會制度、習俗之需。

現今所見出土的楚簡帛資料甚爲豐富，從合文的資料裡，我們發現其間存在不少動植物名稱、品物器用名稱。此外，據簡帛上的記載，亦見大批的祭禱、月名、地名、職官、人名等資料。透過這些資料，正可作爲研究楚國的地望與州制、天文曆法、官制、司法制度之需，亦可深入研究楚人的日常生活習慣、風俗、與文化的背景等。

六、保留大批的竹書資料，有助於瞭解古今版本的流傳與思想的變異。

郭店楚簡出土的資料以竹書爲主，計有《老子》、《禮記・緇衣》、〈太一生水〉、〈魯穆公問子思〉、〈窮達以時〉、〈五行〉、〈唐虞之道〉、〈忠信之道〉、〈成之聞之〉、〈尊德義〉、〈性自命出〉、〈六德〉、〈語叢一〉、〈語叢二〉、〈語叢三〉、〈語叢四〉等。其中尤以《老子》、《禮記・緇衣》最爲重要。以《老子》爲例，馬王堆漢墓亦出土《老子》帛書甲、乙本，與之年代相差一百多年，將之與今本《老子》比對，正可以瞭解其間版本流傳的異同，校勘文獻資料的缺漏與失誤，並且重新解析其思想體系的相同與相異之處。

## 第二節　本文之研究成果

楚系簡帛文字在文字形體結構上的特色，主要表現於增繁、省減、更換偏旁、形體訛變、類化與合文等方面。

文字的增繁現象包括：

### 一、飾筆的添加，如：

（一）將短橫畫「－」添加於一般的橫畫或起筆橫畫之上，如：「天」字等。

（二）將短橫畫「－」添加於起筆的橫畫之下，如：「板」字。

（三）將短橫畫「－」添加於收筆的橫畫之下，如：「上」字等。

（四）將短橫畫「－」添加於較長的豎畫之上，如：「艸」字等。

（五）將短橫畫「－」添加於偏旁或部件之下，如：「見」字等。

（六）將短橫畫「－」添加於從口的部件之中，如：「中」字等。

（七）將短橫畫「－」添加於從心的偏旁之中，如：「心」字等。

（八）將短斜畫「 ＼（＇）」添加於字或偏旁的左側、右側或是下方，如：「客」字等。

（九）將小圓點「‧」添加於較長的豎畫之上，如：「市」字等。

（十）將小圓點「‧」添加於較長的彎筆之上，如：「弋」字。

（十一）將短斜畫「 ＼（＇）」分別添加於一字或偏旁的兩側或是同側，如：「玉」字等。

（十二）將「八」或「＂＂」添加於某字或偏旁的上方，如：「市」字等。

（十三）將短斜畫「＂（＂）」添加於某字或偏旁的同側或是兩側，如：「文」字等。

（十四）將「＝」添加於某字或偏旁的下方或是中間，如：「相」字等。

**二、偏旁的增繁，如：**

（一）重複形體，如：「月」字等。

（二）重複偏旁或部件，如：「敗」字等。

（三）增加無義偏旁，如：「猶」字添加偏旁「丌」等。

（四）增加標義偏旁，如：「戶」字添加偏旁「木」等。

（五）增加標音偏旁，如：「羽」字添加聲符「于」等。

從諸多的增繁現象可以發現：飾筆與無義偏旁的增添，就文字的形體而言，雖然並不對文字本身產生任何的意義與作用，然而從書法的層面觀察，它應具有補白、或是穩定文字的整體結構的作用；標義偏旁的增添，使得該字的意義更加彰顯；標音偏旁的添加，使得該字在形、音、義的表現上更為完整。換言之，造成楚系簡帛文字增繁的因素，應可歸類出以下幾項：

一、某字所從的偏旁，其意義不夠彰顯，遂再添加一個形符。

二、某字的讀音，不夠清楚，遂再添加一個聲符。

三、為了反映當時的社會狀況，以及辭彙的情形，遂添加形符，作為區別

其間的不同。

四、區別動詞與其他詞性的不同。

五、爲了文字的結構，或是視覺的效果，在某些位置上，添加無義的偏旁或是飾筆，使其勻稱疏密，並且兼具穩定結構的作用。

此外，透過楚簡帛與楚金文字的比較、觀察，發現金文裡的飾筆現象大多見於楚簡帛文字，可是，惟獨常見的垂露體、鳥蟲書等複雜的紋飾添加現象，並未出現於簡帛文字。深究其原因，應是這些複雜的紋飾書寫不易，又加上簡帛爲當時的文字記錄工具，而其製作不易，實不容許在有限的材料裡徒費空間，並且浪費書寫的時間。

文字的省減現象包括：

一、共用筆畫，如：「新」字之偏旁「辛」與「木」共用一個豎畫等。

二、單筆省減，如：「易」字等。

三、省減部件，如：「學」字等。

四、借用部件，如：「群」字等。

五、截取特徵，如：「馬」字等。

六、省減同形，如：「堯」字等。

七、省減義符，如：「瘳」字省減偏旁「疒」等。

八、省減聲符，如：「參」字省減聲符「彡」等。

從省減的方式觀察，知曉這是書寫者爲了書寫上的便捷，遂將筆畫繁複者以一個筆畫的省寫，或是將相同、相近的筆畫，以共用的形式表現，或是在不破壞基本形體的條件下，只保留該字最重要的特徵，或是將具有標義或是標音作用的偏旁省略或簡化。其省減的方式眾多，可是在省減時有一個不變的原則，即是不破壞具有表音功能的偏旁。儘管亦見聲符的省減，但是這種現象相當少，多是省減該聲符一部分的形體，或是將同時具有兩個或兩個以上的標音偏旁省去其一，並不會對於標音的形體有太大的省改。此外，欲共用筆畫時，亦須考慮形體結構的安排，一般而言，大多爲上下式結構者共用一筆相同或相近的筆畫。

古文字的形體向來不甚固定，甲骨文、金文在偏旁位置的經營上並未有一制式的規定，此一現象依舊出現於楚系簡帛文字。文字的偏旁位置經營不固定

現象包括：

一、左右結構互置，如：「珥」字等。

二、上下結構互置，如：「區」字等。

三、由上下式結構轉爲左右式結構，如：「名」字等。

四、由左右式結構轉爲上下式結構，如：「好」字等。

根據本論文的討論得知，楚系簡帛文字在偏旁的位置經營，時見互換的現象，除了承襲甲骨文、金文的習慣外，另一方面可能是受到書寫的竹簡寬度所影響。由於竹簡的製作十分耗費工時，又加上寬度一向窄小，如何在有限的資源，將最多的文字書寫於其上，本已不簡單，再加上某些文字係由兩、三個偏旁所構成，倘若該字本身的偏旁皆以左右式的結構組合，書之於竹簡上，將會造成書寫的寬度不足現象，爲了容納該字的形體，惟有將之改爲上下式的結構；相對的，爲了在一枚竹簡上容納最多的文字，則必須將過於狹長的上下式結構組合的文字，更改爲左右式的結構表現，如此方能解決書寫上的侷限。偏旁位置經營的不固定，雖然沿襲著前例，但是仍有部分因素，是基於實用的目的，才作出如此的調整。

古代漢字的形旁並不甚複雜，隨著時代的推移，文字的分化，偏旁日趨於繁複，在偏旁的使用上，常出現代換的現象。有關文字更換偏旁的現象，在楚系簡帛文字亦十分習見，它包括：

一、意義相近的互代，如：日－月、木－禾、艸－竹、鳥－羽、革－韋、糸－市、巾－市、巾－衣、玉－金、止－辵、足－辵、手－攵、又－攵、攵－戈、刀－戈、豸－鼠、犬－鼠、皂－食等。

二、因字形相近而互代，如：夕－月、衣－卒、尸－人、刀－人、刀－尸、刀－刃、日－田、口－甘、口－田、肉－舟、弋－戈等。

三、因聲旁相近而互代，如：取－聚、甫－父、吾－五、𢦏－才、旬－田等。

此外，究其互換的原因，除了上述三種現象外，尚有一種包含

於義近、形近與音近之中，亦即以筆畫少者取代筆畫多者。究其因由，仍是爲了書寫上的便捷所致。

文字的形體演變現象，除了以上幾種外，尚見訛變與類化的現象。產生字

形訛變的原因，乃是該字與某字的形體相似，書寫者一時未察，因而產生書寫上的訛變。此外，因字形的形象特徵模糊，或是字符之間義近或義通，亦會產生字形的訛變。據此可知，文字產生訛變的因素，主要應有以下幾項：

一、為了減少書寫的時間，常忽略文字每一筆畫或偏旁所代表的意義，而任意的省減，遂產生形體的訛變。

二、為了文字的補白效果，或是使其結構勻稱疏密，甚或基於穩定結構的目的，在筆畫、部件、偏旁增添飾筆或無義的偏旁，亦會使得形體訛變。

三、某些文字的部件或形體的相近似，會造成訛變現象。

四、任意割裂文字的形體，使其由完整的形體，變成獨立部件後，由於與他字的形體相近似，亦會產生形體的訛變。

類化的現象，可以分為：

一、文字本身結構的類化，如：「翡」字等。

二、受到其他形近字影響的類化，如：「夏」字等。

三、集體形近的類化，如：「南」、「兩」、「魚」等字類化為「羊」的形體等。

四、受語言環境影響的類化，如「生」字類化為「絏」字等。

從本論文觀察的結果發現，造成形體的類化，其原因與訛變近似，究其因素，不外是形體的簡化、筆畫的增繁或是飾筆的添加、組合部件的分離、受到同一辭例的前後字影響、文字的訛變等。

形體相近的文字，往往多類化成同一個形體、偏旁或是部件。從這些文字尚未類化前的形體觀察，其象形的意味十分濃厚，相對的在書寫上亦須花費較多的時間，為了書寫上的便捷，書寫者將之逐漸的省改，當省改至某一程度，該字的形體與某字相近之同時，在受到他字形體的影響下，遂產生類化的現象，因此形成相近同的形體、偏旁或是部件。

合文的書寫形式，在現今所見資料，最早見於甲骨文字。隨著文字的發展，社會的進步，詞彙的種類與使用，日漸增加，其形式與內容也日趨的繁複。為了書寫上的方便，書寫者遂將二個或二個以上的文字，壓縮成一個字，以合文的形式表現出來。這種文字的書寫方式，在楚系簡帛文字裡十分多見，據本論文討論、觀察的結果發現，其內容一般包括：

一、稱謂詞，如：「君子」、「聖人」、「小人」等。

二、數字，如：「又五」、「四十」、「七十」等。

三、「之×」式的習用語，如：「之所」、「之日」、「之歲」等。

四、時間序數詞，如：「七日」、「八月」、「亯月」、「夃月」等。

五、動物名稱，如：「戠牛」、「白犬」、「宮犬」、「狂豕」等。

六、品物器用名稱，如：「革鞾」、「竹簍」、「乘車」等。

七、地名，如：「一邑」、「一賽」等。

八、其他，如：「至于」、「上下」、「樹木」、「顏色」等。

此外，其書寫的形式，則分爲：

一、添加合文符號「＝」的不省筆合文，如：「尖＝」、「昏＝」等。

二、未添加合文符號「＝」的不省筆合文，如：「首」、「吉」等。

三、添加合文符號「－」的不省筆合文，如：「尖－」、「弟－」等。

四、共用筆畫的省筆合文，如：「斎」、「卡」、「孚」等。

五、借用偏旁的省筆合文，如：「絲」、「瑟」、「鬶」等。

六、刪減偏旁的省筆合文，如：「鼞」、「蘁」、「鼉」等。

七、包孕合書式的省筆合文，如：「聖＝」、「並＝」、「志＝」等。

再者，從書寫於不同的材質與不同時代的合文現象觀察，我們發現合文具有以下幾種現象：

一、早期的殷商甲骨卜辭、金文，常可見二字或二字以上的合書，發展至戰國時，則以二字合文爲主。

二、早期的合文，一般在書寫上只是以壓縮的方式表現，筆畫並未省減，亦未添加合文符號「＝」或「－」，發展至戰國時期，在書寫的方式，日趨多樣化，除了不省筆外，尚有共用筆畫、借用偏旁、刪減偏旁、包孕合書等，再者，「＝」或「－」的添加，亦無絕對的規定。

三、欲採取省筆方式者，必須是合書的二字，其相鄰的筆畫或是偏旁相同、相近，才能考慮以省減的形式書寫，而非任意爲之。

楚系的簡帛文字合文現象，一律由兩個字壓縮而成，尚未見到兩字以上的合文形式。在諸多的詞彙裡，尤以「之×」式的習用語最爲常見，究其原因應是時人的口語習慣，故書寫時將之完整的行之於文字，遂大量出現「之×」式的習用語詞彙。

　　由於歷史與所處地域的因素，楚國文字自春秋中、晚期，即發展出屬於自己的地域性特有的文字結構。從簡帛文字所見的情形而言，出現不少特殊的形體，如：

　　一、「攻」字作「攻」（天卜）、「攻」（包106）等形。

　　二、「酉」字作「酉」（包7）、「酉」（包68）、「酉」（包簽）等形。

　　三、「竹」字作「竹」（包260）。

　　四、「中」字作「中」（包71）、「中」（包140）、「中」（包269）等形。
　　　　「事」字作「事」（包16）、「事」（包135反）等形。

　　六、「周」字作「周」（包12）、「周」（包141）等形。

　　七、「客」字作「客」（曾171）。

　　八、「文」字作「文」（雨2）、「文」（雨3）、「文」（包203）等形。

　　九、「其」字作「其」（望2.49）。

　　十、「月」字作「月」（信1.23）。

　　十一、「丙」字作「丙」（包54）。

　　十二、「辰」字作「辰」（望1.9）、「辰」（包66）、「辰」（包90）等形。

　　十三、「巫」字作「巫」（天策）、「巫」（望1.119）等形。

　　十四、「集」字作「集」（包212）、「集」（包234）等形。

　　十五、「散」字作「散」（望2.1）、「散」（包217）等形。

　　十六、「鞍」字作「鞍」（曾83）、「鞍」（曾115）等形。

　　十七、「純」字作「純」（曾65）、「純」（曾67）等形。

　　十八、「步」字作「步」（包151）、「步」（包167）等形。

　　十九、「僕」字作「僕」（包15）、「僕」（包133）、「僕」（包13反）等形。

　　二十、「羽」字作「羽」（包128）、「羽」（包260）等形。

　　二十一、「席」字作「席」（信2.8）、「席」（信2.19）等形。

　　二十二、「甲」字作「甲」（包12）、「甲」（包46）、「甲」（包185）等形。

　　二十三、「南」字作「南」（包90）、「南」（包96）、「南」（包102）等形。

　　二十四、「兩」字作「兩」（包111）、「兩」（包237）、「兩」（包簽）等形。

　　二十五、「魚」字作「魚」（曾14）、「魚」（曾16）等形。

　　二十六、「陳」字作「陳」（包87）、「陳」（包135）等形。

二十七、「陵」字作「陸」（包 102）、「陸」（包 177）等形。

二十八、「馬」字作「馬」（包 24）、「馬」（包 30）等形。

二十九、「爲」字作「爲」（包 5）、「爲」（包 16）等形。

三十、「倉」字作「倉」（包 19）、「倉」（帛丙 7.1）等形。

再者，文字亦忠實地反映出當地的物產。楚地位處南方，草、竹隨處可見，因此在器物的製作，亦多使用竹、草爲材料，相對地，於文字的形體上，亦十分完整的呈現此特殊現象。從「艸」之字，如：艸、蓏、莆、薑、芋、蘭、芹、荇、芫、英、芒、蕪、卉、葦、芑、蒿、蕁、藤等字；從「竹」之字，如：竹、箠、等、笄、箸、竿、簦、簍、策、竽、笙、箕、笭、箔、箮等字。透過諸多罕見於其他地域的文字，正可以明確的以此特殊的構形，作爲區別分域時的訊息。

據楚系簡帛的記載，其間的文字亦多見通假的現象。從本文的分類發現，楚系簡帛文字的通假現象，以疊韻通假最多，其次爲雙聲疊韻通假，再其次爲對轉通假，雙聲通假的現象並不多見；相反的，則有不少爲既非雙聲亦非疊韻的通假情形發生。而據王力上古音韻的分類衡之，楚系簡帛較爲習用的韻部爲「之」部、「魚」部、「陽」部與「耕」部，究其原因，可能是此四部韻較寬所致。再者，從那些既非雙聲亦非疊韻的通假現象觀察，其產生的因素，可以從兩個方面解釋：

一、先秦時期在用韻的標準並不像後世如此的嚴格，或是有一定的標準。

二、這些無法以傳統《詩經》或先秦文獻中整理出的用韻習慣歸類者，可能是當時楚地的方言之特殊表現。

《孟子‧滕文公》提到楚大夫欲將其子送往齊國學習齊語一事，又許愼在《說文解字‧敘》亦言當時七國分立，語言異聲、文字異形的現象十分嚴重，由此可知，戰國時期的諸侯國不僅於文字上各有其特色，在語言上亦各有通行的語言或是方言，而此既非雙聲亦非疊韻的通假現象，可能即是當地語言的具體呈現。

又據本論文從通假字與被通假字的偏旁觀察，其通假的方式可分爲：

一、借用聲旁之字替代形聲字，如：「且」字通假爲「祖」字等。

二、借用形聲字替代聲旁之字，如：「攻」字通假爲「工」字等。

三、借用聲旁相同的字，如：「時」字通假爲「詩」字等。

四、借用聲韻相同或相近的字，如：「氏」字通假爲「是」字等。

五、形近通假，如：「母」字通假爲「毋」字等。

六、其他，即爲一些未見於字書，而字形特殊者，如：「觀」字通假爲「渙」字等。

楚國簡帛文字的通假現象十分多，計有 487 組，深究原因，應非僅是抄寫者臨時忘字，而以聲韻相同或是相近的文字取代本字。除該項因素外，據本論文的討論，它尚包括：社會風氣、師學的傳承、趨簡避繁以及方言讀音等五項因素。由此可知，造成楚國的通假字如此繁多的成因，當是由諸多因素交互影響所致。

將楚系簡帛文字與同域的金文相互比較，發現二者的變化息息相關。自春秋中、晚期開始，楚國的金文已經日漸的脫離西周以來傳統的形體，轉而走向形體修長、圓轉與盤曲的風格，更進一步的朝向極端的美術字發展，因而產生鳥蟲書的字形。隨著時代的進步，審美觀的改變，以及書寫上的需要，鳥蟲書日漸的沒落，又回復到原本的修長、圓轉與盤曲的風格。由於此一時期書於銅器的文字仍佔多數，因此對於竹簡上的文字影響十分大，從曾侯乙墓竹簡上的文字形體多修長之勢，即可看出其間的影響。隨著對於竹簡的依賴愈大，書於竹簡的文字慢慢的成爲大宗，轉而影響銅器上的文字，因此戰國中、晚期的銅器文字，多流於簡帛文字的形體，甚少回復到春秋中、晚期或是戰國早期的銅器文字形體，具有修長、盤曲與圓轉之勢，反而趨向扁平的字形。由此可知，文字的發展是深受許多因素左右，它不僅會受到文字本身的演變產生變化，也會受到書於不同材質上的文字影響。

此外，在本論文討論文字形體結構變化的章節裡，多次引用金文的資料作爲對照、比較，其中不乏他系文字與楚系簡帛文字形體相近同者，何以產生如此的現象？除了一般所謂同源於西周以來的文字系統外，應是受到其他諸侯國文字的影響。換言之，文字透過文化、軍事、經貿等往來，從一個國家慢慢的影響到另一國家的文字使用或形體的變化，猶如水波的傳動，從波心位置慢慢的一波波地向外傳動，影響其他地域的文字，相對的，另一個國家的文字亦以相同的方式影響他國，才會發生不同的國家，卻有相同或是相近似的字形產生。

將馬王堆漢墓帛書《老子》甲、乙本與郭店楚墓竹簡《老子》相較，其間

的不同如下：

一、在篇目的安排上，馬王堆漢墓帛書《老子》甲、乙本皆將〈德經〉置於〈道經〉之前，郭店楚墓竹簡《老子》則將篇目混雜。

二、文字雖有異體與通假的現象，但是將之與今本《老子》對照，以郭店楚簡《老子》的情形最為嚴重。

三、馬王堆漢墓帛書《老子》甲、乙本皆未見合文的現象，郭店楚簡則出現「之所」、「子孫」、「蠆蟲」等二字合書的現象。

四、文句裡常見的語助詞，在句首或句中助詞上，二者大致相同，句末助詞則差異較大，或用字的不同，或添加的情況不一。

五、就內容的完整性言，將之與今本《老子》相比對，馬王堆漢墓帛書《老子》甲、乙本除少數因毀損所致的缺漏外，多與之相合，而郭店楚墓竹簡《老子》或為一小段，或為部分，只有少數為全文。

自從許慎提到所收古文的出處後，歷來學者對於《說文解字》所收「古文」的討論甚多。吳大澂、陳介祺等人首先提出「古文」為周末七國人所寫，其後王國維進一步的提出「六國用古文說」，以及「孔子壁中書」文字的系統應為「齊魯間」的文字等說法。王氏之說提出後，學者多有不同的意見，或堅持反對之，或補充其說法，或印證其說法的正確。本文在一番的整理與觀察後，發現王氏所謂的「六國用古文說」的意見，基本上是正確，只是有某些地方須要修改：

一、在統計的數據與對照表裡，「古文」並不只限於東方齊、楚、燕與三晉系的文字，西方的秦系文字亦佔有相當的數量，只是在數量上不及東方四系的文字相合者多，故於此應當修改為「戰國時六國通行古文」，應更能符合歷史的足跡。

二、王國維曾云：「同時之兵器、陶器、璽印、貨幣求之。」可是，從諸多的材料觀察，卻以楚系簡帛上的文字與之相合者最多，據此可知，王氏之意見應當修正為：「同時之簡帛、兵器、陶器、璽印、貨幣文字求之。」

三、在與《說文解字》古文比對的過程中，發現從春秋至戰國時期，各諸侯國的文字，其形體已大有不同，王國維僅以「西土文字」、「東土文字」統稱東、西方各諸侯國的文字現象，未免流於粗疏，宜再進一步細分為齊、楚、秦、燕、三晉等五系文字。

四、與古文相合的各系文字比率，以楚系的 28.02％所佔的數量最多，因此，昔日學者所提出之屬於齊魯系統或是魯國文字的說法，應可更正爲「接近楚系文字的系統」。

總之，從整個文字的發展觀察，甲骨文字書於龜甲或獸骨之上，由於材質的堅硬，故以刀刻劃，因而方筆多而圓筆少。鑄刻於青銅器的文字，由於記載之事多爲重大之事，又以置於宗廟爲多，所以文字一般爲結構勻稱、莊重的形體。從楚系簡帛文字的變化觀察，主要是受到書寫的材料，以及書寫者趨簡避繁，或是爲了表現個人書法藝術等因素影響所致，才會如此的簡率或是繁複，而且變化十分激烈。換言之，簡帛文字的形體演變，是受到現實因素的影響，亦即在書寫的便利與確實達到表形、表音、表義的作用之路線，不斷的交錯、並行，進而產生其他的形體變化。

# 參考書目

　　下列書目分爲五類。第一類收錄清以及清代以前的著作，包括近人的集注、注解等，悉依四庫全書總目的部類方式羅列；第二類收錄民國以來學者的著作；第三類收錄民國以來單篇論文之見於叢書或期刊者；第四類收錄學位論文；第五類收錄外國學者的著作與單篇論文。悉依作者姓名筆畫順序排列，如有未知者皆以「○○」代替。

一、

## 經　部

二畫

1. （宋）丁度等，1986，《集韻》，臺北：學海出版社。

四畫

1. （漢）毛公傳、（漢）鄭玄箋、（唐）孔穎達疏，1993，《詩經》（十三經注疏本），臺北：藝文印書館。

2. （漢）孔安國傳、（唐）孔穎達疏，1993，《尚書》（十三經注疏本），臺北：藝文印書館。

3. （漢）公羊壽傳、（漢）何休注、（唐）徐彥疏，1993，《公羊傳》（十三經注疏本），臺北：藝文印書館。

4. （魏）王弼、（唐）孔穎達疏，1993，《周易》（十三經注疏本），臺北：藝文印書館。

六畫

1. （清）朱駿聲，1994，《說文通訓定聲》，臺北：藝文印書館。

**七畫**

1. （清）吳大澂，1968，《說文古籀補》，臺北：藝文印書館。
2. （魏）何晏注、（宋）邢昺疏，1993，《論語》（十三經注疏本），臺北：藝文印書館。

**九畫**

1. （晉）范甯注、（唐）楊士勛疏，1993，《穀梁傳》（十三經注疏本），臺北：藝文印書館。

**十畫**

1. （宋）夏竦，1978，《古文四聲韻》，臺北：學海出版社。
2. （清）孫詒讓，1986，《名原》，山東：齊魯書社。
3. （清）郝懿行，1987，《爾雅義疏》，臺北：藝文印書館。
4. （清）郝懿行、王念孫、錢繹、王先謙等著，1989，《爾雅廣雅方言釋名——清疏四種合刊（附索引）》，上海：古籍出版社。

**十一畫**

1. （宋）郭忠恕，1983，《汗簡》，北京：中華書局。
2. （宋）陳彭年等，1991，《校正宋本廣韻》，臺北；藝文印書館。
3. （漢）許慎撰、（宋）徐鉉等校定，1985，《說文解字》，北京：中華書局。
4. （漢）許慎撰、（南唐）徐鍇傳釋，1985，《說文解字》，北京：中華書局。
5. （漢）許慎撰、（清）段玉裁注，1991，《說文解字注》（經韻樓藏版），臺北：黎明文化事業股份有限公司。
6. （唐）陸德明，1972，《經典釋文》，臺北：鼎文書局。
7. （晉）郭璞注、（宋）邢昺疏，1993，《爾雅》（十三經注疏本），臺北：藝文印書館。

**十二畫**

1. 黃錫全，1993，《汗簡注釋》，武漢：武漢大學出版社。

**十四畫**

1. （漢）趙岐注、（宋）孫奭疏，1993，《孟子》（十三經注疏本），臺北：藝文印書館。

**十五畫**

1. （漢）鄭玄注、（唐）孔穎達疏，1993，《禮記》（十三經注疏本），臺北：藝文印書館。
2. （漢）鄭玄注、（唐）賈公彥疏，1993，《周禮》（十三經注疏本），臺北：藝文印書館。
3. （漢）鄭玄注、（唐）賈公彥疏，1993，《儀禮》（十三經注疏本），臺北：藝文印書館。

**十七畫**

1. （宋）薛尚功，1986，《歷代鐘鼎彝器款識法帖》，北京：中華書局。

**十八畫**

1. （漢）戴德，1934，《大戴禮記》，上海：商務印書館。

# 史　部

## 四畫

1. （晉）孔晁注，1937，《逸周書》，上海：商務印書館。

2. 王國維，1974，《古本竹書紀年輯校‧今本竹書紀年疏證》，臺北：藝文印書館。

## 五畫

1. （周）左丘明，1980，《國語》，臺北：宏業書局。

2. （漢）司馬遷撰、（劉宋）裴駰集解、（唐）司馬貞索隱、（唐）張守節正義、瀧川龜太郎注，1992，《史記會注考證》，臺北：宏業書局有限公司。

## 九畫

1. （宋）范曄撰、（唐）李賢注、（清）王先謙集解，1996，《後漢書集解》，臺北：藝文印書館。

## 十畫

1. （漢）班固撰、（唐）顏師古注、（清）王先謙補注，1996，《漢書補注》，臺北：藝文印書館。

## 十三畫

1. 楊伯峻，1991，《春秋左傳注》，臺北：復文圖書出版社。

## 十五畫

1. （漢）劉向集錄，1990，《戰國策》，臺北：里仁書局。

## 十八畫

1. （梁）蕭子顯，1996，《南齊書》，臺北：藝文印書館。

# 子　部

## 四畫

1. （漢）王符撰、（清）汪繼培箋，1955，《潛夫論》，臺北：世界書局。

## 七畫

1. （周）呂不韋撰、（漢）高誘註，1974，《呂氏春秋》，臺北：藝文印書館。

2. （周）李耳撰、（晉）王弼注，1993，《老子》，臺北：中華書局。

3. （宋）李昉等撰，1992，《太平御覽》，北京：中華書局。

## 九畫

1. 袁珂注，1982，《山海經校注》，臺北：里仁書局。

## 十畫

1. （周）荀卿撰、（清）王先謙集解，1994，《荀子集解》，臺北：藝文印書館。

2. （清）孫詒讓撰、（清）李笠校補，1981，《校補定本墨子閒詁》，臺北：藝文印書館。

3. （漢）高誘注，1974，《淮南子》，臺北：藝文印書館。

十一畫

1. （周）莊周撰、（晉）郭象注，1984，《莊子》，臺北：中華書局。

2. （晉）張湛，1975，《列子》，臺北：藝文印書館。

十二畫

1. （漢）揚雄撰、（清）汪榮寶注，1958，《法言義疏》，臺北：世界書局。

十三畫

1. （漢）賈誼撰、（清）盧文弨校，1937，《賈子新書》，上海：商務印書館。

十五畫

1. （漢）劉向、（明）程榮校，1970，《新序》，臺北：世界書局。

十八畫

1. （周）韓非撰、（清）王先慎集解，1983，《韓非子集解》，臺北：藝文印書館。

## 集　部

九畫

1. （宋）洪興祖、（清）蔣驥，1991，《楚辭補注‧山帶閣注楚辭》，臺北：長安出版社。

## 其　他

四畫

1. （清）王引之，1979，《經義述聞》，臺北：商物印書館。

五畫

1. （清）皮錫瑞，1989，《經學通論》，臺北：商務印書館。

2. （清）皮錫瑞撰、周予同注，1996，《經學歷史》，臺北：藝文印書館。

九畫

1. （清）俞樾，1962，《古書疑義舉例》，臺北：世界書局。

十畫

1. （唐）徐堅，1972，《初學記》，臺北：新興書局。

十四畫

1. （清）廖平，1985，《今古學考》，臺北：學海出版社。

2. （清）趙翼，1960，《陔餘叢考》，臺北：世界書局。

二、

## 三畫

1. 山西省文物工作委員會，1976，《侯馬盟書》，北京：文物出版社。

2. 于省吾，1982，《詩經楚辭新證》，臺北：木鐸出版社。

3. 于省吾，1996，《甲骨文字詁林》，北京：中華書局。

## 四畫

1. 王力，1985，《王力文集‧字的寫法、讀音和意義》第 3 卷，山東：山東教育出版社。

2. 王力，1987，《王力文集‧漢語語音史》第 10 卷，山東：山東教育出版社。

3. 王力，1988，《王力文集‧漢語史稿》第 9 卷，山東：山東教育出版社。

4. 王力，1992，《王力文集‧同源字典》第 8 卷，山東：山東教育出版社。

5. 中山大學古文字研究室楚簡整理小組，1976～1977，《戰國楚簡研究》，廣州。

6. 王世征、宋金蘭，1997，《古文字學指要》，北京：中國旅游出版社。

7. 孔仲溫，1987，《類篇研究》，臺北：學生書局。

8. 天津歷史博物館藏，1990，《中國歷代貨幣（先秦部分）》，天津：楊柳青畫社。

9. 中國社會科學院考古研究所，1957，《長沙發掘報告》，北京：科學出版社。

10. 中國社會科學院考古研究所，1980～1983，《小屯南地甲骨》，北京：中華書局。

11. 中國社會科學院考古研究所，1984a，《殷周金文集成》第 1 冊，北京：中華書局。

12. 中國社會科學院考古研究所，1984b，《新中國的考古發現和研究》，北京：文物出版社。

13. 中國社會科學院考古研究所、湖北省荊州地區博物館，1984，《江陵雨臺山楚墓》，北京：文物出版社。

14. 中國社會科學院考古研究所，1985，《殷周金文集成》第 5 冊，北京：中華書局。

15. 中國社會科學院考古研究所，1986a，《信陽楚墓》，北京：文物出版社。

16. 中國社會科學院考古研究所，1986b，《殷周金文集成》第 4 冊，北京：中華書局。

17. 中國社會科學院考古研究所，1987a，《殷周金文集成》第 7 冊，北京：中華書局。

18. 中國社會科學院考古研究所，1987b，《殷周金文集成》第 8 冊，北京：中華書局。

19. 中國社會科學院考古研究所，1988a，《殷周金文集成》第 2 冊，北京：中華書局。

20. 中國社會科學院考古研究所，1988b，《殷周金文集成》第 6 冊，北京：中華書局。

21. 中國社會科學院考古研究所，1988c，《殷周金文集成》第 9 冊，北京：中華書局。

22. 中國社會科學院考古研究所，1989，《殷周金文集成》第 3 冊，北京：中華書局。

23. 中國社會科學院考古研究所，1990，《殷周金文集成》第 10 冊，北京：中華書局。

24. 中國社會科學院考古研究所，1992a，《中國考古學中碳十四年代數據集——1965～1991》，北京：文物出版社。

25. 中國社會科學院考古研究所，1992b，《殷周金文集成》第 11 冊，北京：中華書局。

26. 中國社會科學院考古研究所，1992c，《殷周金文集成》第 17 冊，北京：中華書局。

27. 中國社會科學院考古研究所，1993a，《殷周金文集成》第 14 冊，北京：中華書局。

28. 中國社會科學院考古研究所，1993b，《殷周金文集成》第 15 冊，北京：中華書局。

29. 中國社會科學院考古研究所，1994a，《殷周金文集成》第 16 冊，北京：中華書局。

30. 中國社會科學院考古研究所，1994b，《殷周金文集成》第 18 冊，北京：中華書局。

31. 中國社會科學院考古研究所，1996，《甲骨文編》，北京：中華書局。

32. 中國社會科學院簡帛研究中心、中國文物研究中心、連雲港市博物館、東海縣博物館，1997，《尹灣漢墓簡牘》，北京：中華書局。

33. 方國瑜，1982，《納西象形文字譜》，雲南：雲南人民出版社。

34. 王國維，1968，《王觀堂先生全集》第 16 冊，臺北：文華出版社。

35. 王國維，1991，《定本觀堂集林》，臺北：世界書局。

36. 王輝，1993，《古文字通假釋例》，臺北：藝文印書館。

**五畫**

1. 石永士、石磊、河北省文物研究所，1996，《燕下都東周貨幣聚珍》，北京：文物出版社。

2. 石泉等，1996，《楚國歷史文化辭典》，武漢：武漢大學出版社。

**六畫**

1. 朱威烈，1991，《人類早期的「木乃伊」——古埃及文化求實》，臺北：淑馨出版社。

2. 朱德熙，1995，《朱德熙古文字論集》，北京：中華書局。

**七畫**

1. 宋公文、張君，1995，《楚國風俗志》，武漢：湖北教育出版社。

2. 李孝定，1991，《甲骨文字集釋》，臺北：中央研究院歷史語言研究所。

3. 李孝定，1992，《漢字的起源與演變論叢》，臺北：聯經出版事業公司。

4. 杜忠誥，1990，《書道技法 1・2・3》，臺北：幼獅圖書股份有限公司。

5. 何琳儀，1989，《戰國文字通論》，北京：中華書局。

6. 李零，1985，《長沙子彈庫戰國楚帛書研究》，北京：中華書局。

7. 李運富，1997，《楚國簡帛文字構形系統研究》，長沙：岳麓書社。

8. 李學勤、齊文心、艾蘭，1985，《英國所藏甲骨集》，北京：中華書局。

**八畫**

1. 周予同，1997，《群經概論》，臺北：商務印書館。

2. 河北省文物研究所，1996，《譽墓——戰國中山國國王之墓》，北京：文物出版社。

3. 河南省文物研究所、河南省丹江庫考古發掘隊、淅川縣博物館，1991，《淅川下寺春秋楚墓》，北京：文物出版社。

4. 金祥恆，1990，《金祥恆先生全集》第 6 冊，臺北：藝文印書館。

5. 周鳳五、林素清，1995，《包山二號楚墓出土文書簡研究》，行政院國家科學委員會專

題研究計畫成果報告，臺北。

6. 林澐，1986，《古文字研究簡論》，吉林：吉林大學出版社。

7. 金德建，1991，《金德建古文字學論文集》，臺北：貫雅文化事業有限公司。

## 九畫

1. 胡小石，1982，《胡小石論文集》，上海：古籍出版社。

2. 勃那德・凱希（Bernard Keisch）撰、周浩中、陳幸如譯，1975，《過去的秘密》，臺北：科學出版事業基金會出版部。

## 十畫

1. 馬王堆漢墓帛書整理小組，1983，《馬王堆漢墓帛書》（參），北京：文物出版社。

2. 馬王堆漢墓帛書整理小組，1985，《馬王堆漢墓帛書》（肆），北京：文物出版社。

3. 徐中舒，1988，《漢語古文字字形表》，臺北：文史哲出版社。

4. 馬文熙、張歸璧，1996，《古漢語知識詳解辭典》，北京：中華書局。

5. 袁仲一，1987，《秦代陶文》，陝西：三秦出版社。

6. 袁仲一、劉鈺，1993，《秦文字類編》，西安：陝西人民教育出版社。

7. 徐谷甫，1994，《鳥蟲書大鑑》，上海：上海書店。

8. 徐谷甫、王延林，1994，《古陶字彙》，上海：上海書店。

9. 容庚，1980，《中國文字學形篇》（又名《中國文字學》），臺北：廣文書局。

10. 容庚，1992，《金文編》，北京：中華書局。

11. 高明，1986，《古文字類編》，臺北：大通書局。

12. 高明，1990，《古陶文彙編》，北京：中華書局。

13. 高明，1993，《中國古文字學通論》，臺北：五南圖書出版有限公司。

14. 高尚仁，1993，《書法藝術心理學》，臺北：遠流出版事業股份有限公司。

15. 荊門市博物館，1998，《郭店楚墓竹簡》，北京：文物出版社。

16. 馬承源，1988，《商周青銅器銘文選》第 3 冊，北京：文物出版社。

17. 馬承源，1990，《商周青銅器銘文選》第 4 冊，北京：文物出版社。

18. 馬承源，1991，《中國青銅器》，臺北：南天書局。

19. 孫海波，1979，《中國文字學》，臺北：學海出版社。

20. 徐錫臺，1987，《周原甲骨文綜述》，陝西：三秦出版社。

21. 唐蘭，1986，《古文字學導論・殷虛文字記》，臺北：學海出版社。

22. 唐蘭，1991，《中國文字學》，臺北：開明書店。

## 十一畫

1. 張之恒，1995，《中國考古學通論》，南京：南京大學出版社。

2. 張世超、孫凌安、金國泰、馬如森，1995，《金文形義通解》，日本京都：中文出版社。

3. 張守中，1981，《中山王䜌器文字編》，北京：中華書局。

4. 張守中，1994，《睡虎地秦簡文字編》，北京：文物出版社。

5. 張守中，1996，《包山楚簡文字編》，北京：文物出版社。

6. 張光直，1983，《中國青銅時代》，臺北：聯經出版事業公司。

7. 康有為，1969，《新學僞經考》，臺北：世界書局。

8. 張光裕、袁國華，1992，《包山楚簡文字編》，臺北：藝文印書館。

9. 張光裕、袁國華，1999，《郭店楚簡研究》第一卷（文字編），臺北：藝文印書館。

10. 張光裕、滕壬生、黃錫全，1997，《曾侯乙墓竹簡文字編》，臺北：藝文印書館。

11. 郭沫若，1932，《兩周金文辭大系》，日本東京：文求堂書店。

12. 郭沫若，1954，《金文叢考》，北京：人民出版社。

13. 郭沫若，1982，《郭沫若全集‧考古編》第 1 卷，北京：科學出版社。

14. 郭沫若、中國社會科學院歷史研究所，1982，《甲骨文合集》，北京：中華書局。

15. 商承祚，1979，《說文中之古文考》，臺北：學海出版社。

16. 商承祚，1995，《戰國楚竹簡匯編》，山東：齊魯書社。

17. 商承祚，1996，《石刻篆文編》，北京：中華書局。

18. 梁東漢，1991，《漢字的結構及其流變》，上海：上海教育出版社。

19. 章季濤，1991，《怎樣學習《說文解字》》，臺北：萬卷樓圖書有限公司。

20. 國家文物局古文獻研究室，1980，《馬王堆漢墓帛書》（壹），北京：文物出版社。

21. 陳建貢、徐敏編，1994，《簡牘帛書字典》，上海：書畫出版社。

22. 郭若愚，1994，《戰國楚簡文字編》，上海：上海書畫出版社。

23. 許威漢，1995，《漢語學》，廣東：廣東教育出版社。

24. 許進雄，1977，《卜骨上的鑿鑽形態》，臺北：藝文印書館。

25. 許進雄，1995，《古文諧聲字根》，臺北：商務印書館。

26. 陳新雄，1983，《古音學發微》，臺北：文史哲出版社。

27. 陳煒湛，1987，《甲骨文簡論》，上海：古籍出版社。

28. 陳夢家，1980，《漢簡綴述》，北京：中華書局。

29. 張頷，1986，《古幣文編》，北京：中華書局。

30. 郭錫良，1986，《漢字古音手冊》，北京：北京大學出版社。

31. 曹錦炎、張光裕，1994，《東周鳥篆文字編》，香港：翰墨軒出版有限公司。

十二畫

1. 湖北省荊州地區博物館，1985，《江陵馬山一號楚墓》，北京：文物出版社。

2. 湖北省荊沙鐵路考古隊，1991a，《包山楚墓》，北京：文物出版社。

3. 湖北省荊沙鐵路考古隊，1991b，《包山楚簡》，北京：文物出版社。

4. 湖北省文物考古研究所，1995，《江陵九店東周墓》，北京：科學出版社。

5. 湖北省文物考古研究所、北京大學中文系，1995，《望山楚簡》，北京：中華書局。

6. 湖北省文物考古研究所，1996，《江陵望山沙塚楚墓》，北京：科學出版社。

7. 湖北省博物館、中國社會科學院考古研究所，1989，《曾侯乙墓》，北京：文物出版社。

8. 湖南省博物館、中國科學院考古研究所，1973，《長沙馬王堆一號漢墓》（上集），北京：文物出版社。

9. 曾榮汾，1988，《字樣學研究》，臺北：學生書局。

10. 黃錫全，1992，《湖北出土商周文字輯證》，武漢：武漢大學出版社。

11. 裘錫圭，1995，《文字學概要》，臺北：萬卷樓圖書有限公司。

12. 曾憲通，1996，《長沙楚帛書文字編》，北京：中華書局。

## 十三畫

1. 楚文化研究會，1984，《楚文化考古大事記》，北京：文物出版社。

2. 楊寬，1997，《戰國史》（增訂版），臺北：商務印書館。

3. 詹鄞鑫，1994，《漢字說略》，臺北：洪葉文化事業有限公司。

4. 董蓮池，1995，《金文編校補》，長春：東北師範大學出版社。

## 十四畫

1. 滕壬生，1995，《楚系簡帛文字編》，武漢：湖北教育出版社。

2. 銀雀山漢墓竹簡整理小組，1985，《銀雀山漢墓竹簡》（壹），北京：文物出版社。

3. 蒲慕州譯，1993，《尼羅河畔的文采——古埃及作品選》，臺北：遠流出版事業股份有限公司。

## 十五畫

1. 劉正強，1994，《書法藝術漫話》，臺北：業強出版社。

2. 蔡季襄，1962，《晚周繒書考證》，臺北：藝文印書館。

3. 劉彬徽，1996，《楚系青銅器研究》，武漢：湖北教育出版社。

4. 蔣善國，1959，《漢字形體學》，北京：文字改革出版社。

## 十六畫

1. 龍宇純，1987，《中國文字學》，臺北：學生書局。

## 十七畫

1. 薛英群，1991，《居延漢簡通論》，甘肅：甘肅教育出版社。

2. 謝雲飛，1990，《語音學大綱》，臺北：學生書局。

## 十九畫

1. 羅振玉，1968，《羅雪堂先生全集》，臺北：文華出版社。

2. 羅運環，1992，《楚國八百年》，武漢：武漢大學出版社。

3. 羅福頤，1994a，《古璽文編》，北京：文物出版社。

4. 羅福頤，1994b，《古璽彙編》，北京：文物出版社。

5. 譚興萍，1991，《中國書法用筆與篆隸研究》，臺北：文史哲出版社。

## 二十畫

1. 饒宗頤、曾憲通，1985，《楚帛書》，香港：中華書局。

2. 嚴靈峰，1983，《馬王堆帛書老子試探》，臺北：國立編譯館。

## 二十一畫

1. 顧詰剛等，1993，《古史辨》第 1 冊，臺北：藍燈文化事業股份有限公司。

# 三、

## 四畫

1. 王人聰，1983，〈古璽考釋〉，《古文字學論集（初編）》，473～484，香港：香港中文大學中國文化研究所、吳多泰中國語文研究中心。

2. 中國科學院考古研究所、湖南省博物館寫作小組，1981，〈馬王堆二、三號漢墓發掘的主要收獲〉，《馬王堆漢墓研究》，59～70，湖南：湖南人民出版社。（又收入《考古》1975：1）

3. 王夢華，1982，〈漢字形體演變中的類化問題〉，《東北師大學報》1982：4，70～77，長春：東北師大學報編輯部。

## 五畫

1. 包山墓地竹簡整理小組，1988，〈包山 2 號墓竹簡概述〉，《文物》1988：5，25～29，北京：文物出版社。

2. 左松超，1992，〈馬王堆帛書中的異體字與通假字〉，《第三屆中國文字學國際學術研討會論文集》，581～607，臺北：輔仁大學出版社。

3. 古敬恒，1987，〈論通假字的時代層次〉，《語言文字學》1987：8，135～141，北京：中國人民大學書報資料社。（又收入《徐州師範學院學報》1987：1）

## 六畫

1. 安志敏、陳公柔，1963，〈長沙戰國繒書及其有關問題〉，《文物》1963：9，48～60，北京：文物出版社。

2. 朱德熙，1989，〈望山楚簡裡的「敓」和「簡」〉，《古文字研究》第 17 輯，194～197，北京：中華書局。（又收入《朱德熙古文字論集》）

3. 朱德熙、裘錫圭、李家浩，1996，〈望山一、二號墓竹簡釋文與考釋〉，《江陵望山沙塚楚墓》，237～309，北京：文物出版社。

## 七畫

1. 何大安，1998，〈古漢語聲母演變的年代學〉（初稿），1～12，臺北：中央研究院語言研究所。

2. 李天虹，1993，〈《包山楚簡》釋文補正〉，《江漢考古》1993：3，84～89，武漢：《江漢考古》編輯部。

3. 李守奎，1997，〈江陵九店 56 號墓竹簡考釋 4 則〉，《江漢考古》1997：4，67～69，武漢：《江漢考古》編輯部。

4. 李長林，1997，〈長沙孫吳簡牘考古大發現〉，《歷史月刊》第 115 期，12～16，臺北：歷史月刊雜誌社。

5. 杜芳琴、劉光賢、翟忠賢，1982，〈假借字、通假字、古今字新辨——兼與盛九疇、祝敏徹同志商榷〉，《語文研究》1982：2，40～44，太原：語文研究編輯部。

6. 李家浩，1982，〈信陽楚簡「澮」字及從「关」之字〉，《中國語言學報》第 1 期，189～199，北京：商務印書館。

7. 李家浩、裘錫圭，1989，〈曾侯乙墓竹簡釋文與考釋〉，《曾侯乙墓》，487～531，北京：文物出版社。

8. 李家浩，1993，〈仰天湖楚簡十三號考釋——楚簡研究之一〉，《中國典籍與文化論叢》第 1 輯，449～456，北京：中華書局。

9. 李家浩，1995，〈江陵九店五十六號墓竹簡釋文〉，《江陵九店東周墓》，506～511，北京：科學出版社。

10. 何琳儀，1986，〈長沙帛書通釋〉，《江漢考古》1986：1，51～86，武漢：《江漢考古》編輯部。

11. 何琳儀，1992，〈說无〉，《江漢考古》1992：2，73～76，武漢：《江漢考古》編輯部。

12. 何琳儀，1993，〈包山竹簡選釋〉，《江漢考古》1993：4，55～63，武漢：《江漢考古》編輯部。

13. 何琳儀，1996，〈戰國文字形體析疑〉，《于省吾教授百年誕辰紀念文集》，224～227，長春：吉林大學。

14. 李零，1994，〈土城讀書記（5 則）〉，紀念容庚先生百年誕辰暨中國古文字學國際學術研討會論文，1～15，廣州：東莞。

15. 李零，1996，〈古文字雜識（2 篇）〉，《于省吾教授百年誕辰紀念文集》，270～274，長春：吉林大學。

16. 李運富，1997，〈楚國簡帛文字叢考（二）〉，《古漢語研究》1997：1，86～96，長沙：古漢語研究雜誌社。

17. 李學勤，1956，〈談近年新發現的幾種戰國文字資料〉，《考古參考資料》1956：1，48～49，北京：中國古典藝術出版社。

18. 李學勤，1990a，〈長沙子彈庫第二帛書探要〉，《江漢考古》1990：1，58～61，武漢：《江漢考古》編輯部。

19. 李學勤，1990b，〈長臺關竹簡中的《墨子》佚篇〉，《徐中舒先生九十壽辰紀念文集》，1～8，四川：巴蜀書社。

20. 李學勤，1992，〈試論長沙子彈庫楚帛書殘片〉，《文物》1992：11，36～39，北京：文物出版社。

## 八畫

1. 河南省文化局文物工作隊第一隊，1959，〈我國考古史上的空前發現信陽長臺關發掘

一座戰國大墓〉，《文物參考資料》1959：9，21～22，北京：文物出版社。

2. 河南省文物研究所、南陽地區文物研究所、淅川縣博物館，1993，〈河南淅川吉崗楚墓發掘簡報〉，《華夏考古》1993：3，20～27，鄭州：《華夏考古》編輯部。

3. 河南省文物研究所、淮陽縣文物保管所，1984，〈河南淮陽平糧臺十六號楚墓發掘簡報〉，《文物》1984：10，18～27，北京：文物出版社。

4. 林素清，1987，〈《說文》古籀重探——兼論王國維〈戰國時秦用籀文六國用古文說〉〉，《中央研究院歷史語言研究所集刊》第 58 本第 1 分，209～252，臺北：中央研究院歷史語言研究所。

5. 林素清，1995，〈探討包山楚簡在文字學上的幾個課題〉，《中央研究院歷史語言研究所集刊》第 66 本第 4 分，1103～1127，臺北：中央研究院歷史語言研究所。

6. 林進忠，1989，〈長沙戰國楚帛書的書法〉，《臺灣美術》第 2 卷第 2 期，45～50，臺中：臺灣省立美術館。

7. 林進忠，1998，〈曾侯乙墓出土文字的書法研究——附論小篆的眞實形相〉，《出土文物與書法學術研討會論文集》，參 1～58，臺北：中國書道學會。

8. 周鳳五，1993，〈包山楚簡文字初考〉，《王叔岷先生八十壽慶論文集》，361～377，臺北：大安出版社。

9. 周鳳五，1997，〈子彈庫帛書「熱氣倉氣」說〉，《中國文字》新 23 期，237～240，臺北：藝文印書館。

10. 林義光，1977，〈文源敘〉，《說文解字詁林正補合編》第 1 冊，423～242，臺北：廣文書局。

11. 林澐，1992，〈釋古璽中從「朿」的兩個字〉，《古文字研究》第 19 輯，468～469，北京：中華書局。

12. 林麗娥，1998，〈春秋戰國文字裝飾性特徵及其盛行因素之探討〉，《出土文物與書法學術研討會論文集》，肆 1～48，臺北：中國書道學會。

**九畫**

1. 袁國華，1994，〈戰國楚簡文字零釋〉，《中國文字》新 18 期，209～230，臺北：藝文印書館。

2. 范毓周，1992，〈甲骨文中的合文字〉，《國文天地》第 7 卷第 12 期，68～70，臺北：國文天地雜誌社。

**十畫**

1. 荊州地區博物館，1973，〈湖北江陵藤店一號墓發掘簡報〉，《文物》1973：9，7～17，北京：文物出版社。

2. 荊州博物館，1986，〈江陵李家臺楚墓清理簡報〉，《江漢考古》1986：3，17～25，武漢：《江漢考古》編輯部。

3. 徐在國，1977，〈楚簡文字拾零〉，《江漢考古》1997：2，81～84，武漢：《江漢考古》編輯部。

4. 徐在國，1996，〈《包山楚簡》文字考釋 4 則〉，《于省吾教授百年誕辰紀念文集》，178
～182，長春：吉林大學。

5. 高至喜，1979，〈試論湖南楚墓的分期與年代〉，《中國考古學會第一次年會論文集》，
237～248，北京：文物出版社。

6. 荊沙鐵路考古隊，1988，〈江陵秦家嘴楚墓發掘簡報〉，《江漢考古》1988：2，36～43，
武漢：《江漢考古》編輯部。

7. 徐侃，1982，〈「假借」與「通假」初探〉，《語言文字學》1982：9，21～23，北京：
中國人民大學書報資料社。（又收入《人文雜誌》1982：4）

8. 容庚，1968，〈王國維先生考古學上之貢獻〉，《王觀堂先生全集》第 16 冊，7340～7356，
臺北：文華出版社。

9. 容庚，1994，〈鳥書考〉，《頌齋述林》，87～129，香港：翰墨軒出版有限公司。（又收
入《燕京學報》之〈鳥書考〉、〈鳥書考補正〉、〈鳥書三考〉，與《中山大學學報》1964：
1 之〈鳥書考〉）

10. 唐健垣，1968，〈楚繒書文字拾遺〉，《中國文字》第 30 冊，1～20，臺北：國立臺灣
大學文學院中國文學系。

11. 馬國權，1983，〈鳥蟲書論稿〉，《古文字研究》第 10 輯，139～176，北京：中華書局。

12. 高智，1996，〈《包山楚簡》文字校釋 14 則〉，《于省吾教授百年誕辰紀念文集》，183
～185，長春：吉林大學。

13. 殷滌非，1980，〈壽縣楚器中的「大贗鎬」〉，《文物》1980：4，26～28，北京：文物
出版社。

## 十一畫

1. 商承祚，1963，〈鄂君啓節考〉，《文物精華》1963：2，49～55，北京：文物出版社。

2. 商承祚，1964，〈戰國楚帛書述略〉，《文物》1964：9，8～20，北京：文物出版社。

3. 商志醰，1992，〈記商承祚教授藏長沙子彈庫楚國殘帛書〉，《文物》1992：11，32～
33 轉 35，北京：文物出版社。

4. 陳邦懷，1981，〈戰國楚帛書文字考證〉，《古文字研究》第 5 輯，233～242，北京：
中華書局。（又收入《一得集》）

5. 陳直，1957，〈楚簡解要〉，《西北大學學報》1957：4，37～50，西北大學。

6. 張亞初，1989，〈古文字分類考釋論稿〉，《古文字研究》第 17 輯，230～267，北京：
中華書局。

7. 陳松長，1990，〈楚系文字與楚國風俗〉，《東南文化》1990：4，72～94，南京：東南
雜誌出版社。

8. 郭沫若，1958，〈關於鄂君啓節的研究〉，《文物參考資料》1958：4，3～11，北京：
文物出版社。

9. 郭沫若，1972，〈古代文字之辯證的發展〉，《考古學報》1972：1，1～13，北京：科
學出版社。

10. 郭若愚，1993，〈長沙仰天湖戰國竹簡文字的摹寫和考釋〉，《上海博物館集刊》第 3

期，21～34，上海：古籍出版社。

11. 陳昭容，1997，〈秦「書同文字」新探〉，《中央研究院歷史語言研究所集刊》第 68 本第 3 分，589～641，臺北：中央研究院歷史語言研究所。

12. 陳建樑，1993，〈釋「緇衣」〉，《第二屆國際中國古文字學研討會論文集》，445～468，香港：香港中文大學中國語言及文學系。

13. 張桂光，1994，〈楚簡文字考釋 2 則〉，《江漢考古》，74～78，武漢：《江漢考古》編輯部。

14. 張桂光，1996，〈古文字考釋 6 則〉，《于省吾教授百年誕辰紀念文集》，278～281，長春：吉林大學。

15. 陳振裕，1979，〈望山一號墓的年代與墓主〉，《中國考古學會第一次年會論文集》，229～236，北京：文物出版社。

16. 陳偉，1998，〈郭店楚簡別釋〉，《江漢考古》1998：4，67～72，武漢：《江漢考古》編輯部。

17. 陳偉武，1996，〈戰國秦漢同形字論綱〉，《于省吾教授百年誕辰紀念文集》，228～232，長春：吉林大學。

18. 陳煒湛，1982，〈釋丂〉，《中山大學學報》1982：2，64～66，廣州：廣東人民出版社。（又收入中山大學古文字學研究室楚簡整理小組，《戰國楚簡研究》）

19. 陳煒湛，1998，〈包山楚簡研究（7 篇）〉，《容庚先生百年誕辰紀念文集》，573～591，廣東：廣東人民出版社。

20 曹錦炎，1992，〈甲骨文合文研究〉，《古文字研究》第 19 輯，445～459，北京：中華書局。

21. 陳鴻邁，1982，〈通假字述略〉，《語言文字學》1982：11，35～39，北京：中國人民大學書報資料社。（又收入《海南師專學報》1982：2）

## 十二畫

1. 舒之梅、王紀潮，1997，〈曾侯乙墓的發現與研究〉，《鴻禧文物》第 2 期，93～104，臺北：鴻禧藝術文教基金會。

2. 舒之梅，1998，〈包山簡遣策車馬器考釋 5 則〉，《容庚先生百年誕辰紀念文集》，592～595，廣東：廣東人民出版社。

3. 湖北省荊州市博物館，1997，〈荊門郭店一號楚墓〉，《文物》1997：7，35～48，北京：文物出版社。

4. 湖北省荊州地區博物館，1982，〈江陵天星觀 1 號楚墓〉，《考古學報》1982：1，71～116，北京：科學出版社。

5. 湖北省荊沙鐵路考古隊包山墓地整理小組，1988，〈荊門市包山楚墓發掘簡報〉，《文物》1988：5，1～14，北京：文物出版社。

6. 湖北省博物館，1988，〈湖北江陵雨臺山 21 號戰國楚墓〉，《文物》1988：5，35～38，北京：文物出版社。

7. 湖北省博物館江陵工作站、麻城縣革命博物館，1986，〈麻城楚墓〉，《江漢考古》1986：

2，10～28，武漢：《江漢考古》編輯部。

8. 湖南省文物考古研究所、慈利縣文物保護管理研究所，1990，〈湖南慈利石板 36 號戰國墓發掘簡報〉，《文物》1990：10，37～47，北京：文物出版社。

9. 湖南省文物考古研究所、慈利縣文物保護管理研究所，1995，〈湖南慈利縣石板村戰國墓〉，《考古學報》1995：2，173～207，北京：科學出版社。

10. 湖南省文物管理委員會，1954，〈長沙楊家灣 M006 號墓清理簡報〉，《文物參考資料》1954：12，20～46，北京：文化部社會文化事業管理局。

11. 湖南省文物管理委員會，1957，〈長沙出土的三座大型木槨墓〉，《考古學報》1957：1，93～102，北京：科學出版社。

12. 湖南省博物館，1974，〈長沙子彈庫戰國木槨墓〉，《文物》1974：2，36～43，北京：文物出版社。

13. 彭浩，1995，〈江陵九店六二一號墓竹簡釋文〉，《江陵九店東周墓》，512，北京：科學出版社。

14. 游國慶，1996，〈楚帛書及楚域之文字書法與古璽淺探〉，《印林》第 17 卷第 1 期，2～22，臺北：佳藝美術事業有限公司。

15. 湯餘惠，1986，〈略論戰國文字形體中的幾個問題〉，《古文字研究》第 15 輯，9～95，北京：中華書局。

16. 黃錫全，1991，〈「萩郢」辨析〉，《楚文化研究論集》第 2 集，311～324，湖北：湖北人民出版社。

17. 裘錫圭，1992，〈談談隨縣曾侯乙墓的文字資料〉，《古文字研究》，405～417，北京：中華書局。

## 十三畫

1. 楊五銘，1981，〈兩周金文數字合文初探〉，《古文字研究》第 5 輯，139～149，北京：中華書局。

2. 董作賓，1955，〈論長沙出土之繒書〉，《大陸雜誌》第 10 卷第 6 期，7～11，臺北：大陸雜誌社。

3. 董作賓，1977a，〈甲骨文斷代研究例〉，《董作賓先生全集》甲編第 2 冊，363～464，臺北：藝文印書館。（又收入《蔡元培先生六十五歲慶祝論文集》）

4. 董作賓，1977b，〈殷代的鳥書〉，《董作賓先生全集》乙編第 4 冊，710～711，臺北：藝文印書館。（又收於《大陸雜誌》第 6 卷第 11 期）

5. 葛英會，1996，〈《包山楚簡》釋詞 3 則〉，《于省吾教授百年誕辰紀念文集》，175～177，長春：吉林大學。

6. 楊春霖，1981，〈古漢語通假簡論〉，《語言文字學》1981：5，7～12，北京：中國人民大學書報資料社。（又收入《人文雜誌》1981：2）

7. 董楚平，1994，〈金文鳥篆書新考〉，《故宮學術季刊》第 12 卷第 1 期，31～71，臺北：國立故宮博物院

8. 賈繼東，1995，〈包山楚墓簡文「見日」淺釋〉，《江漢考古》1995：4，54～55，武漢：

《江漢考古》編輯部。

## 十四畫

1. 趙誠，1983，〈古文字發展過程中的內部調整〉，《古文字研究》第 10 輯，350～365，北京：中華書局。

## 十五畫

1. 劉雨，1986，〈信陽楚簡釋文與考釋〉，《信陽楚墓》，124～136，北京：文物出版社。

2. 劉信芳，1996，〈楚簡文字考釋 6 則〉，《于省吾教授百年誕辰紀念文集》，186～189，長春：吉林大學。

3. 劉信芳，1997，〈九店楚簡日書與秦簡日書比較研究〉，《第三屆國際中國古文字學研討會論文集》，517～544，香港：香港中文大學中國語言及文學系。

4. 劉信芳，1998，〈從「夬」之字匯釋〉，《容庚先生百年誕辰紀念文集》，607～618，廣州：廣東人民出版社。

5. 鄭剛，1988，〈戰國文字中的「陵」和「李」〉，中國古文字研究會成立十週年學術研討會論文，1～15，○○。

6. 劉釗，1992，〈包山楚簡文字考釋〉，中國古文字研究會第九屆學術研討會論，1～19，江蘇：南京。

7. 劉紹剛，1997，〈東周金文書法藝術簡述〉，《周紹良先生欣開九秩慶壽文集》，4～14，北京：中華書局。

8. 劉彬徽，1984，〈楚國有銘銅器編年概述〉，《古文字研究》第 9 輯，331～372，北京：中華書局。

9. 劉彬徽、彭浩、胡雅麗、劉祖信，1991，〈包山二號楚墓簡牘釋文與考釋〉，《包山楚墓》，348～399，北京：文物出版社。

10. 劉彬徽、彭浩、胡雅麗、劉祖信，1991，〈包山楚簡文字的幾個特點〉，《包山楚墓》，580～589，北京：文物出版社。

## 十六畫

1. 錢玄同，1993，〈論《說文》及壁中古文經書〉，《古史辨》第 1 冊，231～243，臺北：藍燈文化事業股份有限公司。

2. 駢宇騫、段書安，1999，〈本世紀以來出土簡帛概述〉，《本世紀出土思想文獻與中國古典哲學研究兩岸學術討論會論文集》，1～160，臺北：私立輔仁大學哲學系。

## 十七畫

1. 韓中民，1981，〈長沙馬王堆漢墓帛書概述〉，《馬王堆漢墓研究》，71～78，湖南：湖南人民出版社。（又收入《文物》1974：9）

## 十八畫

1. 叢文俊，1996，〈鳥鳳龍蟲書合考〉，《故宮學術季刊》第 14 卷第 2 期，99～126，臺北：國立故宮博物院。

## 十九畫

1. 譚維四，1988，〈江陵雨臺山 21 號楚墓律管淺論〉，《文物》1988：5，39～42，北京：文物出版社。

## 二十畫

1. 嚴一萍，1968，〈楚繒書新考（中）〉，《中國文字》第 27 冊，1～37，臺北：國立臺灣大學文學院中國文學系。（又收入《甲骨文字研究》第 3 輯）

2. 饒宗頤，1955，〈戰國楚簡箋證〉，《金匱論古綜合刊》第 1 期，61～72，香港。

3. 饒宗頤，1968，〈楚繒書疏證〉，《歷史語言研究所集刊》第 40 本，1～32，臺北：中央研究院歷史語言研究所。

4. 饒宗頤，1992，〈長沙子彈庫殘帛文字小記〉，《文物》1992：11，北京：文物出版社。

5. 饒宗頤，1996，〈緇衣零簡〉，《學術集林》卷 9，66～68，上海：遠東出版社。

6. 饒宗頤，1997，〈在開拓中的訓詁學——從楚簡易經談到新編《經典釋文》的建議〉，《第一屆國際暨第三屆全國訓詁學學術研討會論文》，1～5，高雄：國立中山大學中國文學系。

# 四、

## 四畫

1. 王仲翊，1996，《包山楚簡文字研究》，國立中山大學中國文學系碩士論文。

2. 文炳淳，1997，《包山楚簡所見楚官制研究》，國立臺灣大學中國文學研究所碩士論文。

## 六畫

1. 江淑惠，1984，《齊國彝銘彙考》，國立臺灣大學中國文學研究所碩士論文。

## 七畫

1. 李存智，1995，《秦漢簡牘帛書之音韻學研究》，國立臺灣大學中國文學研究所博士論文。

2. 汪深娟，1983，《侯馬盟書文字研究》，私立中國文化大學中國文學研究所碩士論文。

## 八畫

1. 林宏明，1997，《戰國中山國文字研究》，國立政治大學中國文學系碩士論文。

2. 林素清，1976，《先秦古璽文字研究》，國立臺灣大學中國文學研究所碩士論文。

3. 林素清，1984，《戰國文字研究》，國立臺灣大學中國文學研究所博士論文。

4. 林清源，1987，《兩周青銅句兵銘文彙考》，私立東海大學中國文學研究所碩士論文。

5. 林清源，1997，《楚國文字構形演變研究》，私立東海大學中國文學研究所博士論文。

6. 林雅婷，1998，《戰國合文研究》，國立中山大學中國文學系碩士論文。

7. 邱德修，1974，《說文解字古文釋形考述》，國立臺灣師範大學國文研究所碩士論文。

## 九畫

1. 洪燕梅，1993，《睡虎地秦簡文字研究》，國立政治大學中國文學系碩士論文。

2. 洪燕梅，1998，《秦金文研究》，國立政治大學中國文學系博士論文。

## 十一畫

1. 陳月秋，1992，《楚系文字研究》，私立東海大學中國文學研究所碩士論文。

2. 張光裕，1970，《先秦泉幣文字辨疑》，國立臺灣大學中國文學研究所碩士論文。

3. 陳茂仁，1996，《楚帛書研究》，國立中正大學中國文學研究所碩士論文。

4. 陳昭容，1996，《秦系文字研究》，私立東海大學中國文學研究所博士論文。

5. 陳國瑞，1997，《吳越文字研究》，國立中山大學中國文學系碩士論文。

6. 莊淑慧，1995，《曾侯乙墓出土竹簡考》，國立臺灣師範大學國文研究所碩士論文。

7. 許學仁，1979，《先秦楚文字研究》，國立臺灣師範大學國文研究所碩士論文。

8. 許學仁，1986，《戰國文字分域與斷代研究》，國立臺灣師範大學國文研究所博士論文。

## 十二畫

1. 游國慶，1991，《戰國古璽文字研究》，國立中央大學中國文學研究所碩士論文。

2. 黃靜吟，1993，《秦簡隸變研究》，國立中正大學中國文學研究所碩士論文。

3. 黃靜吟，1997，《楚金文研究》，國立中山大學中國文學系博士論文。

## 十六畫

1. 潘琇瑩，1994，《宋國青銅器彝銘研究》，國立成功大學中國文學研究所碩士論文。

## 十七畫

1. 謝映蘋，1994，《曾侯乙墓鐘銘與竹簡文字研究》，國立中山大學中國文學研究所碩士論文。

## 十八畫

1. 顏世鉉，1997，《包山楚簡地名研究》，國立臺灣大學中國文學研究所碩士論文。

2. 蕭世瓊，1997，《馬王堆帛書文字研究》，國立臺灣師範大學國文研究所碩士論文。

3. 蕭璠，1972，《春秋至兩漢時期中國向南方的發展》，國立臺灣大學歷史學研究所碩士論文。

## 五、

### 八畫

1. 林巳奈夫，1964，〈長沙出土戰國帛書考〉，《東方學報》第 36 冊，53～97，京都：京都大學人文科學研究所。

### 十二畫

1. 梅原末治，1954，〈近時出土的文字資料〉，《書道全集》第 1 卷，32～37，日本東京都：平凡社。

## 十三畫

1. 新井光風，1994，〈包山楚簡書法的考察〉，《書法叢刊》1994：3，20～25，北京：文物出版社。

# 附錄一　楚系簡帛著作知見目錄
## （1940 年 1 月～1999 年 1 月）

## 凡　例

　　一、次序的安排，先以姓氏筆畫少者優先，其次，倘若有外國學者發表的論著，一律置於各項的最後，依序為日文、英文等；英文論著的次序，又依照英文字母順序排列。

　　二、凡有未知之處，如：出版地、作者、出版日期等，一律以「○○」代替。

## 一、簡　報〔註 1〕

1. 中文系古文字研究室楚簡整理小組，1977，〈江陵昭固墓若干問題的探討〉，《中山大學學報》1977：2，廣州：廣東人民出版社。

2. 中國社會科學院考古研究所編，1957，《長沙發掘報告》，北京：科學出版社。

3. 包山墓地竹簡整理小組，1988，〈包山 2 號墓竹簡概述〉，《文物》1988：5，北京：文物出版社。

4. 朱德熙、裘錫圭、李家浩，1996，〈望山 1 號墓竹簡的性質和內容〉，《江陵望山沙塚楚墓》，北京：文物出版社。

5. 李純一，1990，〈雨臺山 21 號戰國楚墓竹律復原探索〉，《考古》1990：9，北京：科

---

〔註 1〕凡是有關於楚簡帛出土的發掘報告、一般性的簡介、簡帛圖片或照片的公佈，悉收入於此項目。

學出版社。

6. 吳順清，1991，〈荊門包山二號墓中楚簡的清理〉，《湖北省考古學會論文選集（二）》，武漢：《江漢考古》編輯部。

7. 李運富，1995，〈楚國簡帛文字資料綜述〉，《江漢考古》1995：4，武漢：《江漢考古》編輯部。

8. 何鋒，徐義德，1995，〈荊門出土《老子》等五部典籍竹簡爲我國目前發現最早、最完整、數量最多之楚簡〉，《人民日報》（海外版），2月7日。

9. 何鋒，徐義德，1995，〈荊門出土《老子》等五部竹簡典籍〉，《中國文物報》，3月19日。

10. 河南省文化局文物工作隊第一隊，1959，〈我國考古史上的空前發現信陽長臺關發掘一座戰國大墓〉，《文物參考資料》1959：9，北京：文物出版社。

11. 河南省文物研究所，1986，《信陽楚墓》，北京：文物出版社。

12. 荊州地區博物館，1973，〈湖北江陵藤店一號墓發掘簡報〉，《文物》1973：9，北京：文物出版社。

13. 荊沙鐵路考古隊，1988，〈江陵秦家嘴楚墓發掘簡報〉，《江漢考古》1988：2，武漢：《江漢考古》編輯部。

14. 商承祚，1959，〈信陽楚竹簡摹本〉（晒藍本），○○。

15. 商承祚，1996，《長沙古物聞見記・續記》，北京：中華書局。

16. 商志䕩，1992，〈記商承祚教授藏長沙子彈庫楚國殘帛書〉，《文物》1992：11，北京：文物出版社。

17. 陳直，1988，〈六十年來我國發現竹木簡概述〉，《文史考古論叢》，天津：天津古籍出版社。

18. 陳茂仁，1997，〈楚帛書出土年代及其首藏者之商榷〉，第三屆南區四校中文所研究生聯合論文發表會論文，○○。

19. 陳振裕，1993，〈湖北楚簡概述〉，《簡帛研究》第1輯，北京：法律出版社。

20. 陳瑋仁，1993，〈近年出土楚國簡牘概述〉，《中國文學研究》第7期，臺北：國立臺灣大學。

21. 郭德維，1991，《藏滿瑰寶的地宮——曾侯乙墓綜覽》，北京：文物出版社。

22. 舒之梅、王紀潮，1997，〈曾侯乙墓的發現與研究〉，《鴻禧文物》第2期，臺北：鴻禧藝術文教基金會。

23. 湖北省文化局文物工作隊，1966，〈湖北江陵三座楚墓出土大批重要文物〉，《文物》1966：5，北京：文物出版社。

24. 湖北省文物考古研究所，1995，《江陵九店東周墓》，北京：科學出版社。

25. 湖北省文物考古研究所，1996，《江陵望山沙塚楚墓》，北京：文物出版社。

26. 湖北省荊州市博物館，1997，〈荊門郭店一號楚墓〉，《文物》1997：7，北京：文物出版社。

27. 湖北省荊州地區博物館，1982，〈江陵天星觀 1 號楚墓〉，《考古學報》1982：1，北京：科學出版社。

28. 湖北省荊沙鐵路考古隊，1991a，《包山楚簡》，北京：文物出版社。

29. 湖北省荊沙鐵路考古隊，1991b，《包山楚墓》，北京：文物出版社。

30. 湖北省荊沙鐵路考古隊包山墓地整理小組，1988，〈荊門市包山楚墓發掘簡報〉，《文物》1988：5，北京：文物出版社。

31. 湖北省博物館，1988，〈湖北江陵雨臺山 21 號戰國楚墓〉，《文物》1988：5，北京：文物出版社。

32. 湖北省博物館，1989，《曾侯乙墓》，北京：文物出版社。

33. 湖南省文物考古研究所、慈利縣文物保護管理研究所，1990，〈湖南慈利石板村 36 號戰國墓發掘簡報〉，《文物》1990：10，北京：文物出版社。

34. 湖南省文物考古研究所、慈利縣文物保護管理研究所，1995，〈湖南慈利縣石板村戰國墓〉，《考古學報》1995：2，北京：科學出版社。

35. 湖南省文物管理委員會，1954，〈長沙楊家灣 M006 號墓清理簡報〉，《文物參考資料》1954：12，北京：文化部社會文化事業管理局。

36. 湖南省文物管理委員會，1957，〈長沙出土的三座大型木槨墓〉，《考古學報》1957：1，北京：科學出版社。

37. 湖南省博物館，1974，〈長沙子彈庫戰國木槨墓〉，《文物》1974：2，北京：文物出版社。

38. 彭浩，1999，〈談郭店一號墓的年代及相關問題〉，《本世紀出土思想文獻與中國古典哲學研究兩岸學術討論會論文集》，臺北：私立輔仁大學哲學系。

39. 楚文化研究會，1984，《楚文化考古大事記》，北京：文物出版社。

40. 楊寶成、黃錫全，1995，〈春秋戰國時期〉，《湖北考古發現與研究》，武漢：武漢大學出版社。

41. 裴明相，1989，〈信陽楚墓的主要遺存及其特點〉，《中原文物》1989：1，鄭州：《中原文物》編輯部。

42. 劉祖信、梅訓安，1995，〈荊門出土我國最早竹簡〉，《人民日報》（海外版），2 月 8 日。

43. 劉祖信，1995，〈荊門楚墓的驚人發現〉，《文物天地》1995：6，北京：中國文物研究所《文物天地》編輯部。

44. 劉祖信，1998，〈荊門郭店一號墓概述〉，郭店老子國際研討會論文，美國：達特茅斯大學。

45. 錢存訓，1975，《中國古代書史》（又名《書於竹帛》），香港：香港中文大學。

46. 隨縣擂鼓墩一號墓考古發掘隊，1979〈湖北隨縣曾侯乙墓發掘簡報〉，《文物》1979：7，北京：文物出版社。

47. 駢宇騫、段書安，1999，〈本世紀以來出土簡帛概述〉，《本世紀出土思想文獻與中國古典哲學研究兩岸學術討論會論文集》，臺北：私立輔仁大學哲學系。

48. 譚維四，1988，〈江陵雨臺山 21 號楚墓律管淺論〉，《文物》1988：5，北京：文物出版社。

49. 羅福頤，1954，〈談長沙發現的戰國竹簡〉，《文物參考資料》1954：9，北京：文化部社會文化事業管理局。

50. ○○，1954，〈長沙仰天湖戰國墓發現大批竹簡及彩繪木俑、雕刻花板〉，《文物參考資料》1954：3，北京：文化部社會文化事業管理局。

51. ○○，1956，《全國基本建設工程中出土文物展覽圖錄‧湖南省‧戰國竹簡》，北京：中國古典藝術出版社。

52. ○○，1978，〈江陵天星觀一號楚墓出土大批楚簡〉，《光明日報》，7 月 23 日。

53. ○○，1994，〈我國考古史上又一重大發現——最早竹簡《老子》等典籍在荊門出土〉，《湖北日報》，12 月 15 日。

54. ○○，1995，〈荊門出土戰國時期五部典籍〉，《中國文化報》，1 月 25 日。

55. Huang Paulos, "The bamboo slips of the Laozi discovered in No.1 Chu Stste Tomb in Guodian Village, Jingmen, Hubei province.", Lao Zi, The Book and the Man,The Finnish Oriental Society, Helsinki, 1966.

56. ○○, "Bamboo Slips of Classics Unearthed", Beijin Review, April 13～16, 1955.

## 二、通　論 〔註2〕

1. 中文系古文字研究室楚簡整理小組，1978，〈戰國楚竹簡概述〉，《中山大學學報》1978：4，廣州：廣東人民出版社。（又收入《戰國楚簡研究》第 5 期）

2. 史樹青，1955，《長沙仰天湖出土楚簡研究》，上海：群聯出版社。

3. 米如田，1988，〈戰國楚簡的發現與研究〉，《江漢考古》1988：2，武漢：《江漢考古》編輯部。

4. 安志敏、陳公柔，1963，〈長沙戰國繒書及其有關問題〉，《文物》1963：9，北京：文物出版社。

5. 李零，1985，《長沙子彈庫戰國楚帛書研究》，北京：中華書局。

6. 李零，1991a，〈楚帛書與「式圖」〉，《江漢考古》1991：1，武漢：《江漢考古》編輯部。

7. 李零，1991b，〈楚帛書目驗記〉，《文物天地》1991：6，北京：中國文物研究所《文物天地》編輯部。

8. 李零，1992，〈包山楚簡研究（文書類）〉，中國古文字研究會第九屆學術討論會論文，南京。

9. 李零，1993，《中國方術考‧楚帛書與日書：古日者之說》，北京：人民中國出版社。

10. 李零，1994a，〈楚帛書的再認識〉，《中國文化》第 10 期，臺北：風雲時代出版社。

11. 李零，1994b，〈包山楚簡研究（文書類）〉，《王玉哲先生八十壽辰紀念文集》，天津：

---

〔註2〕凡是與研究楚系簡帛相關者，無論是通論的著作、或是專論的文章悉收入於此項目。

南開大學出版社。

12. 李零，1998，〈讀幾種出土發現的選擇類古書〉，《簡帛研究》第 3 輯，廣西：廣西教育出版社。

13. 李學勤，1959，〈戰國題銘概述（下）〉，《文物參考資料》1959：9，北京：文物出版社。

14. 李學勤，1960，〈補論戰國題銘的一些問題〉，《文物》1960：7，北京：文物出版社。

15. 李學勤，1984a，《東周與秦代文明・帛書、帛畫》，北京：文物出版社。

16. 李學勤，1984b，《東周與秦代文明・簡牘》，北京：文物出版社。

17. 李學勤，1987，〈再論帛書十二種〉，《湖南考古輯刊》第 4 集，長沙：岳麓書社。

18. 李學勤，1989，〈長沙楚帛書通論〉，《李學勤集——追溯・考據・古文明》，黑龍江：黑龍江教育出版社。（又收入《楚文化研究論集》第 1 集）

19. 李學勤，1997，《失落的文明・長沙楚帛書》，上海：上海文藝出版社。

20. 金式，1991，〈繒書，得而復失的國寶〉，《湖南日報》，11 月 23 日。

21. 周鳳五、林素清，1995，《包山二號楚墓出土文書簡研究》，行政院國家科學委員會專題研究計畫成果報告，臺北。

22. 徐少華，1989，〈包山二號楚墓的年代及有關問題〉，《江漢考古》1989：4，武漢：《江漢考古》編輯部。

23. 高明，1985，〈楚繒書研究〉，《古文字研究》第 12 輯，北京：中華書局。

24. 高明，1993，《中國古文字學通論・戰國古文字資料綜選・繒書》，臺北：五南圖書版有限公司。

25. 袁國華，1994，《包山楚簡研究》，香港中文大學研究院中國語言及文學學部博士論文。

26. 陳茂仁，1996，《楚帛書研究》，國立中正大學中國文學研究所碩士論文。

27. 陳偉，1996，《包山楚簡初探》，武漢：武漢大學出版社。

28. 莊淑惠，1995，《曾侯乙墓出土竹簡考》，國立臺灣師範大學國文研究所碩士論文。

29. 陳煒湛、唐鈺明，1988，《古文字學綱要・竹帛書》，廣州：中山大學出版社。

30. 陳夢家，1984，〈戰國楚帛書考〉，《考古學報》1984：2，北京：科學出版社。

31. 陳槃，1953，〈先秦兩漢帛書考（附長沙楚墓絹質采繪照片小記）〉，《中央研究院歷史語言研究所集刊》第 24 本，臺北：中央研究院歷史語言研究所。

32. 黃盛璋，1992，〈《包山楚簡》辯正、決疑與發覆〉，中國古文字研究會第九屆學術研討會論文，南京。

33. 黃盛璋，1994，〈包山楚簡中若干重要制度發覆與爭論未絕諸關鍵字解難、決疑〉，《湖南考古輯刊》第 6 集，長沙：岳麓書社。

34. 董作賓，1955，〈論長沙出土之繒書〉，《大陸雜誌》第 10 卷第 6 期，臺北：大陸雜誌社。

35. 楊啓乾，1987，〈常德市德山夕陽坡 2 號墓竹簡初探〉，《楚史與楚文化》，長沙：求索雜誌社。

36. 楊寬，1997，《戰國史・戰國時代科學和科學思想的發展・陰陽五行家對事物發展規

律的解說》（增訂版），臺北：商務印書館。

37. 蔡成鼎，1988，〈帛書・四時篇讀後〉，《江漢考古》1988：1，武漢：《江漢考古》編輯部。

38. 蔡季襄，1962，《晚周繒書考證》，臺北：藝文印書館。

39. 劉信芳，1996，〈楚帛書論綱〉，《華學》第 2 輯，廣州：中山大學出版社。

40. 劉彬徽，1988，〈包山楚簡論述〉，中國古文字研究會成立十周年學術研討會論文，○○。

41. 鄭德坤，1963，《中國古代・周代・帛書》，英國：劍橋大學出版社。

42. 饒宗頤，1954，〈長沙楚墓時占神物圖卷〉（附摹本），《東方文化》第 1 卷第 1 期，香港：香港大學。

43. 饒宗頤，1968，〈楚繒書之摹本及圖像——三首神、肥遺與印度古神話之比較〉，《故宮季刊》第 3 卷第 2 期，臺北：國立故宮博物院。

44. 饒宗頤、曾憲通，1985，《楚帛書》，香港：中華書局。

45. 工藤元男，1995，〈關於包山楚簡資料的性質〉，第四十屆國際東方學者會議論文，○○。

46. 石黑日沙子，1998，〈關於曾侯乙墓出土竹簡的考察〉，《簡帛研究譯叢》第 2 輯，湖南：湖南人民出版社。

47. 梅原末治，1954，〈近時出土的文字資料〉，《書道全集》第 1 卷，日本東京都：平凡社。

48. 澤谷昭次，1956，〈長沙楚墓時占神物圖卷〉（附摹本），《定本書道全集》第 1 卷，日本：河出書房。

49. 沙可樂，1967，〈沙可樂所藏楚帛書〉，美國：紐約。

50. 巴納，1958，〈楚帛書新探：文字之新復原〉，《華裔雜誌》第 17 卷，○○。

51. 巴納，1970，《楚帛書》，美國：紐約。

52. 巴納，1971，〈對一部中文書楚帛書進行釋讀翻譯和考釋之前的科學鑒定〉，澳洲：坎培拉。

53. 巴納，1972，〈楚帛書及其他中國出土文書〉，哥倫比亞大學學術討論會論文，美國：紐約。

54. 巴納，1973，《楚帛書譯注》，澳洲：坎培拉。

55. 夏德安，1998，〈戰國時代兵死者的禱辭〉，《簡帛研究譯叢》第 2 輯，湖南：湖南人民出版社。

## 三、字　表〔註3〕

1. 王仲翊，1996，〈包山楚簡字表〉，《包山楚簡文字研究》，國立中山大學中國文學系碩士論文。

2. 白于藍，1995，《包山楚簡文字編》，吉林大學碩士論文。

---

〔註 3〕此項目下所收的字表，不僅是一般習見的文字編，亦包括收錄於文章中的簡易字表。

3. 李零，1985，〈字表〉，《長沙子彈庫戰國楚帛書研究》，北京：中華書局。

4. 周鳳五、林素清，1995，〈新編包山楚簡字表〉，《包山二號楚墓出土文書簡研究》，行政院國家科學委員會專題研究計畫成果報告，臺北。

5. 張守中，1996，《包山楚簡文字編》，北京：文物出版社。

6. 張光裕、袁國華，1992，《包山楚簡文字編》，臺北：藝文印書館。

7. 張光裕、袁國華，1999，《郭店楚簡研究》第一卷（文字編），臺北：藝文印書館。

8. 張光裕、滕壬生、黃錫全，1997，《曾侯乙墓竹簡文字編》，臺北：藝文印書館。

9. 陳茂仁，1996，〈楚帛書文字編〉，《楚帛書研究》，國立中正大學中國文學研究所碩士論文。

10. 商承祚，1995，〈字表〉，《戰國楚竹簡匯編》，山東：齊魯書社。

11. 陳建貢、徐敏，1991，《簡牘帛書字典》，上海：上海書畫出版社。

12. 郭若愚，1994，《戰國楚簡文字編》，上海：上海書店出版社。

13. 湖北省荊沙鐵路考古隊，1991a，〈字表〉，《包山楚簡》，北京：文物出版社。

14. 湖北省荊沙鐵路考古隊，1991b，〈字表〉，《包山楚墓》，北京：文物出版社。

15. 曾憲通，1985，〈楚帛書文字編〉，《楚帛書》，香港：中華書局。

16. 曾憲通，1993，《長沙楚帛書文字編》，北京：中華書局。

17. 滕壬生，1995，《楚系簡帛文字編》，武漢：湖北教育出版社。

18. 謝映蘋，1994，〈曾侯乙墓竹簡文字字表〉，《曾侯乙墓鐘銘竹簡文字研究》，國立中山大學中國文學研究所碩士論文。

## 四、文字釋讀與通論 〔註4〕

1. 丁原植，1998，《郭店竹簡老子釋析與研究》，臺北：萬卷樓圖書有限公司。

2. 中文系古文字研究室楚簡整理小組，1977a，〈信陽長臺關戰國墓楚竹簡第一組《竹書》考釋〉，《戰國楚簡研究》1977：2，廣州。

3. 中文系古文字研究室楚簡整理小組，1977b，〈信陽長臺關戰國墓竹簡第二組《遣策》考釋〉，《戰國楚簡研究》1977：2，廣州。

4. 中文系古文字研究室楚簡整理小組，1977c，〈江陵望山一號楚墓竹簡《札記》考釋〉，《戰國楚簡研究》1977：3，廣州。

5. 中文系古文字研究室楚簡整理小組，1977d，〈江陵望山二號楚墓竹簡《遣策》考釋〉，《戰國楚簡研究》1977：3，廣州。

6. 中文系古文字研究室楚簡整理小組，1977e，〈長沙仰天湖二十五號墓楚竹簡《遣策》考釋〉，《戰國楚簡研究》1977：4，廣州。

7. 中文系古文字研究室楚簡整理小組，1977f，〈長沙五里牌四○六號墓楚竹簡《遣策》

---

〔註 4〕凡是有關於文字的考釋、釋讀、隸釋，或是文字形體的構形研究、一般研究文字的通論性著作，皆列入此項。

考釋〉,《戰國楚簡研究》1977：4,廣州。

8. 中文系古文字研究室楚簡整理小組,1977g,〈長沙楊家灣六號墓楚竹簡考釋〉,《戰國楚簡研究》1977：4,廣州。

9. 王仲翊,1995,〈包山楚簡文字偏旁之不定形現象試析〉,黃侃國際學術研討會論文,武漢：武漢大學。(又收入《黃侃學術研究》)

10. 孔仲溫,1996,〈望山卜筮祭禱簡文字初釋〉,《第七屆中國文字學全國學術研討會論文集》,臺北：萬卷樓圖書有限公司。

11. 孔仲溫,1997a,〈再釋望山卜筮祭禱簡文字兼論其相關問題〉,第八屆中國文字學全國學術研討會論文,彰化：國立彰化師範大學。

12. 孔仲溫,1997b,〈望山卜筮祭禱簡「𧤷、海」二字考釋〉,《第一屆國際暨第三屆全國訓詁學學術研討會論文》,高雄：國立中山大學中國文學系。

13. 孔仲溫,1997c,〈楚簡中有關祭禱的幾個固定字詞試釋〉,《第三屆國際中國古文字學研討會論文集》,香港：香港中文大學中國文化研究所中國語言及文學系。

14. 王志平,1998,〈簡帛叢札(2 則)〉,《簡帛研究》第 3 輯,廣西：廣西教育出版社。

15. 白于藍,1996,〈包山楚簡零拾〉,《簡帛研究》第 2 輯,北京：法律出版社。

16. 白于藍,1998,〈《包山楚簡文字編》校讀瑣議〉,《江漢考古》1998：2,武漢：《江漢考古》編輯部。

17. 北京大學中文系、湖北省文物考古研究所,1995,《望山楚簡》,北京：中華書局。

18. 古敬恆,1998,〈《望山楚簡》札記〉,《徐州師範大學學報》第 24 卷第 2 期,徐州：《徐州師範大學學報》編輯部。

19. 史樹青、楊宗榮,1954,〈讀一九五四年第九期「文參」筆記〉,《文物參考資料》1954：12,北京：文化部社會文化事業管理局。

20. 后德俊,1993,〈「包山楚簡」中的「金」義小考〉,《江漢論壇》1993：12,武昌：《江漢論壇》編輯部。

21. 朱德熙,1989,〈望山楚簡裏的「敝」和「簡」〉,《古文字研究》第 17 輯,北京：中華書局。(又收入《朱德熙古文字論集》)

22. 朱德熙,1992,〈長沙帛書考釋〉,《古文字研究》第 19 輯,北京：中華書局。(又收入《朱德熙古文字論集》)

23. 朱德熙,1995a,〈信陽楚簡考釋(5 篇)〉,《朱德熙古文字論集》,北京：中華書局。

24. 朱德熙,1995b,〈說「屯(純)、鎮、衡」〉,《朱德熙古文字論集》,北京：中華書局。

25. 朱德熙,1995c,〈戰國文字研究(6 種)〉,《朱德熙古文字論集》,北京：中華書局。

26. 朱德熙、裘錫圭、李家浩,1996,〈望山一、二號墓竹簡釋文與考釋〉,《江陵望山沙塚楚墓》,北京：文物出版社。

27. 吳九龍,1985,〈簡牘帛書中的「天」字〉,《出土文獻研究》,北京：文物出版社。

28. 李天虹,1992,〈《包山楚簡》釋文補正 35 則〉,中國古文字研究會第九屆學術研討會論文,南京。

29. 李天虹，1993，〈《包山楚簡》釋文補正〉，《江漢考古》1993：3，武漢：《江漢考古》編輯部。

30. 李守奎，1997，〈江陵九店 56 號墓竹簡考釋 4 則〉，《江漢考古》1997：4，武漢：《江漢考古》編輯部。

31. 李守奎，1998，〈楚文字考釋 3 組〉，《簡帛研究》第 3 輯，廣西：廣西教育出版社。

32. 吳郁芳，1996，〈《包山楚簡》卜筮簡牘釋讀〉，《考古與文物》1996：2，西安：《考古與文物》編輯部。

33. 吳振武，1996，〈楚帛書「夸步」解〉，《簡帛研究》第 2 輯，北京：法律出版社。

34. 李家浩，1982，〈信陽楚簡「澮」字及從「关」之字〉，《中國語言學報》1982：1，北京：商務印書館。

35. 李家浩，1993，〈仰天湖楚簡十三號考釋〉，《中國典籍與文化論叢》第 1 輯，北京：中華書局。

36. 李家浩，1995a，〈《包山楚簡》中的旌旆及其他〉，《第二屆國際中國古文字學研討會論文集（續編）》，香港：香港中文大學中國語言及文學系。

37. 李家浩，1995b，〈江陵九店五十六號墓竹簡釋文〉，《江陵九店東周墓》，北京：科學出版社。

38. 李家浩，1996，〈信陽楚簡中的「柿枳」〉，《簡帛研究》第 2 輯，北京：法律出版社。

39. 李家浩，1997，〈包山楚簡「蔽」字及其相關之字〉，《第三屆國際中國古文字學研討會論文集》，香港：香港中文大學中國文化研究所中國語言及文學系。

40. 李家浩，1999，〈讀《郭店楚墓竹簡》瑣議〉，《郭店楚簡研究》，遼寧：遼寧教育出版社。

41. 李棪，1964，〈楚國帛書中間兩段韻文試讀〉，倫敦大學東方非州學院演講稿。

42. 李棪，1968，〈楚國帛書諸家隸定句讀異同表〉（稿本），○○。

43. 李棪，○○，〈楚國帛書文字近二十年研究之總結〉，○○。

44. 何琳儀，1986a，〈長沙帛書通釋〉，《江漢考古》1986：1，武漢：《江漢考古》編輯部。

45. 何琳儀，1986b，〈長沙帛書通釋〉，《江漢考古》1986：2，武漢：《江漢考古》編輯部。

46. 何琳儀，1989a，〈長沙帛書通釋校補〉，《江漢考古》1989：4，武漢：《江漢考古》編輯部。

47. 何琳儀，1989b，《戰國文字通論‧戰國文字分域概述‧楚系文字》，北京：中華書局。

48. 何琳儀，1992，〈說无〉，《江漢考古》1992：2，武漢：《江漢考古》編輯部。

49. 何琳儀，1993，〈包山楚簡選釋〉，《江漢考古》1993：4，武漢：《江漢考古》編輯部。

50. 何琳儀，1996，〈戰國文字形體析疑〉，《于省吾教授百年誕辰紀念文集》，長春：吉林大學。

51. 何琳儀，1998，〈仰天湖竹簡選釋〉，《簡帛研究》第 3 輯，廣西：廣西教育出版社。

52. 李零，1988，〈《長沙子彈庫戰國帛書研究》補正〉，中國古文字研究會成立十週年紀念論文，○○。

53. 李零，1989，〈古文字雜識（6篇）〉，《古文字研究》第17輯，北京：中華書局。

54. 李零，1994，〈土城讀書記（5則）〉，紀念容庚先生百年誕辰暨中國古文字學國際學術研討會論文，廣州：東莞。

55. 李零，1995，〈古文字雜識（5則）〉，《國學研究》第3卷，北京：北京大學出版社。

56. 李零，1996，〈古文字雜識（2篇）〉，《于省吾教授百年誕辰紀念文集》，長春：吉林大學。

57. 李零，1997，〈古文字雜識（2則）〉，《第三屆國際中國古文字學研討會論文集》，香港：香港中文大學中國文化研究所中國語言及文學系。

58. 李零，1998〈讀郭店楚簡《老子》〉，郭店老子國際研討會論文，美國：達特茅斯大學。

59. 李運富，1996a，《楚國簡帛文字構形系統研究》，北京師範大學博士論文。

60. 李運富，1996b，〈楚國簡帛文字叢考（一）〉，《古漢語研究》1996：3，長沙：古漢語研究雜誌社。

61. 李運富，1996c，〈從楚文字的構形系統看戰國文字在漢字發展史的地位〉，紀念于省吾教授百年誕辰暨中國古文字學研討會論文，長春：吉林大學。

62. 李運富，1997a，《楚國簡帛文字構形系統研究》，長沙：岳麓書社。

63. 李運富，1997b，〈楚國簡帛文字叢考（二）〉，《古漢語研究》1997：1，長沙：古漢語研究雜誌社。

64. 李運富，1998a，〈楚國簡帛文字叢考〉，《中國出土資料研究》《中國出土資料研究》第二號，日本。

65. 李運富，1998b，〈楚國簡帛文字叢考（三）〉，《古漢語研究》1998：2，長沙：古漢語研究雜誌社。

66. 李學勤，1956，〈談近年新發現的幾種戰國文字資料〉，《考古參考資料》，1956：1，北京：中國古典藝術出版社。

67. 李學勤，1990，〈長沙子彈庫第二帛書探要〉，《江漢考古》1990：1，武漢：《江漢考古》編輯部。

68. 李學勤，1992，〈試論長沙子彈庫楚帛書殘片〉，《文物》1992：11，北京：文物出版社。

69. 李學勤，1994，《簡帛佚籍與學術史·楚帛書研究·論楚帛書殘片》，臺北：時報文化出版企業有限公司。

70. 李學勤，1998a，〈說郭店簡「道」字〉，《簡帛研究》第3輯，廣西：廣西教育出版社。

71. 李學勤，1998b，〈釋郭店簡祭公之顧命〉，《文物》1998：7，北京：文物出版社。（又收入《郭店楚簡研究》）

72. 余鎬堂，1957，〈鎬堂楚簡釋文〉（晒藍本），○○。

73. 周世榮，1982，〈湖南楚墓出土古文字叢考〉，《湖南考古輯刊》第1輯，長沙：岳麓書社。

74. 周世榮，1992，〈包山楚墓簡牘兵器文字考〉，中國古文字研究會第九屆學術研討會論文，南京。

75. 季旭昇，1998，〈讀郭店楚墓竹簡札記：卞、絕爲棄作、民復季子〉，《中國文字》新 24 期，臺北：藝文印書館。

76. 林素清，1992，〈讀《包山楚簡》札記〉，中國古文字研究會第九屆學術研討會論文，南京。

77. 林素清，1994，〈包山楚簡的文字學意義〉，臺北中央研究院歷史語言研究所 82 年度第 15 次講論會論文。

78. 林素清，1995，〈探討包山楚簡在文字學上的幾個課題〉，《中央研究院歷史語言研究所集刊》第 66 本第 4 分，臺北：中央研究院歷史語言研究所。

79. 金祥恆，1990，〈楚繒書「鼀𧎮」解〉，《金祥恆先生全集》第 2 冊，臺北：藝文印書館。

80. 林清源，1997，《楚國文字構形演變研究》，私立東海大學中國文學系博士論文。

81. 林雅婷，1997，〈戰國楚系簡帛合文試探〉，《中山人文學術論叢》第 1 輯，高雄：復文圖書出版社。

82. 林雅婷，1998，《戰國合文研究·戰國簡牘帛書合文研究》，國立中山大學中國文學系碩士論文。

83. 周鳳五，1992，〈包山楚簡考釋〉，中國古文字研究會第九屆學術研討會論文，南京。

84. 周鳳五，1993，〈包山楚簡文字初考〉，《王叔岷先生八十壽慶論文集》，臺北：大安出版社。

85. 周鳳五，1997，〈子彈庫帛書「熱氣倉氣」說〉，《中國文字》新 23 期，臺北：藝文印書館。

86. 周鳳五，1998，〈郭店楚簡《忠信之道》考釋〉，《中國文字》新 24 期，臺北：藝文印書館。

87. 周鳳五，1999，〈郭店楚簡識字札記〉，《張以仁先生七秩壽慶論文集》，臺北：學生書局。

88. 林澐，1992，〈讀包山楚簡札記 7 則〉，《江漢考古》1992：4，武漢：《江漢考古》編輯部。

89. 胡平生，1997，〈說包山楚簡的「䜊」〉，《第三屆國際中國古文字學研討會論文集》，香港：香港中文大學中國文化研究所中國語言及文學系。

90. 袁國華，1992，〈讀《包山楚簡釋文》札記〉，香港中文大學研究生學年報告。

91. 袁國華，1993a，〈讀《包山楚簡字表》札記〉，全國中國文學研究所在學研究生學術論文研討會論文，中壢：國立中央大學。

92. 袁國華，1993b，〈《包山楚簡》文字考釋〉，《第二屆國際中國古文字學研討會論文集》，香港：香港中文大學中國語言及文學系。

93. 袁國華，1994a，〈「包山楚簡」文字考釋 3 則〉，《中華學苑》第 44 期，臺北：國立政治大學中國文學研究所。

94. 袁國華，1994b，〈戰國楚簡文字零釋〉，《中國文字》新 18 期，臺北：藝文印書館。

95. 袁國華，1995，〈「包山楚簡」文字諸家考釋異同一覽表〉，《中國文字》新 20 期，臺

北：藝文印書館。

96. 袁國華，1997，〈由曾侯乙墓竹簡幾個從水的文字談起——兼論《詩‧周頌‧殷武》「罙入其阻」句「罙」字的來歷〉，《中國文字》新 23 期，臺北：藝文印書館。

97. 袁國華，1998，〈郭店楚簡文字考釋 11 則〉，《中國文字》新 24 期，臺北：藝文印書館。

98. 徐在國，1996，〈《包山楚簡》文字考釋 4 則〉，《于省吾教授百年誕辰紀念文集》，長春：吉林大學。

99. 徐在國，1997，〈楚簡文字拾零〉，《江漢考古》1997：2，武漢：《江漢考古》編輯部。

100. 徐在國，1998a，〈楚簡文字新釋〉，《江漢考古》1998：2，武漢：《江漢考古》編輯部。

101. 徐在國，1998b，〈讀《楚系簡帛文字編》札記〉，《安徽大學學報》1998：5，安徽：《安徽大學學報》編輯部。

102. 徐在國、黃德寬，1998，〈郭店楚簡文字續考〉，紀念徐中舒先生誕辰百年暨國際漢語古文字學研討會論文，四川。

103. 荊門市博物館，1998，《郭店楚墓竹簡》，北京：文物出版社。

104. 夏淥，1986，〈從楚簡「車輦」談「太史公牛走馬」〉，《江漢論壇》1986：8，武昌：《江漢論壇》編輯部。

105. 夏淥，1993，〈讀《包山楚簡》偶記「受賄」、「國幣」、「茅門有敗」等字詞新義〉，《江漢考古》1993：2，武漢：《江漢考古》編輯部。

106. 唐健垣，1968，〈楚繒書文字拾遺〉，《中國文字》第 30 冊，臺北：國立臺灣大學文學院中國文學系。

107. 馬國權，1977，〈戰國楚竹簡文字略說〉，《戰國楚簡研究》1977：6，廣州。（又收於《古文字研究》第 3 輯）

108. 高智，1994，〈釋楚系文字中的「屍」及相關文字〉，紀念容庚先生百年誕辰暨中國古文字學國際學術研討會論文，廣州：東莞。

109. 高智，1996，〈《包山楚簡》文字校釋 14 則〉，《于省吾教授百年誕辰紀念文集》，長春：吉林大學。

110. 陳月秋，1992，《楚系文字研究》，私立東海大學中文研究所碩士論文。

111. 張光裕、袁國華，1993，〈讀包山楚簡札迻〉，《中國文字》新 17 期，臺北：藝文印書館。

112. 張光裕、袁國華，1994，〈《包山楚簡文字編》校訂〉，《中國文字》新 19 期，臺北：藝文印書館。

113. 商承祚，1964，〈戰國楚帛書述略〉，《文物》1964：9，北京：文物出版社。

114. 商承祚，1995，《戰國楚竹簡匯編》，山東：齊魯書社。

115. 陳邦懷，1981，〈戰國楚帛書文字考證〉，《古文字研究》第 5 輯，北京：中華書局。（又收入《一得集》）

116. 陳邦懷，1989，〈戰國楚文字小記〉，《一得集》，山東：齊魯書社。（又收入《楚文化新探》）

117. 陳直，1957，〈楚簡解要〉，《西北大學學報》1957：4，西北大學。

118. 陳松長，1995，〈《包山楚簡》遣策釋文訂補〉，《第二屆國際中國古文字學研討會論文集（續編）》，香港：香港中文大學中國語言及文學系。

119. 陳松長，1997，〈九店楚簡釋讀札記〉，《第三屆國際中國古文字學研討會論文集》，香

港：香港中文大學中國文化研究所中國語言及文學系。

120. 陳秉新，1988，〈長沙楚帛書文字考釋之辨正〉，《文物研究》1988：4，安徽：黃山書社。

121. 陳茂仁，1998，〈淺探楚帛書〈宜忌篇〉章題之內涵〉，《第九屆中國文字學全國學術研討會論文集》，臺北：國立臺灣師範大學國文學系、中國文字學會。

122. 郭若愚，1993，〈長沙仰天湖戰國竹簡文字的摹寫和考釋〉，《上海博物館集刊》第 3 期，上海：古籍出版社。

123. 陳建樑，1993，〈釋「緇衣」〉，《第二屆國際中國古文字學研討會論文集》，香港：香港中文大學中國語言及文學系。

124. 張桂光，1994，〈楚簡文字考釋 2 則〉，《江漢考古》1994：3，武漢：《江漢考古》編輯部。

125. 張桂光，1996，〈古文字考釋 6 則〉，《于省吾教授百年誕辰紀念文集》，長春：吉林大學。

126. 陳高志，1999，〈《郭店楚墓竹簡·緇衣篇》部分文字隸定檢討〉，《張以仁先生七秩壽慶論文集》，臺北：學生書局。

127. 陳偉，1997，〈九店楚日書釋文校讀與幾個相關問題〉，《人文論叢》，武漢：武漢大學出版社。

128. 陳偉，1998，〈郭店楚簡別釋〉，《江漢考古》1998：4，武漢：《江漢考古》編輯部。

129. 陳偉武，1996，〈戰國秦漢同形字論綱〉，《于省吾教授百年誕辰紀念文集》，長春：吉林大學。

130. 陳偉武，1997，〈戰國楚簡考釋斠議〉，《第三屆國際中國古文字學研討會論文集》，香港：香港中文大學中國文化研究所中國語言及文學系。

131. 莊富良，1975，《春秋戰國楚器文字研究》，香港中文大學研究院語言文學部碩士論文。

132. 陳煒湛，1982，〈釋〉，《中山大學學報》1982：2，廣州：廣東人民出版社。（又收入《戰國楚簡研究》第 6 期）

133. 陳煒湛，1998，〈包山楚簡研究（7 篇）〉，《容庚先生百年誕辰紀念文集》，廣州：廣東人民出版社。

134. 陳榮開，1989，《戰國楚簡文字通假現象初探——兼論楚簡研究的一些問題》，香港中文大學中國語言及文學系畢業論文。

135. 陳榮開，1994，〈戰國楚簡文字通假現象初探——兼論楚簡研究的一些問題〉，《問學初集——香港中文大學中國語言及文學系本科生畢業論文選》，香港：香港中文大學中國語言及文學系。

136. 陳槃，1968，〈楚繒書疏證跋〉，《中央研究院歷史語言研究所集刊》第 40 本，臺北：中央研究院歷史語言研究所。

137. 曹錦炎，1985，〈楚帛書〈月令〉篇考釋〉，《江漢考古》1985：1，武漢：《江漢考古》編輯部。

138. 許學仁，1979，《先秦楚文字研究》，國立臺灣師範大學國文研究所碩士論文。

139. 許學仁，1983，〈楚文字考證〉，《中國文字》新 7 期，臺北：藝文印書館。

140. 許學仁，1986，《戰國文字分域與斷代研究》，國立臺灣師範大學國文研究所博士論文。

141. 張鐵慧，1996，〈〈曾侯乙墓竹簡釋文與考釋〉讀後記〉，《江漢考古》1996：3，武漢：《江漢考古》編輯部。

142. 黃人二，1999，〈郭店楚簡〈魯穆公問子思〉考釋〉，《張以仁先生七秩壽慶論文集》，臺北：學生書局。

143. 舒之梅、羅運環，1983，〈楚同各諸侯國關係的古文字資料簡述〉，《求索》1983：6，長沙：求索雜誌社。

144. 舒之梅、劉信芳，1993，〈楚國簡帛文字考釋拾補〉，湖北省考古學會第八次年會論文，湖北。

145. 舒之梅，1998，〈包山簡遣策車馬器考釋5則〉，《容庚先生百年誕辰紀念文集》，廣州：廣東人民出版社。

146. 彭浩，1984，〈信陽長臺關楚簡補釋〉，《江漢考古》1984：2，武漢：《江漢考古》編輯部。

147. 彭浩，1995，〈江陵九店六二一號墓竹簡釋文〉，《江陵九店東周墓》，北京：科學出版社。

148. 馮時，1996，〈楚帛書研究3題〉，《于省吾教授百年誕辰紀念文集》，長春：吉林大學。

149. 湯餘惠，1983，〈戰國文字考釋5則〉，《古文字研究》第10輯，北京：中華書局。

150. 湯餘惠，1992，〈包山楚簡讀後記〉，中國古文字研究會第九屆學術討論會論文，南京。（又收入《考古與文物》1993：2）

151. 湯餘惠，1993，《戰國銘文選‧簡帛》，長春：吉林大學出版社。

152. 湯餘惠，1998，〈釋「𣃘」〉，《吉林大學古籍整理研究所建所十五週年紀念文集》，長春：吉林大學出版社。

153. 黃德寬，1992，〈釋楚系文字中的李〉，中國古文字研究會第九屆學術研討會論文，南京。

154. 黃德寬，1996，〈古文字考釋2題〉，《于省吾教授百年誕辰紀念文集》，長春：吉林大學出版社。

155. 黃德寬、徐在國，1998，〈郭店楚簡文字考釋〉，《吉林大學古籍整理研究所建所十五週年紀念文集》，長春：吉林大學出版社。

156. 黃錫全，1991，〈「萩郢」辨析〉，《楚文化研究論集》第2集，湖北：湖北人民出版社。

157. 黃錫全，1992a，〈《包山楚簡》部分釋文校釋〉，《湖北出土商周文字輯證》，武漢：武漢大學出版社。

158. 黃錫全，1992b，〈《包山楚簡》釋文校釋〉，中國古文字研究會第九屆學術研討會論文，南京。

159. 黃錫全，1998，〈楚簡續貂〉，《簡帛研究》第3輯，廣西：廣西教育出版社。

160. 裘錫圭、李家浩，1989，〈曾侯乙墓竹簡釋文與考釋〉，《曾侯乙墓》，北京：文物出版社。

161. 裘錫圭，1992，〈談談隨縣曾侯乙墓的文字資料〉，《古文字論集》，北京：中華書局。（又收入《文物》1979：7）

162. 裘錫圭，1998，〈以郭店《老子》簡爲例談談古文字考釋〉，郭店老子國際研討會論文，美國：達特茅斯大學。

163. 曾憲通，1992，〈楚文字雜識〉，中國古文字研究會第九屆學術研討會論文，南京。

164. 曾憲通，1993，〈包山卜筮簡考釋〉，《第二屆國際中國古文字學研討會論文集》，香港：香港中文大學中國語言及文學系。

165. 曾憲通，1996，〈楚文字釋叢（5則）〉，《中山大學學報》1996：3，廣州：《中山大學學報》編輯部。

166. 黃靈庚，1997，〈楚簡札記（6則）〉，《文史》第43輯，北京：中華書局。

167. 賈繼東，1995，〈包山楚墓簡文「見日」淺釋〉，《江漢考古》1995：4，武漢：《江漢

考古》編輯部。

168. 裴大泉，1998，〈釋包山楚簡中的「𦣞」字〉，《簡帛研究》第 3 輯，廣西：廣西教育
　　　出版社。

169. 趙平安，1997，〈夬的形義和它在楚簡中的用法——兼釋其它古文字資料中的夬字〉，
　　　《第三屆國際中國古文字學研討會論文集》，香港：香港中文大學中國文化研究所中
　　　國語言及文學系。

170. 廖名春，1998a，〈楚簡老子校詁（上）〉，《大陸雜誌》第 98 卷第 1 期，臺北：大陸雜
　　　誌社。

171. 廖名春，1998b，〈楚簡老子校詁（下）〉，《大陸雜誌》第 98 卷第 2 期，臺北：大陸雜
　　　誌社。

172. 廖名春，1998c，〈楚簡老子校詁（二上）〉，《大陸雜誌》第 98 卷第 5 期，臺北：大陸
　　　雜誌社。

173. 廖名春，1998d，〈楚簡老子校詁（二下）〉，《大陸雜誌》第 98 卷第 6 期，臺北：大陸
　　　雜誌社。

174. 廖名春，1998e，〈楚簡《老子》校釋二〉，《簡帛研究》第 3 輯，廣西：廣西教育出版
　　　社。

175. 廖名春，1998f，〈楚簡《老子》校釋五〉，《中國傳統哲學新論——朱伯崑教授七十五
　　　壽辰紀念文集》，○○。

176. 廖名春，1998g，〈楚簡《老子》校釋之一〉，《華學》第 3 輯，北京：紫禁城出版社。

177. 廖名春，1998h，〈楚文字考釋（3 則）〉，《吉林大學古籍整理研究所建所十五周年紀
　　　念文集》，長春：吉林大學出版社。

178. 蒍英會，1996a，〈《包山》簡文釋詞 2 則〉，《南方文物》1996：3，江西：《南方文物》
　　　編輯部。

179. 蒍英會，1996b，〈《包山楚簡》釋詞 3 則〉，《于省吾教授百年誕辰紀念文集》，長春：
　　　吉林大學。

180. 趙建偉，1999，〈郭店竹簡《老子》校釋〉，《本世紀出土思想文獻與中國古典哲學研
　　　究兩岸學術討論會論文集》，臺北：私立輔仁大學哲學系。

181. 劉雨，1986，〈信陽楚簡釋文與考釋〉，《信陽楚墓》，北京：文物出版社。

182. 劉信芳，1992，〈包山楚簡遣策考釋拾零〉，《江漢考古》1992：3，武漢：《江漢考古》
　　　編輯部。

183. 劉信芳，1996a，〈楚簡文字考釋 5 則〉，《于省吾教授百年誕辰紀念文集》，長春：吉
　　　林大學。

184. 劉信芳，1996b，〈包山楚簡近似之字辨析〉，《考古與文物》1996：2，西安：《考古與
　　　文物》編輯部。

185. 劉信芳，1996c，〈楚帛書解詁〉，《中國文字》新 21 期，臺北：藝文印書館。

186. 劉信芳，1997，〈楚系文字「瑟」以及相關的幾個問題〉，《鴻禧文物》第 2 期，臺北：
　　　鴻禧藝術文教基金會。

187. 劉信芳，1998a，〈從夬之字匯釋〉，《容庚先生百年誕辰紀念文集》，廣州：廣東人民
　　　出版社。

188. 劉信芳，1998b，〈望山楚簡校讀記〉，《簡帛研究》第 3 輯，廣西：廣西教育出版社。

189. 劉信芳，1998c，〈郭店楚簡文字考釋拾遺〉，紀念徐中舒先生誕辰百年暨國際漢語古
　　　文字學研討會論文，四川。

190. 劉信芳，1999，《荊門郭店竹簡老子解詁》，臺北：藝文印書館。

191. 劉釗，1992a，〈說「禺」、「皇」二字來源並談楚帛書「萬」、「兒」二字的讀法〉，《江漢考古》1992：1，武漢：《江漢考古》編輯部。

192. 劉釗，1992b，〈包山楚簡文字考釋〉，中國古文字研究會第九屆學術研討會論文，江蘇：南京。

193. 劉釗，1996，〈釋楚簡中的「繆」（繆）字〉，紀念于省吾教授百年誕辰暨中國古文字學研討會論文，長春：吉林大學。

194. 鄭剛，1988，〈戰國文字中的陵和李考釋〉，中國古文字研究會第七屆學術研討會論文，○○。

195. 劉彬徽，1988，〈包山楚簡論述〉，中國古文字研究會第七屆學術研討會論文，○○。

196. 劉彬徽，1998，〈常德夕陽坡楚簡考釋〉，紀念徐中舒先生誕辰百年暨國際漢語古文字學研討會論文，四川。

197. 劉彬徽、彭浩、胡雅麗、劉祖信，1991a，〈包山二號楚墓簡牘釋文與考釋〉，《包山楚墓》，北京：文物出版社。

198. 劉彬徽、彭浩、胡雅麗、劉祖信，1991b，〈包山楚簡文字的幾個特點〉，《包山楚墓》，北京：文物出版社。

199. 劉樂賢，1997，〈楚文字雜識（7 則）〉，《第三屆國際中國古文字學研討會論文集》，香港：香港中文大學中國文化研究所中國語言及文學系。

200. 劉樂賢，1998，〈九店楚簡日書補釋〉，《簡帛研究》第 3 輯，廣西：廣西教育出版社。

201. 劉樂賢，1999，〈讀郭店楚簡札記三則〉，《郭店楚簡研究》，遼寧：遼寧教育出版社。

202. 劉操南，1984，〈楚簡陵陽釋文〉，《杭州大學學報》增刊，杭州：杭州大學。

203. 謝映蘋，1994，《曾侯乙墓鐘銘竹簡文字研究》，國立中山大學中國文學研究所碩士論文。

204. 顏世鉉，1999，〈郭店楚簡淺釋〉，《張以仁先生七秩壽慶論文集》，臺北：學生書局。

205. 譚樸森，1998，〈老子古本校對說明〉，郭店老子國際研討會論文，美國：達特茅斯大學。

206. 嚴一萍，1967，〈楚繒書新考（上）〉，《中國文字》第 26 冊，臺北：國立臺灣大學文學院中國文學系。（又收入《甲骨古文字研究》第 3 輯）

207. 嚴一萍，1968a，〈楚繒書新考（中）〉，《中國文字》第 27 冊，臺北：國立臺灣大學文學院中國文學系。（又收入《甲骨古文字研究》第 3 輯）

208. 嚴一萍，1968b，〈楚繒書新考（下）〉，《中國文字》第 28 冊，臺北：國立臺灣大學文學院中國文學系。（又收入《甲骨古文字研究》第 3 輯）

209. 饒宗頤，1954a，〈長沙楚墓時占神物圖卷考釋〉，《東方文化》第 1 卷第 1 期，香港：香港大學。

210. 饒宗頤，1954b，〈帛書解題〉，《書道全集》第 1 卷，日本東京都：平凡社。

211. 饒宗頤，1955，〈戰國楚簡箋證〉，《金匱論古綜合刊》第 1 期，香港。

212. 饒宗頤，1958，〈長沙出土戰國繒書新釋〉，《選堂叢書》之四，香港：義友昌記印務公司。

213. 饒宗頤，1965，〈楚繒書十二月名覈論〉，《大陸雜誌》第 30 卷第 1 期，臺北：大陸雜誌社。

214. 饒宗頤，1968，〈楚繒書疏證〉，《中央研究院歷史語言研究所集刊》第 40 本，臺北：中央研究院歷史語言研究所。

215. 饒宗頤，1985，〈楚帛書新證〉，《楚帛書》，香港：中華書局。（又收入《楚地出土文

獻三種研究》）

216. 饒宗頤，1992，〈長沙子彈庫殘帛文字小記〉，《文物》1992：11，北京：文物出版社。

217. 饒宗頤，1995，〈關於重字與平夜君問題〉，《文物》1995：4，北京：文物出版社。

218. 饒宗頤，1996，〈緇衣零簡〉，《學術集林》卷 9，上海：遠東出版社。

219. 池田知久，1998〈荊門市博物館『郭店楚墓竹簡』筆記〉，郭店老子國際研討會論文，美國：達特茅斯大學。

220. 林巳奈夫，1964，〈長沙出土戰國帛書考〉，《東方學報》第 36 冊，日本京都：京都大學人文科學研究所。

221. 林巳奈夫，1966，〈長沙出土戰國帛書考補正〉，《東方學報》第 37 冊，日本京都：京都大學人文科學研究所。

222. 巴納，1971，〈楚帛書文字的韻與律〉，澳洲：坎培拉。

223. 雷敦龢，1998，〈郭店《老子》及《太一生水》〉，郭店老子國際研討會論文，美國：達特茅斯大學。

## 五、地望與州制 [註5]

1. 何浩，1991，〈楚國封君封邑地望續考〉，《江漢考古》1991：4，武漢：《江漢考古》編輯部。

2. 吳郁芳，1989，〈栽郢‧雲夢‧章華宮〉，《江漢考古》1989：3，武漢：《江漢考古》編輯部。

3. 李學勤，1992，〈包山楚簡中的土地買賣〉，《中國文物報》，3 月 22 日。（又收入《綴古集》）

4. 徐少華，1996a，〈包山楚簡釋地 5 則〉，《江漢考古》1996：4，武漢：《江漢考古》編輯部。

5. 徐少華，1996b，〈包山楚簡釋地 8 則〉，《中國歷史地理論叢》1996：4，《中國歷史地理論叢》編輯部。

6. 徐少華，1996c，〈包山楚簡釋地 10 則〉，《文物》1996：12，北京：文物出版社。

7. 徐少華，1997，〈包山楚簡地名數則考釋〉，《武漢大學學報》1997：4，武漢：《武漢大學學報》編輯部。

8. 陳偉，1995a，〈包山楚簡所見邑、里、州的初步研究〉，《武漢大學學報》1995：1，武漢：《武漢大學學報》編輯部。

9. 陳偉，1995b，〈包山楚簡所見楚國的縣、郡與封邑〉，《長江文化論集》第 1 輯，武漢：湖北教育出版社。

10. 陳偉，1998，〈包山楚簡中的宛郡〉，《武漢大學學報》1998：6，武漢：《武漢大學學報》編輯部。

11. 舒之梅、何浩，1982，〈仰天湖楚簡「鄯陽公」的身分及相關問題——與林河同志商榷〉，《江漢論壇》1982：10，武昌：《江漢論壇》編輯部。

12. 劉彬徽、何浩，1991a，〈包山楚簡「封君」釋地〉，《包山楚墓》，北京：文物出版社。

---

〔註 5〕凡研究楚簡、帛書中的地望與楚國地方制度者，悉入此項。

13. 劉彬徽、何浩，1991b，〈論包山楚簡中的幾處楚郢地名〉，《包山楚墓》，北京：文物出版社。

14. 顏世鉉，1997a，《包山楚簡地名研究》，國立臺灣大學中國文學研究所碩士論文。

15. 顏世鉉，1997b，〈包山楚簡釋地 8 則〉，《中國文字》新 22 期，臺北：藝文印書館。

16. 羅運環，1991，〈論包山簡中的楚國州制〉，《江漢考古》1991：3，武漢：《江漢考古》編輯部。

17. 饒宗頤，1997，〈說九店楚簡之武𩓣（君）與復山〉，《文物》1997：6，北京：文物出版社。

## 六、職官爵位

1. 文炳淳，1997，《包山楚簡官名研究》，國立臺灣大學中國文學研究所碩士論文。

2. 胡雅麗，1994，〈包山楚簡所見「爵稱」考〉，《楚文化研究論集》第 4 集，河南：河南人民出版社。

3. 羅運環，1991，〈古文字資料所見楚國官制研究〉，《楚文化研究論集》第 2 集，湖北：湖北人民出版社。

## 七、天文曆法

1. 王志平，1998，〈楚帛書月名新探〉，《華學》第 3 輯，北京：紫禁城出版社。

2. 王紅星，1991，〈包山簡牘所反映的楚國曆法問題——兼論楚曆沿革〉，《包山楚墓》，北京：文物出版社。

3. 王勝利，1997，〈包山楚簡曆法芻議〉，《江漢論壇》1997：2，武昌：《江漢論壇》編輯部。

4. 伊世同、何琳儀，1994，〈平星考——楚帛書殘片與長周期變星〉，《文物》1994：6，北京：文物出版社。

5. 邢文，1998，〈〈堯典〉星象、曆法與帛書〈四時〉〉，《華學》第 3 輯，北京：紫禁城出版社。

6. 何幼琦，1985，〈論楚國之曆〉，《江漢論壇》1985：10，武昌：《江漢論壇》編輯部。

7. 何幼琦，1993，〈論包山楚簡之曆〉，《江漢論壇》1993：12，武昌：《江漢論壇》編輯部。

8. 李學勤，1982，〈論楚帛書中的天象〉，《湖南考古輯刊》第 1 集，長沙：岳麓書社。

9. 李學勤，1994a，《簡帛佚籍與學術史・楚帛書研究・再論帛書十二神》，臺北：時報文化出版企業有限公司。

10. 李學勤，1994b，《簡帛佚籍與學術史・楚帛書研究・楚帛書中的天象》，臺北：時報文化出版企業有限公司。

11. 林素清，1994，〈從包山楚簡紀年材料論楚曆〉，《中國考古學與歷史學整合國際研討會論文》，臺北：中央研究院歷史語言研究所。

12. 武家璧，1995，〈包山楚簡曆法新證〉，長江文化與楚文化國際會議論文，○○。

13. 陳偉，1997，〈新發表楚簡資料所見的紀時制度〉，《第三屆國際中國古文字學研討會論文集》，香港：香港中文大學中國文化研究所中國語言及文學系。

14. 曾憲通，1977，〈楚月名初探〉，《戰國楚簡研究》第 6 期，廣州。

15. 曾憲通，1981，〈楚月名初探──兼談昭固墓竹簡的年代問題〉，《古文字研究》第 5 輯，北京：中華書局。（又收入《楚地出土文獻三種研究》）

16. 劉信芳，1994，〈中國最早的物候曆月名──楚帛書月名及神祇研究〉，《中華文史論叢》第 53 輯，上海：上海古籍出版社。

17. 劉信芳，1997，〈戰國楚曆譜復原研究〉，《考古》1997：11，北京：科學出版社。

18. 鄭剛，1996，〈楚帛書中的星歲紀年和歲星占〉，《簡帛研究》第 2 輯，北京：法律出版社。

19. 鄭剛，1998，〈論楚帛書乙篇的性質〉，《容庚先生百年誕辰紀念文集》，廣州：廣東人民出版社。

20. 劉彬徽，1988，〈楚國紀年法簡論〉，《江漢考古》1988：2，武漢：《江漢考古》編輯部。

21. 劉彬徽，1991，〈從包山楚簡紀時材料論及楚國紀年與楚曆〉，《包山楚墓》，北京：文物出版社。

22. 劉彬徽，1993，〈包山楚簡研究 2 則〉，《簡帛研究》第 1 輯，北京：法律出版社。

23. 饒宗頤，1972，〈從繒書所見楚人對於曆法、占星及宗教觀念〉，哥倫比亞大學學術討論會論文，美國：紐約。

24. 饒宗頤，1985，〈楚帛書十二月名與《爾雅》〉，《楚帛書》，香港：中華書局。（又收入《楚地出土文獻三種研究》）

25. 饒宗頤，1990，〈楚帛書天象再議〉，《中國文化》1990：3，○○。

26. 平勢隆夫，1981，〈「楚曆」小考──對〈楚月名初探〉的管見〉，《中山大學學報》第 2 期，廣州：廣東人民出版社。

27. 林巳奈夫，1972，〈長沙出土戰國帛書十二神考〉，哥倫比亞大學學術討論會論文，美國：紐約。

## 八、卜筮祭禱

1. 朱德熙、裘錫圭、李家浩，1996，〈望山一號墓竹簡的性質和內容〉，《江陵望山沙塚楚墓》，北京：文物出版社。

2. 李零，1993a，《中國方術考·早期卜筮的新發現·楚占卜竹簡》，北京：人民中國出版社。

3. 李零，1993b，〈包山楚簡研究（占卜類）〉，《中國典籍與文化論叢》第 1 輯，北京：中華書局。

4. 李學勤，1989，〈竹簡卜筮與商周甲骨〉，《鄭州大學學報》1989：2，鄭州：鄭州大學。

5. 周鳳五，1995，《包山二號楚墓出土卜筮祭禱簡研究》，行政院國家科學委員會專題研究計畫成果報告，臺北。

6. 周鳳五，1998，《望山楚簡研究》，行政院國家科學委員會專題研究計畫成果報告，臺北。

7. 連劭名，1986，〈望山楚簡中的「習卜」〉，《江漢論壇》1986：11，武昌：《江漢論壇》編輯部。

8. 陳偉，1996，〈試論包山楚簡所見的卜筮制度〉，《江漢考古》1996：1，武漢：《江漢考古》編輯部。

9. 陳偉，1997，〈望山楚簡所見的卜筮與禱詞——與包山楚簡相對照〉，《江漢考古》1997：2，武漢：《江漢考古》編輯部。

10. 黃人二，1996，《戰國包山卜筮祝禱簡研究》，國立臺灣大學中國文學研究所碩士論文。

11. 彭浩，1991，〈包山二號楚墓卜筮和祭禱竹簡的初步研究〉，《包山楚墓》，北京：文物出版社。（又收入《楚文化研究論集》第 2 集）

12. 許道勝，1994，〈包山 2 號墓竹簡卦畫初探〉，《楚文化研究論集》第 4 集，河南：河南人民出版社。

13. 許學仁，1993，〈戰國楚墓《卜筮》類竹簡所見「數字卦」〉，《中國文字》新 17 期，臺北：藝文印書館。

14. 工藤元男，1995，〈試論包山楚簡卜筮祭禱記錄資料的地位〉，中國出土資料研究會第一次例會論文，○○。

## 九、文　學

1. 院文清，1994，〈楚帛書與中國創世紀神話〉，《楚文化研究論集》第 4 集，河南：河南人民出版社。

2. 湯炳正，1994，〈從包山楚簡看〈離騷〉的藝術構思與意象表現〉，《文學遺產》1994：2，江蘇：江蘇古籍出版社。

3. 湯漳平，1988，〈從江陵楚墓竹簡看《楚辭・九歌》〉，《楚辭研究》，山東：齊魯書社。

4. 劉信芳，1993，〈包山楚簡神名與〈九歌〉神祇〉，《文學遺產》1993：5，江蘇：江蘇古籍出版社。

5. 劉信芳，1994，〈〈楚帛書〉與〈天問〉類征〉，《楚文化研究論集》第 3 集，湖北：湖北人民出版社。

## 十、生活文化、風俗

1. 張吟午，1997，〈楚系飲食文化述考——楚辭、楚簡、楚物所見〉，《鴻禧文物》第 2 期，臺北：鴻禧藝術文教基金會。

2. 張維持，1977，〈從戰國楚簡《遣策》看楚文化〉，《戰國楚簡研究》1977：6，廣州。

3. 劉彬徽，1993，〈包山簡研究 2 則〉，《簡帛研究》第 1 輯，北京：法律出版社。

## 十一、司法制度

1. 史杰鵬，○○，《關於包山楚簡司法文書的幾個問題》，北京大學中文系碩士論文。

2. 周鳳五，1994，〈《會㝵命案文書》——包山楚簡司法文書研究之一〉，《文史哲學報》

第 41 期，臺北：國立臺灣大學出版委員會。

3. 陳恩林、張全民，1998，〈包山「受期」簡析疑〉，《江漢考古》1998：2，武漢：《江漢考古》編輯部。

4. 陳偉，1993，〈關於包山「受期」簡的讀解〉，《江漢考古》1993：1，武漢：《江漢考古》編輯部。

5. 陳偉，1994，〈包山楚司法簡 131～139 號考析〉，《江漢考古》1994：4，武漢：《江漢考古》編輯部。

6. 陳偉，1995a，〈關於包山「疋獄」簡的幾個問題〉，《江漢考古》1995：3，武漢：《江漢考古》編輯部。

7. 陳偉，1995b，〈關於包山楚簡所見的司法制度〉，《董作賓先生百年誕辰紀念論文集》，○○。

8. 陳偉，1998，〈楚國第二批司法簡芻議〉，《簡帛研究》第 3 輯，廣西：廣西教育出版社。

9. 曹錦炎，1992，〈包山楚簡中的受期〉，中國古文字研究會第九屆學術研討會論文，南京。

10. 曹錦炎，1993，〈包山楚簡中的受期〉，《江漢考古》1993：1，武漢：《江漢考古》編輯部。

11. 彭浩，1991，〈包山楚簡反映的楚國法律與司法制度〉，《包山楚墓》，北京：文物出版社。

12. 賈繼東，1995，〈淺議包山楚簡對楚國法制研究的意義〉，《中國文物報》，11 月 5 日。

13. 賈繼東，1996a，〈《包山楚簡》中《受期》簡別解〉，《東南文化》1996：1，南京：南京博物館《東南文化》雜誌社。

14. 賈繼東，1996b，〈從出土竹簡看楚國司法職官的建置及演變〉，《江漢論壇》1996：9，武昌：《江漢論壇》編輯部。

15. 葛英會，1996，〈包山楚簡治獄文書研究〉，《南方文物》1996：2，江西：《南方文物》編輯部。

16. 劉信芳，1996，〈包山楚簡司法術語考釋〉，《簡帛研究》第 2 輯，北京：法律出版社。

## 十二、古　史

1. 李學勤，1989，〈談祝融八姓〉，《李學勤集——追溯‧考據‧古文明》，黑龍江：黑龍江教育出版社。（又收入《江漢論壇》1980：2）

2. 徐少華，1995，〈從包山楚簡論楚之始封立國——兼論有關周原卜辭的年代和史實〉，《長江文化論集》第 1 輯，武漢：湖北教育出版社。

3. 劉釗，1992，〈談包山楚簡中有關於「煮鹽於海」的重要史料〉，《中國文物報》，11 月 8 日。

## 十三、書法與字體

1. 林進忠，1989，〈長沙戰國楚帛書的書法〉，《臺灣美術》第 2 卷第 2 期，臺中：臺灣

省立美術館。

2. 林進忠，1998，〈曾侯乙墓出土文字的書法研究——附論小篆的眞實形相〉，《出土文物與書法學術研討會論文集》，臺北：中國書道學會。

3. 周鳳五，1985，《書法》，臺北：幼獅文化事業公司。

4. 徐山，1990，〈長沙子彈庫戰國楚帛書行款問題質疑〉，《考古與文物》1990：5，西安：《考古與文物》編輯部。

5. 游國慶，1996，〈楚帛書及楚域之文字書法與古璽淺探〉，《印林》第 17 卷第 1 期，臺北：佳藝美術事業有限公司。

6. 曾憲通，○○，〈湖南楚帛書和楚簡文字書法淺析〉（稿本），《西泠藝苑》，○○。〔註6〕

7. 饒宗頤，1993，〈楚帛書之書法藝術〉，《楚地出土文獻三種研究》，北京：中華書局。（又收入《楚帛書》）

8. 江村治樹，1981，〈戰國、秦漢簡牘文字的變遷〉，《東方學報》第 53 冊，日本京都：京都大學人文科學研究所。

9. 新井光風，1994a，〈包山楚簡書法的考察〉，《書法叢刊》1994：3，北京：文物出版社。

10. 新井光風，1994b，〈關於包山楚簡書法的考察〉，《中日書法史論研討會論文集》，北京：文物出版社。

11. 橫田恭三，1998，〈戰國楚系簡帛文字的變遷——以字形爲中心〉，《第三屆中國書法史論國際研討會論文集》，北京：文物出版社。

## 十四、思　想

1. 丁原植，1998，〈郭店竹簡老子的出土及其特殊意義〉，《國文天地》第 14 卷第 2 期，臺北：國文天地雜誌社。

2. 丁原植，1999，〈從出土《老子》文本看中國古典哲學的發展〉，《本世紀出土思想文獻與中國古典哲學研究兩岸學術討論會論文集》，臺北：私立輔仁大學哲學系。

3. 王中江，1999，〈郭店竹簡《老子》略說〉，《郭店楚簡研究》，遼寧：遼寧教育出版社。

4. 王葆玹，1999，〈試論郭店楚簡各篇的撰作時代及其背景——兼論郭店及包山楚墓的時代問題〉，《郭店楚簡研究》，遼寧：遼寧教育出版社。

5. 王博，1998，〈關於郭店楚墓竹簡《老子》的結構與性質——兼論其與通行本《老子》的關係〉，廣東羅浮山道家會議論文提要，廣東。

6. 白奚，1998，〈郭店儒簡與戰國黃老思想〉，廣東羅浮山道家會議論文提要，廣東。

7. 刑文，1998a，〈郭店楚簡《五行》試論〉，郭店老子國際研討會論文，美國：達特茅斯大學。

8. 刑文，1998b，〈楚簡《五行》試論〉，《文物》1998：10，北京：文物出版社。

9. 邢文，1999a，〈《孟子·萬章》與楚簡《五行》〉，《郭店楚簡研究》，遼寧：遼寧教育

---

〔註6〕據陳煒湛〈包山楚簡研究（七篇）〉，《容庚先生百年誕辰紀念文集》，記載曾氏該文將刊載於《西泠藝苑》。

出版社。

10. 邢文，1999c，〈論郭店《老子》與今本《老子》不屬一系——楚簡《太一生水》及其意義〉，《郭店楚簡研究》，遼寧：遼寧教育出版社。

11. 江林昌，1995，〈子彈庫楚帛書〈四時〉篇宇宙觀及有關問題新探——兼論古代太陽循環觀念〉，《長江文化論集》第 1 輯，武漢：湖北教育出版社。

12. 江林昌，1998，〈子彈庫楚帛書「推步規天」與古代宇宙觀〉，《簡帛研究》第 3 輯，廣西：廣西教育出版社。

13. 成中英，1998，〈自郭店楚簡老子反思道家觀點〉，廣東羅浮山道家會議論文提要，廣東。

14. 李存山，1998a，〈先秦儒家的政治倫理教科書——讀楚簡〈忠信之道〉及其他〉，《中國文化研究》冬之卷，北京：《中國文化研究》雜誌編輯部。

15. 李存山，1999b，〈從郭店楚簡看早期儒道關係〉，《郭店楚簡研究》，遼寧：遼寧教育出版社。

16. 李存山，1999c，〈讀楚簡〈忠信之道〉及其他〉，《郭店楚簡研究》，遼寧：遼寧教育出版社。

17. 李建民，1998，〈太一新證——以郭店楚簡為線索〉，1998 年 9 月 23 日午後沙龍講稿，○○。

18. 沈清松，1999，〈郭店楚簡《老子》的道論與宇宙論——相關文本的解讀與比較〉，《本世紀出土思想文獻與中國古典哲學研究兩岸學術討論會論文集》，臺北：私立輔仁大學哲學系。

19. 李零，1998，〈「三一」考〉，郭店老子國際研討會論文，美國：達特茅斯大學。

20. 李零，1999，〈三一考〉，《本世紀出土思想文獻與中國古典哲學研究兩岸學術討論會論文集》，臺北：私立輔仁大學哲學系。

21. 杜維明，1999，〈郭店楚簡與先秦儒道思想的重新定位〉，《郭店楚簡研究》，遼寧：遼寧教育出版社。

22. 李學勤，1994a，《簡帛佚籍與學術史・楚帛書研究・楚帛書中的古史與宇宙論》，臺北：時報文化出版企業有限公司。

23. 李學勤，1994b，《簡帛佚籍與學術史・楚帛書研究・楚帛書和道家思想》，臺北：時報文化出版企業有限公司。

24. 李學勤，1997，《失落的文明・楚帛書蘊含的思想觀念》，上海：上海文藝出版社。

25. 李學勤，1998a，〈荊門郭店楚簡中的《子思子》〉，《文物天地》1998：2，北京：中國文物研究所《文物天地》編輯部。（又收入《郭店楚簡研究》）

26. 李學勤，1998b，〈荊門郭店楚簡所見關尹遺說〉，《中國文物報》，4 月 8 日。（又收入《郭店楚簡研究》）

27. 李學勤，1998c，〈郭店簡與《禮記》〉，《中國哲學史》1998：4，○○。

28. 李學勤，1998d，〈從簡帛佚籍《五行》談到《大學》〉，《孔子研究》1998：3，山東：齊魯書社。

29. 李學勤，1999a，〈先秦儒家著作的重大發現〉，《郭店楚簡研究》，遼寧：遼寧教育出版社。

30. 李學勤，1999b，〈郭店楚簡與儒家經籍〉，《郭店楚簡研究》，遼寧：遼寧教育出版社。

31. 周桂鈿，1999，〈荊門竹簡〈緇衣〉校讀札記〉，《郭店楚簡研究》，遼寧：遼寧教育出版社。

32. 姜廣輝，1999，〈郭店楚簡與《子思子》——兼談郭店楚簡的思想史意義〉，《郭店楚簡研究》，遼寧：遼寧教育出版社。

33. 高明，1998，〈讀郭店《老子》〉，《中國文物報》，10 月 28 日。

34. 徐洪興，1999a，〈郭店竹簡《老子》三種對《老子》一書研究的重大發現〉，《本世紀出土思想文獻與中國古典哲學研究兩岸學術討論會論文集》，臺北：私立輔仁大學哲學系。

35. 徐洪興，1999b，〈疑古與信古——從郭店竹簡本《老子》出土回顧本世紀關於老子其人其書的爭論〉，《復旦學報》1999：1，上海：《復旦學報》編輯部。

36. 張立文，1998a，〈論郭店楚墓竹簡的篇題和天人有分思想〉，《傳統文化與現代化》1998：6，北京：中華書局。

37. 張立文，1998b，〈簡本《老子》與儒家思想的互補互濟〉，廣東羅浮山道家會議論文提要，廣東。

38. 張立文，1999a，〈《郭店楚墓竹簡》的篇題〉，《郭店楚簡研究》，遼寧：遼寧教育出版社。

39. 張立文，1999b，〈〈窮達以時〉的時與遇〉，《郭店楚簡研究》，遼寧：遼寧教育出版社。

40. 張永山，1998，〈從「太一生水」篇看先秦道家宇宙觀的演進〉，廣東羅浮山道家會議論文提要，廣東。

41. 郭沂，1998a，〈郭店楚簡〈天降大材〉（〈成之聞之〉）篇疏證〉，《孔子研究》1998：3，山東：齊魯書社。

42. 郭沂，1998b，〈從郭店楚簡《老子》看老子其人其書〉，《哲學研究》1998：7，北京：《哲學研究》雜誌社。

43. 郭沂，1998c，〈試談楚簡〈太一生水〉及其與簡本《老子》的關係〉，《中國哲學史》1998：4，○○。

44. 郭沂，1999a，〈郭店楚簡〈成之聞之〉篇疏證〉，《郭店楚簡研究》，遼寧：遼寧教育出版社。

45. 郭沂，1999b，〈楚簡《老子》與老子公案〉，《郭店楚簡研究》，遼寧：遼寧教育出版社。

46. 連劭名，1990，〈長沙楚帛書與卦氣說〉，《考古》1990：9，北京：科學出版社。

47. 連劭名，1991，〈長沙楚帛書與中國古代的宇宙論〉，《文物》1991：2，北京：文物出版社。

48. 陳來，1998，〈郭店簡可稱「荊門禮記」〉，《人民政協報》，8 月 3 日。

49. 陳來，1999，〈荊門竹簡之〈性自命出〉篇初探〉，《郭店楚簡研究》，遼寧：遼寧教育出版社。

50. 陳明，1999，〈唐虞之道與早期儒家的社會理念〉，《郭店楚簡研究》，遼寧：遼寧教育出版社。

51. 許抗生，1999，〈初讀郭店竹簡《老子》〉，《郭店楚簡研究》，遼寧：遼寧教育出版社。

52. 郭梨華，1999，〈簡帛五行篇中的禮樂考述〉，《本世紀出土思想文獻與中國古典哲學研究兩岸學術討論會論文集》，臺北：私立輔仁大學哲學系。

53. 莊萬壽，1999，〈太一與水之思想探究——《太一生水》楚簡之初探〉，《本世紀出土思想文獻與中國古典哲學研究兩岸學術討論會論文集》，臺北：私立輔仁大學哲學系。

54. 陳鼓應，1998a，〈初讀簡本《老子》〉，郭店老子國際研討會論文，美國：達特茅斯大學。

55. 陳鼓應，1998b，〈初讀簡本《老子》〉，《文物》1998：10，北京：文物出版社。

56. 陳寧，1998，〈《郭店楚墓竹簡》中的儒家人性言論初探〉，《中國哲學史》1998：4，○○。

57. 陳麗桂，1999，〈從郭店竹簡《五行》檢視帛書《五行》說文對經文的依違情況〉，《本世紀出土思想文獻與中國古典哲學研究兩岸學術討論會論文集》，臺北：私立輔仁大學哲學系。

58. 黃占竹，1998，〈郭店老子的內容、方章及完整性問題〉，廣東羅浮山道家會議論文提要，廣東。

59. 彭林，1999，〈《郭店楚簡·性自命出》補釋〉，《郭店楚簡研究》，遼寧：遼寧教育出版社。

60. 彭浩，1998，〈郭店楚簡〈緇衣〉的分章及相關問題〉，《簡帛研究》第 3 輯，廣西：廣西教育出版社。

61. 葉海煙，1999，〈《太一生水》與莊子的宇宙觀〉，《本世紀出土思想文獻與中國古典哲學研究兩岸學術討論會論文集》，臺北：私立輔仁大學哲學系。

62. 廖名春，1998，〈從荊門楚簡論先秦儒家與《周易》的關係〉，《國際易學研究》第 4 輯，北京：華夏出版社。

63. 廖名春，1999a，〈《老子》「无為而无不為」說新證〉，《郭店楚簡研究》，遼寧：遼寧教育出版社。

64. 廖名春，1999b，〈荊門郭店楚簡與先秦儒學〉，《郭店楚簡研究》，遼寧：遼寧教育出版社。

65. 劉宗漢，1999，〈有關荊門郭店一號楚墓的兩個問題——墓主人的身份與儒道兼習〉，《郭店楚簡研究》，遼寧：遼寧教育出版社。

66. 劉樂賢，1996，〈九店楚簡日書研究〉，《華學》第 2 輯，廣州：中山大學出版社。

67. 潘小慧，1999，〈《五行》篇的人學初探〉，《本世紀出土思想文獻與中國古典哲學研究兩岸學術討論會論文集》，臺北：私立輔仁大學哲學系。

68. 錢遜，1999，〈〈六德〉諸篇所見的儒學思想〉，《郭店楚簡研究》，遼寧：遼寧教育出版社。

69. 韓東育，1998，〈《郭店楚墓竹簡·太一生水篇》與《老子》的幾個問題〉，廣東羅浮

山道家會議論文提要，廣東。

70. 魏啓鵬，1998，〈「大成若詘」考辨——讀楚簡《老子》札記之一〉，廣東羅浮山道家會議論文提要，廣東。

71. 龐樸，1998a，〈「太一生水」說〉，廣東羅浮山道家會議論文提要，廣東。

72. 龐樸，1998b，〈孔孟之間——郭店楚簡的思想史地位〉，《中國社會科學》1998：5，○○。

73. 龐樸，1998c，〈初讀郭店楚簡〉，《歷史研究》1998：4，北京：中國社會科學出版社。

74. 龐樸，1999a，〈古墓新知——漫讀郭店楚簡〉，《郭店楚簡研究》，遼寧：遼寧教育出版社。

75. 龐樸，1999b，〈孔孟之間——郭店楚簡中的儒家心性說〉，《郭店楚簡研究》，遼寧：遼寧教育出版社。

76. 龐樸，1999c，〈竹帛《五行》篇比較〉，《郭店楚簡研究》，遼寧：遼寧教育出版社。

77. 龐樸，1999d，〈《語叢》臆說〉，《郭店楚簡研究》，遼寧：遼寧教育出版社。

78. 龐樸，1999e，〈竹帛《五行》篇與思孟五行說〉，《本世紀出土思想文獻與中國古典哲學研究兩岸學術討論會論文集》，臺北：私立輔仁大學哲學系。

79. 饒宗頤，1993a，〈帛書丙篇與日書合證〉，《楚地出土文獻三種研究》，北京：中華書局。

80. 饒宗頤，1993b，〈論楚帛書之二槃（氣）與魂魄二元觀念及漢初之宇宙生成論〉，《楚地出土文獻三種研究》，北京：中華書局。

81. 饒宗頤，1993c，〈楚帛書之內涵及其性質試說〉，《楚地出土文獻三種研究》，北京：中華書局。（又收入《楚帛書》）

82. 饒宗頤，1993d，〈楚帛書象緯解〉，《楚地出土文獻三種研究》，北京：中華書局。

83. 饒宗頤，1993e，〈楚帛書與〈道原篇〉〉，《道家文化研究》第 3 輯，上海：古籍出版社。

84. 饒宗頤，1994，〈楚帛書與道家思想〉，《道家文化研究》第 5 輯，上海：古籍出版社。

85. 饒宗頤，1998，〈從新資料追蹤先代者老的「重言」——儒道學脈試論〉，「中國文化與二十一世紀」國際學術研討會，香港：香港中文大學。

86. 躍進，1998，〈振奮人心的考古發現——略說郭店楚簡的學術史意義〉，《文史知識》1998：8，北京：中華書局。

87. 雷敦龢，1999，〈郭店《老子》：一些前提的討論〉，《本世紀出土思想文獻與中國古典哲學研究兩岸學術討論會論文集》，臺北：私立輔仁大學哲學系。

## 十五、竹　書

1. 中山大學古文字研究室楚簡整理小組，1976〈一篇浸透著奴隸主思想的反面教材——談信陽長臺關出土的竹書〉，《文物》1976：6，北京：文物出版社。（又收入《戰國楚簡研究》第 1 期）

2. 王博，1998a，〈帛書《五行》與先秦儒家《詩學》〉，郭店老子國際研討會論文，美國：達特茅斯大學。

3. 王博，1998b，〈荊門郭店竹簡與先秦儒家經學〉，郭店老子國際研討會論文，美國：

達特茅斯大學。

4. 王博，1998c，〈郭店《老子》爲什麼有三組〉，郭店老子國際研討會論文，美國：達特茅斯大學。

5. 史樹青，1963，〈信陽長臺關出土竹書考〉，《北京師範大學學報》1963：4，北京：北京師範大學出版社。

6. 左鵬，1995，〈荊門竹簡《老子》出土意義〉，《中國文物報》，6 月 25 日。

7. 李家浩，1998，〈關於郭店《老子》乙組一支殘簡的拼湊〉，《中國文物報》，10 月 28 日。

8. 李學勤，1957，〈信陽楚墓中發現最早的戰國竹書〉，《光明日報》，11 月 27 日。

9. 李學勤，1990，〈長臺關竹簡中的《墨子》佚篇〉，《徐中舒先生九十壽辰紀念文集》，四川：巴蜀書社。（又收入《簡帛佚籍與學術史》）

10. 姜元媛，1999，《《老子道德經》版本的比較——以郭店楚墓竹簡爲研討中心》，臺北：私立淡江大學教育資料科學學系碩士論文。

11. 崔仁義，1997a，〈試論荊門竹簡《老子》的年代〉，《荊門大學學報》1997：2，荊門市：《荊州大學學報》編輯部。

12. 崔仁義，1997b，〈荊門楚墓出土的竹簡《老子》初探〉，《荊門社會學報》1997：5，荊門市。

13. 崔仁義，1998，《荊門郭店楚簡老子研究》，北京：科學出版社。

14. 彭浩，1996，〈論郭店楚簡中的老學著作〉，《中國出土資料研究會會報》第 4 號，日本。

15. 彭浩，1998a，〈談郭店《老子》分章和章次〉，《中國文物報》，10 月 28 日。

16. 彭浩，1998b，〈關於郭店楚簡《老子》整理工作的幾點說明〉，郭店老子國際研討會論文，美國：達特茅斯大學。

17. 廖名春，1998，〈郭店楚簡儒家著作考〉，《孔子研究》1998：3，山東：齊魯書社。

18. 劉祖信、崔仁義，1995，〈荊門竹簡《老子》并非對話體〉，《中國文物報》，8 月 20 日。

19. 羅浩，1998，〈郭店老子對文研究中一些方法論問題〉，郭店老子國際研討會論文，美國：達特茅斯大學。

## 十六、器物名稱與形制

1. 李家浩，1994，〈包山二六六號簡所記木器考〉，《國學研究》第 2 卷，北京：北京大學出版社。

2. 李家浩，1995，〈包山楚簡中的旌旆及其他〉，《第二屆國際中國古文字學研討會論文集（續編）》，香港：香港中文大學中國語言及文學系。

3. 李家浩，1998，〈包山楚簡中的「枳」〉，《徐中舒先生百年誕辰紀念文集》，四川：巴蜀書社。

4. 李家浩，1998，〈信陽楚簡「樂人之器」研究〉，《簡帛研究》第 3 輯，廣西：廣西教育出版社。

5. 袁國華，1995，〈包山楚簡遣策所見「房𦥑」、「亥鑐」等器物形制考〉，《第六屆中國

文字學全國學術研討會論文集》，臺北：中國文字學會。

6. 陳建樑，1994，〈馬山墓所出「緻衣」研究〉，《故宮學術季刊》第 12 卷第 4 期，臺北：國立故宮博物院。

7. 劉信芳，1997a，〈楚簡器物釋名（上篇）〉，《中國文字》新 22 期，臺北：藝文印書館。

8. 劉信芳，1997b，〈楚簡器物釋名（下篇）〉，《中國文字》新 23 期，臺北：藝文印書館。

9. 蕭聖中，1997，〈略論曾侯乙墓遣策中的車馬制度〉，《鴻禧文物》第 2 期，臺北：鴻禧藝術文教基金會。

## 十七、遣　策

1. 胡雅麗，1991，〈包山二號楚墓遣策初步研究〉，《包山楚墓》，北京：文物出版社。

2. 陳偉，1996，〈關於包山楚簡中的喪葬文書〉，《考古與文物》1996：2，西安：《考古與文物》編輯部。

3. 彭浩，1988，〈楚墓中的遣策與葬制〉，楚國歷史與文化國際學術討論會論文，○○。

4. 彭浩，1996，〈戰國時期的遣策〉，《簡帛研究》第 2 輯，北京：法律出版社。

5. 劉信芳，1992，〈包山楚簡遣策研究拾遺〉，《中國文物報》，3 月。

## 十八、氏族人物

1. 巫雪如，1996，《包山楚簡姓氏研究》，國立臺灣大學中國文學研究所碩士論文。

2. 李學勤，1988，〈論包山簡中一楚先祖名〉，《文物》1988：8，北京：文物出版社。（又收入《李學勤集——追溯・考據・古文明》）

3. 林河，1982，〈從楚簡考證侗族與楚苗之間關係〉，《貴州民族研究》1982：1，貴州。

4. 陳偉，1996，〈包山楚簡所見幾種身分的考察〉，《湖北大學學報》1996：1，武昌：《湖北大學學報》編輯部。

5. 許學仁，1993，〈包山楚簡所見之楚先王先公考〉，《魯實先先生學術討論會論文集》，臺北：臺灣師範大學國文系所、中國文字學會。

6. 舒之梅、劉信芳，1995，〈包山楚簡人名研究 6 則〉，《長江文化論集》第 1 輯，武漢：湖北教育出版社。

7. 黎子耀，1989，〈包山竹簡楚先祖名與《周易》的關系〉，《杭州大學學報》1996：1，杭州：《杭州大學學報》編輯部。

8. 劉信芳，1995，〈《包山楚簡》中的幾支楚公族試析〉，《江漢論壇》1995：1，武昌：《江漢論壇》編輯部。

## 十九、研究史

1. 王建蘇，1992，〈包山楚簡研究述要〉，《江漢論壇》1992：11，武昌：《江漢論壇》編輯部。

2. 李運富，1996，〈楚國簡帛文字研究概況〉，《江漢考古》1996：3，武漢：《江漢考古》編輯部。

3. 李運富，1997，〈楚國簡帛文字有關論著目錄彙編〉，《中國出土資料研究》創刊號，日本。

4. 許學仁，1998，〈長沙子彈庫戰國楚帛書研究文獻要目〉，第九屆中國文字學全國學術研討會，臺北：國立臺灣師範大學國文學系、中國文字學會。

5. 曾憲通，1985，〈楚帛書研究四十年〉，《楚帛書》，香港：中華書局。

6. 曾憲通，1993，〈楚帛書研究述要〉，《楚地出土文獻三種研究》，北京：中華書局。（又收入《楚帛書》）

7. 劉彬徽，1994，〈楚帛書出土五十周年紀論〉，《楚文化研究論集》第 4 集，河南：河南人民出版社。

## 二十、書評

1. 李贏，○○，〈評巴納《楚帛書文字的韻與律》〉，《中國文化研究所學報》4 卷 2 期，香港。

2. 郭德維，1997，〈《包山楚簡初探》評介〉，《江漢考古》1997：1，武漢：《江漢考古》編輯部。

3. 彭浩，1998，〈評《包山楚簡初探》〉，《中國文物報》，2 月 11 日。

4. 劉釗，1998，〈值得推薦的一本好書——《包山楚簡初探》讀後〉，《史學集刊》1998：1，長春：吉林大學《史學集刊》編輯委員會。

5. 蘇瑞，1998，〈戰國時期國別文字構形系統研究的開拓之作——讀李運富《楚國簡帛文字構形系統研究》〉，《簡帛研究》第 3 輯，廣西：廣西教育出版社。

6. 藤田勝久，1998，〈包山楚簡研究的新階段——陳偉著《包山楚簡初探》〉，《中國出土資料研究》《中國出土資料研究》第二號，日本。

## 二十一、其　他

1. 王博，1998a，〈郭楚簡研究述評〉，《民族藝術》1998：3，○○。

2. 王博，1998b，〈郭店楚簡與國際漢學〉，《書品》1998：4，北京：中華書局。

3. 刑文，1998，〈郭店楚簡與國際漢學〉，《書品》1998：4，北京：中華書局。

4. 刑文、李縉雲，1998，〈郭店《老子》國際研討會綜述〉，《文物》1998：9，北京：文物出版社。

5. 李伯謙，1998，〈楚文化源流述略〉，郭店老子國際研討會論文，美國：達特茅斯大學。

6. 周鳳五，1996，〈包山楚簡《集箸》《集箸言》析論〉，《中國文字》新 21 期，臺北：藝文印書館。

7. 姜廣輝，1999，〈郭店一號墓墓主是誰？〉，《郭店楚簡研究》，遼寧：遼寧教育出版社。

8. 陳偉武，1998，〈從簡帛文獻看古代生態意識〉，《簡帛研究》第 3 輯，廣西：廣西教育出版社。

9. 劉信芳，1997，〈九店楚簡日書與秦簡日書比較研究〉，《第三屆國際中國古文字學研討會論文集》，香港：香港中文大學中國文化研究所中國語言及文學系。

10. 劉彬徽，1996，〈楚金文和竹簡的新發現與研究〉，《于省吾教授百年誕辰紀念文集》，長春：吉林大學。

11. 鮑則岳，1998，〈中國古代手寫本整理校訂工作的幾項基本原則〉，郭店老子國際研討會論文，美國：達特茅斯大學。

12. 饒宗頤，1997，〈在開拓中的訓詁學──從楚簡易經談到新編《經典釋文》的建議〉，《第一屆國際暨第三屆全國訓詁學學術研討會論文》，高雄：國立中山大學中國文學系。

13. 大西克也，1998，〈楚簡語法札記（2 則）〉，紀念徐中舒先生誕辰百年暨國際漢語古文字學研討會論文，四川。

14. 巴納，1988，〈繒書週邊十二肖圖研究〉，《中國文字》新 12 冊，臺北：藝文印書館。

# 附錄二　引用器銘著錄索引

## 第一冊


留鎛（《集成》15）
秦王鐘（《集成》37）
𪒠篙鐘（《集成》38）
楚公冢鐘（《集成》42～45）
鼄君鐘（《集成》50）
嘉賓鐘（《集成》51）
楚王領鐘（《集成》53）
楚王鐘（《集成》72）
敬事天王鐘（《集成》73～81）
楚王酓章鎛（《集成》85）
䏰孫鐘（《集成》93～101）
邾公釛鐘（《集成》102）
楚公逆鐘（《集成》106）
子璋鐘（《集成》113～119）
者沪鐘（《集成》121～132）
越王者旨於睗鐘（《集成》144）
鼄公牼鐘（《集成》149～152）
𪓐羌鐘（《集成》157～161）
𥫱叔之仲子平鐘（《集成》172～180）
南宮乎鐘（《集成》181）
郐王子旃鐘（《集成》182）
余贎逐兒鐘（《集成》183～186）
者减鐘（《集成》193～202）
沇兒鎛（《集成》203）
克鐘（《集成》204～208）
蔡侯紐鐘（《集成》210～218）
蔡侯墓殘鐘四十七片（《集成》224）
郘黛鐘（《集成》225～237）
虢叔旅鐘（《集成》238～244）
鼄公華鐘（《集成》245）
𤼈鐘（《集成》246～259）
㝬鐘（《集成》260）
王孫遺者鐘（《集成》261）
秦公鐘（《集成》262～266）
秦公鎛（《集成》267～270）
齊侯鎛（《集成》271）
叔尸鐘（《集成》272～284）
叔尸鎛（《集成》285）

**第二冊**

曾侯乙鐘（《集成》286～349）　　其次句鑃（《集成》421～422）

姑馮昏同之子句鑃（《集成》424）　　冉鉦鍼（《集成》428）

**第三冊**

右戲仲夔父鬲（《集成》668）　　伯頵父鬲（《集成》719）

陳公子叔邍父甗（《集成》947）　　但盤埶匕（《集成》976）

魚鼎匕（《集成》980）　　得鼎（《集成》1476）

正昜鼎（《集成》1500）

**第四冊**

冂父乙方鼎（《集成》1543）　　集剞鼎（《集成》1807）

叔我鼎（《集成》1930）　　集脰大子鼎（《集成》2095）

無臭鼎（《集成》2098～2099）　　邵王之諻鼎（《集成》2288）

曾侯乙鼎（《集成》2290～2295）　　鑄客鼎（《集成》2296）

脰所悇鼎（《集成》2302）　　墉夜君成鼎（《集成》2305）

瓦鼎（《集成》2380）　　己華父鼎（《集成》2418）

樂鼎（《集成》2419）　　曾侯仲子斿父鼎（《集成》2423～2424）

蔡侯鼎（《集成》2441）　　鑄客鼎（《集成》2480）

**第五冊**

函皇父鼎（《集成》2548）　　鄭子孝鼎（《集成》2574）

伯夏父鼎（《集成》2584）　　魯大左嗣徒元鼎（《集成》2592～2593）

廿七年大梁司寇鼎（《集成》2609～2610）楚王酓肯鼎（《集成》2623）

曩侯弟鼎（《集成》2638）　　麥方鼎（《集成》2706）

王子吳鼎（《集成》2717）　　衛鼎（《集成》2733）

曾子仲宣鼎（《集成》2737）　　蔡大師鼎（《集成》2738）

曾子斿鼎（《集成》2757）　　作冊大方鼎（《集成》2758～2761）

卅二年坪安君鼎（《集成》2764）　　刺鼎（《集成》2776）

史獸鼎（《集成》2778）　　師同鼎（《集成》2779）

哀成叔鼎（《集成》2782）　　七年趞曹鼎（《集成》2783）

史頌鼎（《集成》2787～2788）　　坪安君鼎（《集成》2793）

楚王酓忎鼎（《集成》2794～2795）　小克鼎（《集成》2796～2802）

大鼎（《集成》2807～2808）　　師旂鼎（《集成》2809）

王子午鼎（《集成》2811）　　師望鼎（《集成》2812）

無叀鼎（《集成》2814）　　屬攸从鼎（《集成》2818）

善鼎（《集成》2820）　　此鼎（《集成》2821～2823）

頌鼎（《集成》2827～2829）　　九年衛鼎（《集成》2831）

禹鼎（《集成》2834）　　多友鼎（《集成》2835）

大克鼎（《集成》2836）　　大盂鼎（《集成》2837）

小盂鼎（《集成》2839）　　智鼎（《集成》2838）

中山王譻鼎（《集成》2840）　　毛公鼎（《集成》2841）

**第六冊**

宜陽右倉簋（《集成》3398）　　伯矩簋（《集成》3532～3533）

媵仲簋（《集成》3620）　　邵王之諻簋（《集成》3634～3635）

**第七冊**

己侯簋（《集成》3772）　　散伯簋（《集成》3777～3780）

伯嘉父簋（《集成》3837～3839）　過伯簋（《集成》3907）

是要簋（《集成》3910）　　禾簋（《集成》3939）

伯䚄簋（《集成》3943）　　史臨簋（《集成》4030～4031）

陸逆簋（《集成》4096）　　賢簋（《集成》4104～4106）

命簋（《集成》4112）

**第八冊**

利簋（《集成》4131）　　函皇父簋（《集成》4141～4143）

鄶侯少子簋（《集成》4152）　　癲簋（《集成》4170～4177）

陸貯簋蓋（《集成》4190）　　膏簋（《集成》4194）

蔡姞簋（《集成》4198）　　小臣宅簋（《集成》4201）

遹簋（《集成》4207）　　段簋（《集成》4208）

衛簋（《集成》4209～4212）　　師遽簋蓋（《集成》4214）

追簋（《集成》4219～4221）　　　無㠱簋（《集成》4225～4226）

楚簋（《集成》4246）　　　　　　廿七年衛簋（《集成》4256）

天亡簋（《集成》4261）　　　　　格伯簋（《集成》4262～4263）

申簋蓋（《集成》4267）　　　　　靜簋（《集成》4273）

豆閉簋（《集成》4276）　　　　　爾比簋蓋（《集成》4278）

師酉簋（《集成》4288～4291）　　五年召伯虎簋（《集成》4292）

六年召伯虎簋（《集成》4293）　　彔伯㲅簋蓋（《集成》4302）

此簋（《集成》4303～4310）　　　師𡊅簋（《集成》4313～4314）

秦公簋（《集成》4315）　　　　　師虎簋（《集成》4316）

鈇簋（《集成》4317）　　　　　　㲅簋（《集成》4322）

番生簋蓋（《集成》4326）　　　　不娶簋（《集成》4328）

沈子它簋蓋（《集成》4330）　　　頌簋（《集成》4332～4335）

頌簋蓋（《集成》4336）　　　　　班簋（《集成》4341）

**第九冊**

叔倉盨（《集成》4351）　　　　　易叔盨（《集成》4390）

蓼生盨（《集成》4459～4461）　　㠱伯子㝬父盨（《集成》4442～444）

曾侯乙簠（《集成》4495～4496）　曾子㠱簠（《集成》4528～4529）

楚王酓肯簠（《集成》4549～4551）齊陳曼簠（《集成》4595～4596）

考叔𦙶父簠（《集成》4508～4609）鄴子妝簠（《集成》4616）

楚屈子赤角簠蓋（《集成》4612）　齊侯敦（《集成》4638～4639）

王子申盞（《集成》4643）　　　　鑄客豆（《集成》4675～4679）

大師盧豆（《集成》4269）　　　　鄴陵君王子申豆（《集成》4694～4695）

**第十冊**

豚卣（《集成》5365）　　　　　　作冊瞏卣（《集成》5407）

靜卣（《集成》5408）　　　　　　保卣（《集成》5415）

召卣（《集成》5416）　　　　　　彔㲅卣（《集成》5419～5420）

士上卣（《集成》5421）　　　　　競卣（《集成》5425）

庚嬴卣（《集成》5426）　　　　　作冊益卣（《集成》5427）

效卣（《集成》5433）

## 第十一冊

見尊（《集成》5812）　　伯矩尊（《集成》5846）

## 第十四冊

酉父辛爵（《集成》8623）　　己並父丁爵（《集成》8898～8900）

過伯作彝爵（《集成》8991）　　宰㮚角（《集成》9105）

## 第十五冊

蒲𣄼父乙盉（《集成》9370）　　楚叔之孫途盉（《集成》9426）

麥盉（《集成》9451）　　士上盉（《集成》9454）

長由盉（《集成》9455）　　裘衛盉（《集成》9456）

皆作障壺（《集成》9535）　　繳宏君扁壺（《集成》9606）

東周左𠂤壺（《集成》9640）　　史僕壺（《集成》9653）

徫公左𠂤方壺（《集成》9660）　　趙孟庎壺（《集成》9678～9679）

陸喜壺（《集成》9700）　　陳璋方壺（《集成》9703）

晸公壺（《集成》9704）　　曾姬無卹壺（《集成》9710～9711）

曾伯陭壺（《集成》9712）　　𢼸季良父壺（《集成》9713）

杕氏壺（《集成》9715）　　史懋壺（《集成》9714～9715）

令狐君嗣子壺（《集成》9719～9720）　幾父壺（《集成》9721～9722）

洹子孟姜壺（《集成》9729～9730）　頌壺（《集成》9731）

庚壺（《集成》9733）　　𡚾畚壺（《集成》9734）

中山王𧊒方壺（《集成》9735）

## 第十六冊

師遽方彝（《集成》9897）　　吳方彝蓋（《集成》9898）

盠方彝（《集成》9899～9900）　　秦苛朕勺（《集成》9931～9932）

佣缶（《集成》9988）　　蔡侯𦉢缶（《集成》9992～9994）

眞盤（《集成》10091）　　徐王義楚盤（《集成》10099）

楚王酓肯盤（《集成》10100）　　齊侯盤（《集成》10117）

楚季哶盤（《集成》10125）　　伯侯父盤（《集成》10129）

楚王酓忎盤（《集成》10158）　　中子化盤（《集成》10137）

毛叔盤（《集成》10145） 楚嬴盤（《集成》10148）

函皇父盤（《集成》10164） 守宮盤（《集成》10168）

蔡侯盤（《集成》10171） 袁盤（《集成》10172）

虢季子白盤（《集成》10173） 兮甲盤（《集成》10174）

史墻盤（《集成》10175） 散氏盤（《集成》10176）

王子㝵匜（《集成》10190） 周娈匜（《集成》10218）

楚嬴匜（《集成》10273） 吳王光鑑（《集成》10298）

郑陵君鑑（《集成》10297） 齊侯盂（《集成》10318）

宻桐盂（《集成》10320） 郘子行盆（《集成》10330）

子諆盆（《集成》10355） 國差罐（《集成 10361》）

陞純釜（《集成 10371》） 郾客問量（《集成》10373）

子禾子釜（《集成》10374） 兆域圖銅版（《集成》10478）

## 第十七冊

竝开戈（《集成》10851） 玄翏戈（《集成》10970）

平阿左戈（《集成》11001） 自作用戈（《集成》11028）

攻敔王光戈（《集成》11029） 楚公豪戈（《集成》11064）

斂戟（《集成》11092） 子賏之用戈（《集成》11100）

曹公子沱戈（《集成》11120） 宋公得戈（《集成》11131）

宋公戀戈（《集成》11132） 蔡侯產戈（《集成》11143～11144）

攻敔王光戈（《集成》11151） 楚王孫漁戈（《集成》11152～11153）

口君戈（《集成》11157） 新弨戟（《集成》11161）

郑大司馬戈（《集成》11206） 王子孜戈（《集成》11207～11208）

吳王光戈（《集成》11255～11257） 番仲戈（《集成》11261）

越王者旨於賜戈（《集成》11310～11311） 梁伯戈（《集成》11346）

楚王酓璋戈（《集成》11381） 八年相邦呂不韋戈（《集成》11395）

## 第十八冊

戉王州句矛（《集成》15535） 富奠劍（《集成》11589）

戉王者旨於賜劍（《集成》11596～11600） 蔡侯產劍（《集成》11602～11604）

攻郚王光劍（《集成》11620） 戉王州句劍（《集成》11622～11632）

吳季子之子逞劍（《集成》11640）
戉王劍（《集成》11644～11650）
虡公劍（《集成》11663）
六年安平守鈹（《集成》11671）
少虡劍（《集成》11696～11698）
姑發□反劍（《集成》11718）
郘大叔斧（《集成》11789～11788）
鄂君啓車節（《集成》12110～12112）
鄂君啓舟節（《集成》12113）
楚尙車轄（《集成》12022）

# 附錄三 古今《老子》版本釋文對照表

## 凡 例

一、對照表的章次順序，悉依照中華書局《老子》王弼注本所載，第一欄爲今本《老子》，第二欄爲馬王堆漢墓帛書《老子》甲本，第三欄爲馬王堆漢墓帛書《老子》乙本，第四欄爲郭店楚簡《老子》。在古本釋文後面皆列出序號，馬王堆漢墓帛書《老子》的序號，引自國家文物局古文獻研究室編著《馬王堆漢墓帛書》（壹），書中所附帛書《老子》圖片的編號；郭店楚簡《老子》的序號，引自《郭店楚墓竹簡》的竹簡編號。

二、古本《老子》的隸定字形，基本上以《馬王堆漢墓帛書》（壹）與《郭店楚墓竹簡》之《老子》釋文爲準。

## 第一章

| |
|---|
| 道可道非常道名可名非常名無名天地之始有名萬物之母故常無欲以觀其妙常有欲以觀其徼此兩者同出而異名同謂之玄玄之又玄眾妙之門 |
| ・道可道也非恆道也名可名也非恆名也无名萬物之始也有名萬物之母也口恆無欲也以觀其眇恆有欲也以觀其所嗷兩者同出異名同胃玄之有玄眾眇之口（93～94） |
| 道可道也□□□□□□□□□□恆名也无名萬物之始也有名萬物之母也故恆无欲也□□□□恆又欲也以觀亓所嗷兩者同出異名同胃玄之又玄眾眇之門（218上～218下） |

## 第二章

| |
|---|
| 天下皆知美之爲美斯惡已皆知善之爲善斯不善已故有無相生難易相成長短相較高下相傾音聲相和前後相隨是以聖人處無爲之事行不言之教萬物作焉而不辭生而不有爲而不恃功成而弗居夫唯弗居是以不去 |

天下皆知美爲美惡已皆知善皆不善矣有无之相生也難易之相成也長短之口口也高下之相盈也意聲之相和也先後之相隋恆也是以聲人居无爲之事行口口口口口口口口口也爲而弗口口口功而弗居也夫唯居是以弗去（95〜97）

天下皆知美之爲美亞已皆知善斯不善矣口口口口生也難易之相成也長短之相刑也高下之相盈也音聲之相和也先後之相隋恆也是以耴人居无爲之事行不言之教萬物昔而弗始爲而弗侍也成口而弗居也夫唯弗居是以弗去（218下〜220上）

天下皆智旤之爲娍也亞已皆智善此丌不善已又亡之相生也戁惕之相成也長耑之相型也高下之相呈也音聖之相和也先後之相墮也是以聖人居亡爲之事行不言之孝萬勿复而弗忖也爲而弗志也成而弗居天唯弗居也是以弗去也（甲15〜18）

## 第三章

不尙賢使民不爭不貴難得之貨使民不爲盜不見可欲使民心不亂是以聖人之治虛其心實其腹弱其志強其骨常使民無知無欲使夫智者不敢爲也爲無爲則無不治

不上賢口口口口口口口口口口口口口口口口口口使民不口是以聲人之口口口口口口口口口口口口口口口口口口口口口口口口口口口口口口口口口口（97〜99）

不上賢使民不爭不貴難得之貨使民不爲盜不見可欲使民不亝是以耴人之治也虛亓心實亓腹弱亓志強亓骨恆使民无知无欲也使夫口不敢弗爲而已則无不治矣（220上〜221上）

## 第四章

道沖而用之或不盈淵兮似萬物之宗挫其銳解其紛和其光同其塵湛兮似或存吾不知誰之子象帝之先

口口口口口口盈也瀟呵始萬物之宗銼其解其紛和其口同口口口口口或存吾不知口子也象帝之先（99〜101）

道沖而用之有弗盈也淵呵怡萬物之宗銼亓兌解亓芬和亓光同亓塵湛呵怡或存吾不知亓誰之子也象帝之先（221上〜221下）

## 第五章

天地不仁以萬物爲芻狗聖人不仁以百姓爲芻狗天地之間其猶橐籥乎虛而不屈動而愈出多言數窮不如守中

天地不仁以萬物爲芻狗聲人不仁以百姓口口狗天地口口口猶橐籥與虛而不涅蹱而俞出多聞數窮不若守於中（101〜102）

天地不仁以萬物爲芻狗耴人不仁口口口爲芻狗天地之閒亓猷橐籥與虛而不涅動而俞出多聞數窮不若守於中（221下〜222上）

| 天陘之勿丌猷口籊與虛而不屈潼而愈出（甲 23） |
| --- |

## 第六章

| 谷神不死是謂玄牝玄牝之門是謂天地根綿綿若存用之不勤 |
| --- |
| 浴神口死是胃玄＝牝＝之門是口口地之根緜＝呵若存用之不堇（102～103） |
| 浴神不死是胃玄＝牝＝之門是胃天地之根緜＝呵亓若存用之不堇（222 上～222 下） |

## 第七章

| 天長地久天地所以能長且久者以其不自生故能長生是以聖人後其身而身先外其身而身存非以其無私邪故能成其私 |
| --- |
| 天長地久天地之所以能口且久者以其不自生也故能長生是以聲人芮其身而身先外其身而身存不以其无口與故能成其口（103～105） |
| 天長地久天地之所以能長且久者以亓不口生也故能長生是以耵人退亓身而身先外亓身而身先外亓身而身存不以亓无私與故能成亓私（222 下～223 下） |

## 第八章

| 上善若水水善利萬物而不爭處眾人之所惡故幾於道居善地心善淵與善仁言善信正善治事善能動善時夫唯不爭故無尤 |
| --- |
| 上善口水＝善利萬物而有靜居眾之所惡故口口口口口口心善瀟予善信正善治事善能躤善時夫唯不靜故无尤（105～106） |
| 上善如水＝善利萬物而有爭居眾人之所亞故幾於道矣居善地心善淵予善天言善信正善治事善能動善時夫唯不爭故无尤（223 下～224 上） |

## 第九章

| 持而盈之不如其已揣而梲之不可長保金玉滿堂莫之能守富貴而驕自遺其咎功遂身退天之道 |
| --- |
| 植而盈之不口口口口口口口不可長葆之金玉盈室莫之守也貴富而驕自遺咎也功述身芮天口口口（106～108） |
| 植而盈之不若亓已掫而允之不可長葆也金玉口室莫之能守也貴富而驕自遺咎也功遂身退天之道也（224 上～224 下） |
| 籴而呈之不不若已湍而群之不可長保也金玉涅室莫能獸也貴福喬自遺咎也攻述身退天之道也（甲 37～39） |

## 第十章

| 載營魄抱一能無離乎專氣致柔能嬰兒乎滌除玄覽能無疵乎愛民治國能無知乎天門開闔能無雌乎明白四達能無為乎生之畜之生而不有為而不恃長而不宰是謂玄德 |
| --- |

□□□□□□□□□□□□能嬰兒乎脩除玄藍能毋疵乎□□□□□□□
□□□□□□□□□□□□□生之畜之生而弗□□□□□□
□□□德（108～110）

戴營袙抱一能毋離乎槫氣至柔能嬰兒乎脩除玄監能毋有疵乎愛民栝國能毋
以知乎天門啓□能爲雌乎明白四達能毋以知乎生之畜之生而弗有長而弗宰
也是胃玄德（224下～225下）

## 第十一章

三十輻共一轂當其無有車之用埏埴以爲器當其無有器之用鑿戶牖以爲室當
其無有室之用故有之以爲利無之以爲用

卅□□□□□其□□□之用□然埴□□當其无有埴器□□□□□□□□无
有□□用也故有之以爲利无之以爲用（110～111）

卅楅同一轂當亓无有車之用也然埴而爲器當亓无有埴器之用也鑿戶牖當亓
无有室之用也故有之以爲利无之以爲用（225下～226下）

## 第十二章

五色令人目盲五音令人耳聾五味令人口爽馳騁畋獵令人心發狂難得之貨令
人行妨是以聖人爲腹不爲目故云去彼取此

五色使人目明馳騁田臘使人□□□難得之□使人之行方五味使人之口啉五
音使人之耳聾是以聲人之治也爲腹□□□□故去罷耳此（111～113）

五色使人目盲馳騁田臘使人心發狂難得之貨使人之行仿五味使人之口爽五
音使人之耳□是以耴人之治也爲腹而不爲目故去彼而取此（226下～227上）

## 第十三章

寵辱若驚貴大患若身何謂寵辱若驚寵爲下得之若驚失之若驚是謂寵辱若驚
何謂貴大患若身吾所以有大患者爲吾有身及吾無身吾有何患故貴以身爲天
下若可寄天下愛以身爲天下若可託天下

龍辱若驚貴大梡若身苛胃龍辱若驚龍之爲下得之若驚失□若驚是胃龍辱若
驚何胃貴大梡若身吾所以有大梡者爲吾有身也及吾无□有何梡故貴爲身於
爲天下若可以道天下矣愛以身爲天下女可以寄天下（113～115）

弄辱若驚貴大患若身何胃弄辱若驚弄之爲下也得之若驚失之若驚是胃弄辱
若驚何胃貴大患若身吾所以有大患者爲吾有身也及吾無身有何患故貴爲身
於爲天下若可以橐天下□愛以身爲天下女可以寄天下矣（227上～228下）

人態辱若纓貴大患若身可胃態辱態爲下也得之若纓遊之若纓是胃態辱纓□
□□□□若身虞所以又大患者爲虞又身返虞亡身或□□□□□□□爲天下
若可以尾天下矣怎以身爲天下若可以迲天下矣（乙5～8）

## 第十四章

| |
|---|
| 視之不見名曰夷聽之不聞名曰希摶之不得名曰微此三者不可致詰故混而爲一其上不皦其下不昧繩繩不可名復歸於無物是謂無狀之狀無物之象是謂惚恍迎之不見其首隨之不見其後執古之道以御今之有能知古始是謂道紀 |
| 視之而弗見名之曰⿱微耳聽之而弗聞名之曰希捪之而弗得命之曰夷三者不可至計故□而□□＝者其上不攸其下不⿰忄勿尋＝呵不可名也復歸於无物是胃无狀之狀无物之□□□□□□□□□□□□而不見其首執今之道以御今之有以知古始是胃□□（115～118） |
| 視之而弗見□之曰微聽之而弗聞命之曰希聽捪之而弗得命之曰夷三者不可至計故緍而爲一＝者亓上不謬亓下不⿰忄勿尋＝呵不可命也復歸於无物是胃无狀之狀无物之象是胃沕朢隋而不見亓後迎而不見亓首執今之道以御今之有以知古始是胃道紀（228 下～230 上） |

## 第十五章

| |
|---|
| 古之善爲士者微妙玄通深不可識夫唯不可識故強爲之容豫焉若冬涉川猶兮若畏四鄰儼兮其若容渙兮若冰之將釋敦兮其若樸曠兮其若谷混兮其若濁孰能濁以靜之徐清孰能安以久動之徐生保此道者不欲盈夫唯不盈故能蔽不新成 |
| □□□□□□□□□□深不可志夫唯不可志故強爲之容曰與呵其若冬□□□□□□畏四□□□其若客渙呵其若淩澤□呵其若楃湷□□□□□□□若浴濁而情之余清女以重之余生葆此道不欲盈夫唯不欲□□□□□□□成（118～122） |
| 古之□爲道者微眇玄達深不可志夫唯□可□故強爲之容曰與呵亓若冬涉水猷呵亓若畏四⿱吅女嚴呵亓若客渙呵亓若淩澤沌呵亓若樸湷呵亓若濁莊呵亓若浴濁而靜之徐清女以重之徐生葆此道□□欲盈是以能⿱敝衣而不成（230 上～231 下） |
| 長古之善爲士者必非溺玄達深不可志是以爲之頌夜⿱虍口奴冬涉川猷⿱虍口丌奴愄四⿱吅女敢⿱虍口丌奴客觀⿱虍口丌奴懌屯⿱虍口丌奴樸坉⿱虍口亓奴濁竺能濁以朿者⿰爿酉舍清竺能庀以迬者⿰爿酉舍生保此衍者不谷⿰立尚呈（甲 8～10） |

## 第十六章

| |
|---|
| 致虛極守靜篤萬物並作吾以觀復夫物芸芸各復歸其根歸根曰靜是謂復命復命曰常知常曰明不知常妄作凶知常容容乃公公乃王王乃天天乃道道乃久沒身不殆 |
| 至虛極也守情表也萬物旁作吾以觀其復也夫物雲＝各復歸於其□□□□□＝是胃復＝命＝常也知常明也不知常芇＝作兇知常容＝乃公＝乃王＝乃道□□□沕身不⿱山心（122～124） |
| 至虛極也守靜督也萬物旁作吾以觀亓復也夫物⿰礻云＝各復歸於亓根曰靜＝是胃復＝命＝常也知常明也不知常芒＝作□知常容＝乃公＝乃□＝□天＝乃道＝乃□□□□□（231 下～232 下） |

至虛互也獸中箮也萬勿方复居以須復也天道員＝各復亓董（甲 24）

## 第十七章

太上下知有之其次親而譽之其次畏之其次侮之信不足焉有不信焉悠兮其貴言功成事遂百姓皆謂我自然

大上下知有之其次親譽之其次畏之其下母之信不足案有不信□□其貴言也成功遂事而百省胃我自然（124～125）

□□□□□亓□親譽之亓次畏之亓次母之信不足安有不信猷呵亓貴言也成功遂事而百姓胃我自然（232 下～233 上）

大上下智又之亓即新譽之亓既悁之亓即亝之信不足安又不信猷𢼄亓貴言也成事述𧗅而百昚曰我自然也（丙 1～2）

## 第十八章

大道廢有仁義慧智出有大僞六親不和有孝慈國家昏亂有忠臣

故大道廢案有仁義知悊出案有□僞六親不和案□畜茲邦家闐乳案有貞臣（125～126）

故大道廢安有仁義知慧出安有□□六親不和安又孝茲國家闐瓜安有貞臣（233 上～233 下）

古大道夋安又悳義六新不和安又孝孿邦豪緡□□又正臣（丙 2～3）

## 第十九章

絕聖棄智民利百倍絕仁棄義民復孝慈絕巧棄利盜賊無有此三者以為文不足故令有所屬見素抱樸少私寡欲

絕聲棄知民利百負絕仁棄義民復畜茲絕巧棄利盜賊无有此三言也以為文未足故令之有所屬見素抱□□□□□（126～128）

絕耴棄知而民利百倍絕仁棄義而民復孝茲絕巧棄利盜賊无有此三言也以為文未足故令之有所屬見素抱璞少□而寡欲（233 下～234 上）

𢇍智弃卞民利百伓𢇍攴弃利覞惻亡又𢇍慮弃慮民复季子三言以為𧗅不足或命之或啻豆視索保僕少厶須欲（甲 1～2）

## 第二十章

絕學無憂唯之與阿相去幾何善之與惡相去若何人之所畏不可不畏荒兮其未央哉眾人熙熙如享太牢如春登臺我獨泊兮其未兆如嬰兒之未孩儽儽兮若無所歸眾人皆有餘而我獨若遺我愚人之心也哉沌沌兮俗人昭昭我獨昏昏俗人察察我獨悶悶澹兮其若海飂兮若無止眾人皆有以而我獨頑似鄙我獨異於人而貴於母

| |
|---|
| □□□□唯與訶其相去幾何美與惡其相去何若人之所□亦不□□□□□□□<br>□□□□□□□□若鄉於大牢而春登臺我泊焉未兆若□□□□□□□□□<br>□□□皆有餘我獨遺我禺人之心也□＝呵□□□□□□閜呵鬻人蔡＝我獨<br>閔＝呵惚呵其若□□望呵其若无所止□□□□□□□□以悝吾欲獨異於人<br>而貴食母（128～132） |
| 絕學无憂唯與呵亓相去幾何美與亞亓相去何若人之所畏亦不可以不畏人望<br>呵亓未央才眾人巸＝若鄉□大牢而春登臺我博焉未垗若嬰兒未咳纍呵佁无<br>所歸眾人皆又余我愚人之□也春＝呵鬻人昭＝我獨若閔呵鬻人察＝我獨閩<br>＝呵沕呵亓若海望呵若无所止眾人皆有以我獨門无以鄙吾欲獨異於人而貴<br>食母（234上～236上） |
| 𢿥學亡悥唯與可相去幾可𠵸與亞相去可若人𠨥＝禩亦不可以不禩（乙4～5） |

## 第二十一章

| |
|---|
| 孔德之容惟道是從道之爲物惟恍惟惚惚兮恍兮其中有象恍兮惚兮其中有物<br>窈兮冥兮其中有精其精甚眞其中有信自古及今其名不去以閱眾甫吾何以知<br>眾甫之狀哉以此 |
| 孔德之容唯道是從道之物唯望唯忽□□□呵中有象呵堅呵忽呵中有物呵潯<br>呵鳴呵中有請也其請甚眞其中□□自今及古其名不去以順眾仪吾何以知眾<br>仪之然以此（132～134） |
| 孔德之容唯道是從道之物唯望唯沕＝呵望呵中又象□望呵沕呵中有物呵幼<br>呵冥呵亓中有請呵亓請甚眞亓中有信自今及古亓名不去以順眾父吾何以知<br>眾父之然也以此（236上～237上） |

## 第二十二章

| |
|---|
| 曲則全枉則直窪則盈敝則新少則得多則惑是以聖人抱一爲天下式不自見故<br>明不自是故彰不自伐故有功不自矜故長夫唯不爭故天下莫能與之爭古之所<br>謂曲則全者豈虛言哉誠全而歸之 |
| 曲則全枉則定洼則盈敝則新少則得多則惑是以聲人執一以爲天下牧不□視<br>故明不自見故章不自伐故有功弗矜故能長夫唯不爭故莫能與之爭古□□□<br>□□□□□語才誠全歸之（136～138） |
| 曲則全汪則正洼則盈斃則新少則得多則惑是以耵人執一以爲天下牧不自視<br>故章不自見也故明不自伐故有功弗矜故能長夫唯不爭故莫能與之爭古之所<br>胃曲全者幾語才誠全歸之（237下～238下） |

## 第二十三章

| |
|---|
| 希言自然故飄風不終朝驟雨不終日孰爲此者天地天地尙不能久而況於人乎<br>故從事於道者道者同於道德者同於德失者同於失同於道者道亦樂得之同於<br>德者德亦樂得之同於失者失亦樂得之信不足焉有不信焉 |

希言自然飄風不多朝暴雨不多日孰爲此天地□□□□□□□□故從事而道者同於道德者同於德者者同於失同於□□道亦德之□□失者道亦失之（138～140）

希言自然蘲風不多朝暴雨不多日孰爲此天地而弗能久有兄於人乎故從事而道者同於道德者同於德失者同於失同於□者道亦德之同於失者道亦失之（238下～239下）

## 第二十四章

企者不立跨者不行自見者不明自是者不彰自伐者無功自矜者不長其在道也曰餘食贅行物或惡之故有道者不處

炊者不立自視不章□見者不明自伐者无功自矜者不長其在道曰粽食贅行物或惡之故有欲者□居（134～136）

炊者不立自視者不章自見者不明自伐者无功自矜者不長亓在道也曰粽食贅行物或亞之故有欲者弗居（237上～237下）

## 第二十五章

有物混成先天地生寂兮寥兮獨立不改周行而不殆可以爲天下母吾不知其名字之曰道強爲之名曰大大曰逝逝曰遠遠曰反故道大天大地大王亦大域中有四大而王居其一焉人法地地法天天法道道法自然

有物昆成先天地生繡呵繆呵獨立□□□可以爲天地母吾未知其名字之曰道強爲之名曰大□□□＝曰遠□□□□□天大地大王亦大國中有四大而王居一焉人法地□□法□□□□□法□□（140～142）

有物昆成先天地生蕭呵漻呵獨立而不玹可以爲天地母吾未知亓名也字之曰道吾強爲之名曰大＝曰筮＝曰遠＝曰反道大天大地大王亦□國中有四大而王居一焉人法地＝法天＝法道＝法自然（239下～240下）

又牆蟲成先天陞生敓纆蜀立不亥可以爲天下母未智亓名挲之曰道虗勥爲之名曰大＝曰瀓＝曰連＝曰反天大陞大道大王亦大國中又四大安王尻一安人法陞＝法天＝法道＝法自然（甲21～23）

## 第二十六章

重爲輕根靜爲躁君是以聖人終日行不離輜重雖有榮觀燕處超然奈何萬乘之主而以身輕天下輕則失本躁則失君

□爲亞根清爲趮君是以君子眾日行不離其甾重唯有環官燕處□□若＝何萬乘之王而以身亞於天下亞則失本趮則失君（142～144）

重爲輕根靜爲趮君是以君子冬日行不離亓甾重雖有環官燕處則昭若＝何萬乘之王而以身輕於天下輕則失本趮則失君（240下～241下）

## 第二十七章

善行無轍跡善言無瑕讁善數不用籌策善閉無關楗而不可開善結無繩約而不可解是以聖人常善救人故無棄人常善救物故無棄物是謂襲明故善人者不善人之師不善人者善人之資不貴其師不愛其資雖智大迷是謂要妙

善行者无爇迹口言者无瑕適善數者不以檮筭善閉者无闗籥而不可啓也善結者口口約而不可解也是以聲人恆善悇人而无棄人物无棄財是胃忡明故善口口口之師不善人善人之寶也不貴其師不愛其寶唯知乎大眯是胃眇要（144～147）

善行者无達迹善言者无瑕適善數者不用檮笀善數閉者无關籥而不可啓也善結者无繟約而口可解也是以耶人恆善悇人而无棄人物无棄財是胃申明故善＝人＝之師不善人善人之資也不貴亓師不愛亓資雖知乎大迷是胃眇要（241下～242下）

## 第二十八章

知其雄守其雌爲天下谿爲天下谿常德不離復歸於嬰兒知其白守其黑爲天下式爲天下式常德不忒復歸於無極知其榮守其辱爲天下谷爲天下谷常德乃足復歸於樸樸散則爲器聖人用之則爲官長故大制不割

知其雄守其雌爲＝天＝下＝雞＝恆＝德＝不＝離＝復歸嬰兒知其白守其辱爲＝天＝下＝浴＝恆德＝乃＝口口口口口口知其守其黑爲＝天＝下＝式＝恆＝德＝不＝貳＝復歸於无極榢散口口口口人用則爲官長夫大制无割（147～150）

知亓雄守亓雌爲＝天＝下＝雞＝恆＝德＝不＝离＝復口口口口口亓白守亓辱爲＝天＝下＝恆＝浴＝德＝乃＝足＝復歸於樸知亓白守亓口爲＝天＝下＝式＝恆＝德＝不＝貸＝復歸於无極樸散則爲器耶人用則爲官長夫大制无割（242下～244上）

## 第二十九章

將欲取天下而爲之吾見其不得已天下神器不可爲也爲者敗之執者失之故物或行或隨或歔或吹或強或羸或挫或隳是以聖人去甚去奢去泰

將欲取天下而爲之吾見其弗爲已口口口器也非可爲者也爲者敗之執者失之物或行或隨或炅或口口口口口或培或撷是以聲人去甚去大去楮（150～152）

將欲取口口口口口口口口口口得已夫天下神器也非可爲者也爲之者敗之執之者失之口口或行或隋或熱或砼或陪或撷是以聖人去甚去大去諸（244上～244下）

## 第三十章

以道佐人主者不以兵強天下其事好還師之所處荊棘生焉大軍之後必有凶年善有果而已不敢以取強果而弗矜果而勿伐果而勿驕果而不得已果而勿強物壯則老是謂不道不道早已

以道佐人主不以兵強□□□□□□□所居楚□生之善者果而已矣毋以
取強焉果而毋驕果而勿矜果而□□果而毋得已居是胃□而不強物壯而老是
胃之不＝道＝蚤已（152～154）

以道佐人主不以兵強於天下亓□□□□□□□□□生之善者果而已矣毋以
取強焉果而毋驕果而勿矜果而□伐果而毋得已居是胃□而強物壯而老胃之
不＝道＝蚤已（244下～245下）

以衍差人宝者不谷以兵強於天下善者果而已不以取強果而弗發果而弗喬果
而弗矜是胃果而不強丌事好（甲6～8）

## 第三十一章

夫佳兵者不祥之器物或惡之故有道者不處君子居則貴左用兵則貴右兵者不
祥之器非君子之器不得已而用之恬淡爲上勝而不美而美之者是樂殺人夫樂
殺人者則不可以得志於天下矣吉事尙左凶事尙右偏將軍居左上將軍居右言
以喪禮處之殺人之眾以哀悲泣之戰勝以喪禮處之

夫兵者不祥之器□物或惡之故有欲者弗居君子居則貴左用兵則貴右故兵者
非君子之器也□□不祥之器也不得已而用之銛襲爲上勿美也若美之是樂殺
人也夫樂殺人不可以得志於天下矣是以吉事上左喪事上右是以便將軍居左
上將軍居右言以喪禮居之也殺人眾以悲依立之戰勝以喪禮處之（154～158）

夫兵者不祥之器也物或亞□□□□□□□□□□□居則貴左用兵則貴右故
兵者非君子之器兵者□□□□□不得已而用之銛龍爲上勿美也若美之是樂
殺人也夫樂殺人不可以得志於天下矣是以吉事□□□□□□是以偏將軍居
左而上將軍居右言以喪禮居之也殺□□□□□□立之單朕而以喪禮處之（245
下～247下）

君子居則貴左甬兵則貴右古曰兵者□□□□□□得已而甬之銛纏爲上弗娍
也敓之是樂殺人夫樂□□□以得志於天下古吉事上左喪事上右是以卞牰軍
居左上牰軍居右言以喪豊居之也古□□□則以恲悲位之戰勑則以喪豊居之
（丙6～10）

## 第三十二章

道常無名樸雖小天下莫能臣也侯王若能守之萬物將自賓天地相合以降甘露
民莫之令而自均始制有名名亦既有夫亦將知止知止可以不殆譬道之在天下
猶川谷之於江海

道恆无名楃唯□□□□□□□□□王若能守之萬物將自賓天地相合以俞甘洛
民莫之□□□□□□□□□□□□□□□□□□□□□□□□□俾道之在□
□□□□浴之與江海也（158～161）

道恆无名樸唯小而天下弗敢臣侯王若能守之萬物將自賓天地相合以俞甘洛
□□□令而自均焉始制有名＝亦既有夫亦將知＝止＝所以不殆卑□□□天
下也猷小浴之與江海也（247下～248下）

| |
|---|
| 道亙亡名僕唯妻天隓弗敢臣侯王女能獸之萬勿𨊠自賓天隓相合也以逾甘零民莫之命天自均安訂折又名＝亦既又夫亦𨊠智＝止＝所以不訂卑道之才天下也猷少浴之與江海（甲 18～20） |

## 第三十三章

| |
|---|
| 知人者智自知者明勝人者有力自勝者強知足者富強行者有志不失其所者久死而不亡者壽 |
| 知人□□□□□□□□□□□者有力也自勝者□□□□□□也強行者有志也不失其所者久也死不忘者壽也（161～162） |
| 知人者知也自知明也朕人者有力也自朕者強也知足者富也強行者有志也不失亓所者久也死而不忘者壽也（248 下～249 上） |

## 第三十四章

| |
|---|
| 大道汜兮其可左右萬物恃之而生而不辭功成不名有衣養萬物而不爲主常無欲可名於小萬物歸焉而不爲主可名爲大以其終不自爲大故能成其大 |
| 道□□□□□□□□□□遂事而弗名有也萬物歸焉而弗爲主則恆无欲也可名於小萬物歸焉□□爲主可名於大是□聲人之能成大也以其不爲大也故能成大（162～164） |
| 道渢呵亓可左右也成功遂□□弗名有也萬物歸焉而弗爲主則恆无欲也可名於小萬物歸焉而弗爲主可命於大是以耶人之能成大也以亓不爲大也故能成大（249 上～250 上） |

## 第三十五章

| |
|---|
| 執大象天下往往而不害安平太樂與餌過客止道之出口淡乎其無味視之不足見聽之不足聞用之不足既 |
| 執大象□□往＝而不害安平大樂與餌過格止故道之出言也曰談呵其无味也□□不足見也聽之不足聞也用之不可既也（164～166） |
| 執大象天下往＝而不害安平大樂與□過格止故道之出言也曰淡呵亓无味也視之不足見也聽之不足聞也用之不可既也（250 上～251 上） |
| 執大象天下往＝而不害安坪大樂與餌悠客止古道□□□淡可丌無味也視之不足見聖之不足𦖞而不可既也（丙 4～5） |

## 第三十六章

| |
|---|
| 將欲歙之必固張之將欲弱之必固強之將欲廢之必固興之將欲奪之必固與之是謂微明柔弱勝剛強魚不可脫於淵國之利器不可以示人 |
| 將欲拾之必古張之將欲弱之□□強之將欲去之必古與之將欲奪之必古予之是胃微明友弱勝強魚不□□□□邦利器不可以視人（166～168） |

將欲擒之必古張之將欲弱之必古張強之將欲去之必古與之將欲奪之必古予
囗是胃微明柔弱朕強魚不可說於淵國利器不可以示人（251 上～251 下）

## 第三十七章

道常無爲而無不爲侯王若能守之萬物將自化化而欲作吾將鎮之以無名之樸
無名之樸夫亦將無欲不欲以靜天下將自定

道恆无名侯王若守之萬物將自愻＝而欲囗囗囗囗＝囗＝囗＝囗＝名＝之＝
楈＝夫將不＝辱＝以情天地將自正（168～169）

道恆无名侯王若能守之萬物將自化＝而欲作吾將闐＝之＝以＝无＝名＝之
＝樸＝夫將不＝辱＝以靜天地將自正道二千四百廿六（251 下～252 下）

衍亙亡爲也侯王能守之而萬勿酒自愻＝而雒复酒貞之以亡名之歡夫亦酒智
＝足以束萬物酒自定（甲 13～14）

## 第三十八章

上德不德是以有德下德不失德是以無德上德無爲而無以爲下德爲之而有以爲
上仁爲之而無以爲上義爲之而有以爲上禮爲之而莫之應則攘臂而扔之故失道
而後德失德而後仁失仁而後義失義而後禮夫禮者忠信之薄而亂之首前識者道
之華而愚之始是以大丈夫處其厚不居其薄處其實不居其華故去彼取此

囗囗囗囗囗囗囗囗囗囗囗囗囗囗德上德无囗囗无以爲也上仁爲之囗囗
以爲也上義爲之而有以爲也上禮囗囗囗囗囗囗囗攘臂而乃之故失道而后
德失德而后仁失仁而后義囗囗囗囗囗囗囗囗囗囗囗囗囗囗囗囗囗囗囗囗囗
道之華也而愚之首也是以大丈夫居亓厚而不囗亓泊居囗囗囗囗囗囗囗囗囗囗囗
皮取此（1～4）

上德不德是以有德下德不失德是以无德上德无爲而无以爲也上仁爲之而无
以爲也上德爲之而有以爲也上禮爲之而莫之應也則攘臂而仍之故失道而后
德失德而句仁失仁而句義失義而句禮夫禮者忠信之泊也而瓜之首也前識者
道之華也而愚之首也是以大丈夫居囗囗囗居亓泊居亓實而不居亓華故去罷
而取此（175 上～176 下）

## 第三十九章

昔之得一者天得一以清地得一以寧神得一以靈谷得一以盈萬物得一以生侯
王得一以爲天下貞其致之天無以清將恐裂地無以寧將恐發神無以靈將恐歇
谷無以盈將恐竭萬物無以生將恐滅侯王無以貴高將恐蹶故貴以賤爲本高以
下爲基是以侯王自謂孤寡不穀此非以賤爲本邪非乎故致數輿無輿不欲琭琭
如玉珞珞如石

昔之得一者天得一以清地得囗以寧神得一以霝浴得一以盈侯囗囗囗囗囗囗
囗囗亓至之也天毋已清將恐囗胃地毋囗囗囗恐囗胃神毋已霝囗恐歇胃浴毋
已盈將恐渴胃侯王毋已貴囗囗囗囗囗故必貴而以賤爲本必高囗而以下爲亓
夫是囗侯王自胃孤寡不橐此亓囗囗囗囗囗囗囗故致數與无與是故不欲囗囗
囗玉囗囗囗囗（5～8）

昔得一者天得一以清地得一以寧神得一以霝浴得一以盈侯王得一以爲天下
正亓至也胃天毋已清將恐蓮地毋已寧將恐發神毋已□□□谷毋已□□□
渴侯王毋已貴以高將恐欬故必貴以賤爲本必高矣而以下爲亓夫是以侯王自
胃孤寡不豪此亓賤之本與非也故至數輿无輿是故不欲祿＝若玉而硌＝若石
（176 下～178 上）

## 第四十章

反者道之動弱者道之用天下萬物生於有有生於無

□□□道之動也弱也者道□□□□□□□□□□□□□□□（12）

□□者道之勤也□□者道之用也天下之物生□有＝□於无（180 上）

返也者道僮也溺也者道之甬也天下之勿生於又生於亡（甲 37）

## 第四十一章

上士聞道勤而行之中士聞道若存若亡下士聞道大笑之不笑不足以爲道故建
言有之明道若昧進道若退夷道若纇上德若谷大白若辱廣德若不足建德若偷
質眞若渝大方無隅大器晚成大音希聲大象無形道隱無名夫唯道善貸且成

此章全缺（9～11）

□□□道董能行之中士聞道若存若亡下士聞道大笑之弗笑□□以爲道是以
建言有之曰明道如費進道如退夷道如纇上德如浴大白如辱廣德如不足建德
如□質□□渝大方无禺大器免成大音希聲天象无刑道隱无名夫唯道善始且
善成（178 下～180 上）

上士昏道董能行於亓中＝士昏道或昏若亡下士昏道大之弗大駒不足以爲道
矣是以建言又之明道女孛遲道□□□道若退上惪女浴大白女辱峚惪女不足
建惪女□□貞女愉大方亡禺大器曼成大音祇聖天象亡芻□（乙 9～12）

## 第四十二章

道生一一生二二生三三生萬物萬物負陰而抱陽沖氣以爲和人之所惡唯孤寡
不穀而王公以爲稱故物或損之而益或益之而損人之所教我亦教之強梁者不
得其死吾將以爲教父

□□□□□□□□□□□□□□□□□□□□□□沖氣以爲和天下之所惡唯孤
獨不豪而王公以自名也勿或敗之□□□□之而敗□□□夕議而教人故強良
者不得死我□以爲學父（13～14）

道生一＝生二＝生三＝生□□□□□□□□□□□□□以爲和人之所亞□□寡
不豪而王公以自□□□□□□之而益□□□□□□□□□□□□□□□□□
□□□□□□□□□（180 上～181 上）

## 第四十三章

| |
|---|
| 天下之至柔馳騁天下之至堅無有入無閒吾是以知無爲之有益不言之教無爲之益天下希及之 |
| 天下之至柔□甹於天下之致堅无有入於无閒五是以之无爲之益不□□教无□之□□下希能及之矣（14～16） |
| □□□□□□□□□□□□□□□□□□□□□□□□□□□□□□□□□□□□□□□□□□□□□□□□□□□□□□□矣（181上～181下） |

## 第四十四章

| |
|---|
| 名與身孰親身與貨孰多得與亡孰病是故甚愛必大費多藏必厚亡知足不辱知止不殆可以長久 |
| 名與身孰親身與貨孰多得與亡孰病甚□□□□□□□□□□故知足不辱知止不殆可以長久（16～17） |
| 名與□□□□□□□□□□□□□□□□□□□□□□□□□□□□□□□□□□□□□□□□□□□□□□（181下～182下） |
| 名與身篙新身與貨篙多貴與宥篙疠甚惡必大賽同賛必多宥古智足不辱智止不怠可以長舊（甲35～37） |

## 第四十五章

| |
|---|
| 大成若缺其用不弊大盈若沖其用不窮大直若屈大巧若拙大辯若訥躁勝寒静勝熱清静爲天下正 |
| 大成若缺亓用不敝大盈若盅亓用不窘大直若詘大巧若拙大□如炳趮勝寒靚勝炅請靚可以爲天下正（17～18） |
| □□□□□□□□□盈如沖亓□□□□□□□□□□□□巧如拙□□□絀趮朕寒□□□□□□□□□□□（182下～183上） |
| 大成若夬亓甬不幣大涅若中亓甬不寡大攷若仦大成若詘大植若屈杲勅蒼青勅然清＝爲天下定（乙13～15） |

## 第四十六章

| |
|---|
| 天下有道卻走馬以糞天下無道戎馬生於郊禍莫大於不知足咎莫大於欲得故知足之足常足矣 |
| □□有□□□□□糞天下无道戎馬生於郊罪莫大於可欲甗莫大於不知足□莫憯於欲得□□□□□恆足矣（18～20） |
| □□□□□□□□无道戎馬生於郊罪莫大可□□□□□□□□□□□□亡□□□□□□□□足矣（183上～183下） |
| 辠莫厚唇甚欲咎莫僉唇谷得化莫大唇不智足智足之爲足此互足矣（甲5～6） |

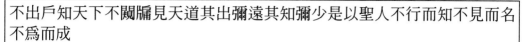

## 第四十七章

| |
|---|
| 不出戶知天下不闚牖見天道其出彌遠其知彌少是以聖人不行而知不見而名不爲而成 |
| 不出於戶以知天下不規於牖以知天道亓出也彌遠亓□□□□□□□□□□□□□□□爲而□（20～21） |
| 不出於戶以知天下不親於□□知天道亓出蠶遠者亓知蠶□□□□□□□□□□□而名弗爲而成（183下～184上） |

## 第四十八章

| |
|---|
| 爲學日益爲道日損損之又損以至於無爲無爲而無不爲取天下常以無事及其有事不足以取天下 |
| 此章全缺（21） |
| 爲學者日益聞道者日云＝之有云以至於无□□□□□□□□取天下恆无事及亓有事也□□足以取天□□（184上～184下） |
| 學者日益爲道者日員＝之或員以至亡也亡爲而亡不爲（乙3～4） |

## 第四十九章

| |
|---|
| 聖人無常心以百姓心爲心善者吾善之不善者吾亦善之德善信者吾信之不信者吾亦信之德信聖人在天下歙歙爲天下渾其心聖人皆孩之 |
| □□□□□以百□之心爲□善者善之不善者□□□□□□□□□□□□□□□□信也□□之在天下翕＝焉爲天下渾心百姓皆屬耳目焉聖人□□□（22～24） |
| □人恆无心以百省之心爲心善□□□□□□□□□□善也信者信之不信者亦信之德信也耴人之在天下也欲＝□□□□□□□□□皆注亓□□□□□□（184下～185下） |

## 第五十章

| |
|---|
| 出生入死生之徒十有三死之徒十有三人之生動之死地亦十有三夫何故以其生生之厚蓋聞善攝生者陸行不遇兕虎入軍不被甲兵兕無所投其角虎無所措其爪兵無所容其刃夫何故以其無死地 |
| □生□□□□□□□□□□徒十有三而民生＝勤皆之死地之十有三夫何故也以亓生＝也蓋□□執生者陵行不□矢虎入軍不被甲兵矢无所楯亓角□□所昔亓蚤兵无所容□□□何故也以亓无死地焉（24～27） |
| □生入死生之□□□□□之徒十又三而民生＝僮皆之死地之十有三□□□□以亓生＝蓋聞善執生者陵行不辟㹥虎入軍不被兵革㹥无□□□□□□□□亓蚤兵□□□□□□□□□也以亓□□□□（185下～186下） |

## 第五十一章

道生之德畜之物形之勢成之是以萬物莫不尊道而貴德道之尊德之貴夫莫之命而常自然故道生之德畜之長之育之亭之毒之養之覆之生而不有爲而不恃長而不宰是謂玄德

・道生之而德畜之物刑之而器成之是以萬物尊道而貴□□之尊德之貴也夫莫之時而恆自然也・道生之畜之長之遂之亭□□□□□□□弗有也爲而弗寺也長而勿宰也此謂玄德（27～29）

道生之德畜之物刑之而器成之是以萬物尊道而貴德道之尊也德之貴也夫莫之爵也而恆自然也道生之畜□□□之亭之毒之養之覆□□□□□□□□□□弗宰是胃玄德（186下～187下）

## 第五十二章

天下有始以爲天下母既得其母以知其子既知其子復守其母沒身不殆塞其兌閉其門終身不勤開其兌濟其事終身不救見小曰明守柔曰強用其光復歸其明無遺身殃是爲習常

天下有始以爲天下母既得亓母□知亓□復守亓母沒身不殆・塞亓閦閉亓門終身不堇啓亓悶濟亓事終身□□□小曰□守柔曰強用亓光復歸亓明毋□身央是胃襲常（29～31）

天下有始以爲天下母既得亓母以知亓子既得知亓子復守亓母沒身不佁塞亓堄閉亓門多身不堇啓亓堄齊亓□□□不救見小曰明□□□□□□□□□□□□遺身央是胃□常（187下～188下）

閟亓門賽亓說終身不亟啓亓說賽亓事終身不逨（乙13）

## 第五十三章

使我介然有知行於大道唯施是畏大道甚夷而民好徑朝甚除田甚蕪倉甚虛服文綵帶利劍厭飲食財貨有餘是謂盜夸非道也哉

・使我□有知也□□大道唯□□□道甚夷民甚好解朝甚除田甚芜倉甚虛服文采帶利□□食□□□□□□□□□□□□□□□□（31～32）

使我介有知行於大道唯施是畏大道甚夷民甚好解朝甚除田甚芜倉甚虛服文采帶利劍猒食而齎財□□□□□＝□＝非□也（188下～189下）

## 第五十四章

善建者不拔善抱者不脫子孫以祭祀不輟修之於身其德乃眞修之於家其德乃餘修之於鄉其德乃長修之於國其德乃豐修之於天下其德乃普故以身觀身以家觀家以鄉觀鄉以國觀國以天下觀天下吾何以知天下然哉以此

□□□□□拔□□□□□子孫以祭祀□□□□□□□□□□□□□□□□□□□□□□□□□□□□□□□□□□□□□□□□□□□□□□身以家觀家以鄉觀鄉以邦觀邦以天□觀□□□□□□□□□□□□□□□□（33～35）

善建者□□□□□□子孫以祭祀不絕脩之身其德乃眞脩之家亓德有餘脩之鄉亓德乃長脩之國亓德乃奓脩之天下亓德乃専以身觀身以家觀□□□□□□□國以天下觀天下□□知天下之然茲以□（189下～190下）

善建者不拔善休者不兌孫＝以其祭祀不屯攸之身亓悳乃貞攸之豪亓悳又舍攸之向亓悳乃長攸之邦亓悳乃奉攸之天□□□□□□□□豪以向觀向以邦觀邦以天下觀天下虗可以智天□□□□□（乙15～18）

## 第五十五章

含德之厚比於赤子蜂蠆虺蛇不螫猛獸不據攫鳥不搏骨弱筋柔而握固未知牝牡之合而全作精之至也終日號而不嗄和之至也知和曰常知常曰明益生曰祥心使氣曰強物壯則老謂之不道不道早已

□□□□□比於赤子蜂俐蝎蛇弗螫攫鳥猛獸弗搏骨弱筋柔而握固未知牝□□□□□精□□也終日號而不发和之至也和曰常知和曰明益生曰祥心使氣曰強□□即老胃之不＝道＝□□（36～38）

含德之厚者比於赤子蜂癘虫蛇弗赫據鳥孟獸弗捕骨筋弱柔而握固未知牝牡之會而朘怒精之至也多日號而不□□□□□□□□□常知常曰明益生□祥心使氣曰強物□則老胃之不＝道＝蚤已（190下～191下）

畬悳之厚者比於赤子蟲蠆＝它弗螫攫鳥攷獸弗扣骨溺葷秣而捉固未智牝戊之合然蒫精之至也終日啻而不慐和之至也和曰景智和曰明臨生曰羕心貞奰曰剶勿臧則老是胃不道（甲33～35）

## 第五十六章

知者不言言者不知塞其兌閉其門挫其銳解其分和其光同其塵是謂玄同故不可得而親不可得而疏不可得而利不可得而害不可得而貴不可得而賤故爲天下貴

□□弗言＝者弗知塞亓悶閉亓□□其光同亓輱坐亓□□□亓紛是胃玄同故不可得而親亦不可得而疏不可得而利亦不□得而害□□□而貴亦不可得而淺故爲天下貴（38～40）

知者弗言＝者弗知塞亓兌閉亓門和亓光同亓蠜銼亓兌而解亓紛是胃玄同故不可得而親也亦□□□□□□可得而害利□□□得而害不可得而貴亦不可得而賤故爲天下貴（191下～192下）

智之者弗言＝之者弗智閔亓逆賽亓門和亓光迥亓斬剒亓轀解亓紛是胃玄同古不可得天新亦不可得而疋不可得而利亦不可得而害不可得而貴亦不可得而戔古爲天下貴（甲27～29）

## 第五十七章

以正治國以奇用兵以無事取天下吾何以知其然哉以此天下多忌諱而民彌貧民多利器國家滋昏人多伎巧奇物滋起法令滋彰盜賊多有故聖人云我無爲而民自化我好靜而民自正我無事而民自富我無欲而民自樸

·以正之邦以畸用兵以无事取天下吾□□□□□也戈夫天下□□□而民彌貧民多利器而邦家茲昏人多知而何物□□□□□□□□盜賊□□□□□□□□□□我无爲也而民自化我好静而民自正我无事民□□□□□□□□□（40～43）

以正之國以畸用兵以無事取天下吾何以知亓然也才夫天下多忌諱而民彌貧民多利器□□□昏□□□□□□□□□□□物茲章而□□□□是以□人之言曰我无爲而民自化我好静而民自正我无事而民自富我欲不欲而民自樸（193上～194上）

以正之邦以戠甬兵以亡事取天下虛可以智亓然也夫天多期章而民爾畔民多利器而邦茲昏人多智天戠勿茲记法勿茲章規則多又是以聖人之言曰我無事而民自富我亡爲而民自靈我好青而民自正我谷不谷而民自樸（甲29～32）

## 第五十八章

其政悶悶其民淳淳其政察察其民缺缺禍兮福之所倚福兮禍之所伏孰知其極其無正正復爲奇善復爲妖人之迷其日固久是以聖人方而不割廉而不劌直而不肆光而不燿

□□□□□□□亓正察＝亓邦夬＝甂福之所倚福□□□□□□□□□□□□□□□□□□□□□□□□□□□□□□□□□□□□□□□□□□□（43～45）

亓正閟＝亓民屯＝亓正察＝亓□□＝福□□之所伏孰知亓極□无正也正□□□善復爲□□之悉也亓日固久矣是以方而不割兼而不刺直而不絑光而不眺（194上～195上）

## 第五十九章

治人事天莫若嗇夫唯嗇是謂早服早服謂之重積德重積德則無不克無不克則莫知其極莫知其極可以有國有國之母可以長久是謂深根固柢長生久視之道

□□□□□□□□□□□□□□□□□□□□□□□□□□□□□□□□□□□□□□□□□可以有＝國＝之母可以長久是胃深根固□□□□□□□（45～46）

治人事天莫若嗇夫唯嗇是以蚤＝服＝是胃重＝積＝□＝□□＝□＝□＝□莫＝知＝亓＝□＝□□有＝國＝之母可□□久是胃□根固氏長生久視之道也（195上～196上）

紿人事天莫若嗇夫唯嗇是以杲是以杲備是胃□不＝克＝則莫＝智一亓一亙一可以又一邦一之母可以長□長生售視之道也（乙1～3）

## 第六十章

治大國若烹小鮮以道位天下其鬼不神非其鬼不神其神不傷人非其神不傷人聖人亦不傷人夫兩不相傷故德交歸焉

| |
|---|
| □□□□□□□□□□亓鬼不神非亓鬼不神也亓神不傷人也非亓申不傷人也聖人亦弗傷□□□不相□□□□歸焉（46～48） |
| 治大國若亨小鮮以道立天下亓鬼不神非亓鬼不神也亓神不傷人也非亓神不傷人也□□□弗傷也夫兩□相傷故德交歸焉（196 上～196 下） |

## 第六十一章

| |
|---|
| 大國者下流天下之交天下之牝牝常以靜勝牡以靜爲下故大國以下小國則取小國小國以下大國則取大國故或下以取或下而取大國不過欲兼畜人小國不過欲入事人夫兩者各得其所欲大者宜爲下 |
| 大邦者下流也天下之牝天下之郊也牝恆以靚勝牡爲亓靚□□宜爲下大邦□下小□則取小＝邦＝以下大邦則取於□邦故或下以取或下而取□大邦者不過欲兼畜人小邦者不過欲入事人夫皆得亓欲□□□□爲下（48～50） |
| 大國□□□□□□□牝也天下之交也牝恆以靜朕牡爲亓靜也故宜爲下也故大國以下□國則取小＝國＝以下大國則取於大國故或下□□□下而取故大國者不□欲并畜人小國不□欲入事人夫□□亓欲則大者宜爲下（196 下～198 上） |

## 第六十二章

| |
|---|
| 道者萬物之奧善人之寶不善人之所保美言可以市尊行可以加人人之不善何棄之有故立天子置三公雖有拱璧以先駟馬不如坐進此道古之所以貴此道者何不日以求得有罪以免邪故爲天下貴 |
| □者萬物之注也善人之葆也不善人之所葆也美言可以市奠行可以賀人＝之□□□□□有故立天子置三卿雖有共之璧以先四馬不善坐而進此古之所以貴此者□□□□□□□有罪以免與故爲天下貴（50～53） |
| 道者萬物之注也善人之葆也不善人之所保也美言可以市奠行可以賀人＝之不善何□□□□立天子置三卿雖有□璧以先四馬不若坐而進此古□□□□□□□□□□□以得有罪以免與故爲天下貴（198 上～199 上） |

## 第六十三章

| |
|---|
| 爲無爲事無事味無味大小多少報怨以德圖難於其易爲大於其細天下難事必作於易天下大事必作於細是以聖人終不爲大故能成其大夫輕諾必寡信多易必多難是以聖人猶難之故終無難矣 |
| ·爲无爲事无事味无未大小多少報怨以德圖難乎□□也□□□□□□天下之難作於易天下之大作於細是以聖人多不爲大故能□□□□□□□□□□□多難是□□人□難之故多於无難（53～55） |
| 爲无爲□□□□□□□□□□□□□□□□□□□□□□□□天下之□□□易天下之大□□□□□□□□□□□□□□□□夫輕若□□信多易必多難是以耵人□□□□□□□□（199 上～200 上） |

為亡為事亡事未亡未大少之多惕必多䕫是以聖人猷䕫之古終亡䕫（甲 14～15）

## 第六十四章

其安易持其未兆易謀其脆易泮其微易散為之於未有治之於未亂合抱之木生於毫末九層之臺起於累土千里之行始於足下為者敗之執者失之是以聖人無為故無敗無執故無失民之從事常於幾成而敗之慎終如始則無敗事是以聖人欲不欲不貴難得之貨學不學復眾人之所過以輔萬物之自然而不敢為

亓安也易持也□□□□□□□□□□□□□□□□□□□□□□□□□□□□□□□□□□□□□□□□□□□毫末□□□臺作於嬴土百仁之高台於足□□□□□□□□□□□□□□□□□□□□□□□也□□□□无執也□无失也民之從事也恆於亓成事而敗之故慎終若始則□□□□□□□□□□□欲而不貴難得之膌學不學而復眾人之所過能輔萬物之自□□弗敢為（55～60）

□□□□□□□□□□□□□□□□□□□□□□□□□□□□□□□□□□□□□□□□□□□□□之臺作於纍土百千之高始於足下為之者敗之執者失之是以耴人无為□□□□□□□□□□□民之從事也恆於亓成而敗之故曰慎多若始則无敗事矣是以耴人欲不欲而不貴難得之貨學不學復眾人之所過能輔萬物之自然而弗敢為（200 上～202 上）

為之者敗之執之者遠之是以聖人亡為古亡敗亡執古亡遊臨事之紀誓多女忻此亡敗事矣聖人谷不谷不貴難得之貨季不季復眾之所茬是古聖人能尃萬勿之自烎而弗能為（甲 10～13）

亓安也易枽也亓未茷也易悇也亓霝也易畔也亓幾也易㣇也為之於亓亡又也絽之於亓未亂合□□□□□□□九成之臺甲□□□□□□□□□足下（甲 25～27）

為之者敗之執之者遊之聖人無為古無敗也無執古□□□斳終若訂則無敗事喜人之敗也互於丌叔成也敗之是以□人欲不欲不貴難得之貨學不學復眾齋＝迱是以能補萬勿之自烎而弗敢為（丙 11～14）

## 第六十五章

古之善為道者非以明民將以愚之民之難治以其智多故以智治國國之賊不以智治國國之福知此兩者亦稽式常知稽式是謂玄德玄德深矣遠矣與物反矣然後乃至大順

故曰為道者非以明民也將以愚之也民之難□也以亓知也故以知＝邦＝之賊也以不知＝邦□□德也恆知此兩者亦稽式也恆知稽式此胃玄＝德＝深矣遠矣與物□矣□□□□（60～61）

古之為道者非以明□□□□□之也夫民之難治也以亓知也故□知＝國＝之賊也以不知＝國＝之德也恆知此兩者亦稽式也恆知稽式是胃玄＝德＝深矣遠矣□物反也乃至大順（202 上～203 上）

## 第六十六章

江海所以能爲百谷王者以其善下之故能爲百谷王是以欲上民必以言下之欲先民必以身後之是以聖人處上而民不重處前而民不害是以天下樂推而不厭以其不爭故天下莫能與之爭

□□□以能爲百浴王者以亓善下之是以能爲百浴王是以聖人之欲上民也必以亓言□□□□□必以亓身後之故居前而民弗害也居上而民弗重也天下樂隼而弗猒也非以亓无□□□□□□□諍（61～64）

江海所以能爲百浴□□□亓□下之也是以能爲百浴王是以耵人之欲上民也必以亓言下之亓欲先民也必以亓身後之故居上而民弗□也居前而民弗害天下皆樂誰而弗猒也不□亓无爭與故天下莫能與爭（203上～204下）

江海所以爲百浴王以亓能爲百浴下是以能爲百浴王聖人之才民前也以身後之亓才民上也以言下之亓才民上也民弗厚也亓才民前也民弗害也天下樂進而弗詀以亓不靜也古天下莫能與之靜（甲2～5）

## 第六十七章

天下皆謂我道大似不肖夫唯大故似不肖若肖久矣其細也我有三寶持而保之一曰慈二曰儉三曰不敢爲天下先慈故能勇儉故能廣不敢爲天下先故能成器長今舍慈且勇舍儉且廣舍後且先死矣夫慈以戰則勝以守則固天將救之以慈衛之

□□□□□□□□□□□□故不宵若宵細久矣我恆有三葆之一曰茲二曰□□□□□□□□□□□□□□故能廣不敢爲天下先故能爲成事長今舍亓茲且勇舍亓後且先則必死矣夫茲□□則勝以守則固天將建之女以茲垣之（67～70）

天下□胃我大＝而不宵夫唯不宵故能大若宵久矣亓細也夫我恆有三琛市而琛之一曰茲二曰檢三曰不敢爲天下先夫茲故能勇檢敢能廣不敢爲天下先故能爲成器長□舍亓茲且勇舍亓檢且廣舍亓後且先則死矣夫茲以單則朕以守則固天將建之如以茲垣之（206上～208上）

## 第六十八章

善爲士者不武善戰者不怒善勝敵者不與善用人者爲之下是謂不爭之德是謂用人之力是謂配天古之極

善爲士者不武善戰者不怒善勝敵者弗□善用人者爲之下□胃不諍之德是胃用人是胃天古之極也（70～71）

故善爲士者不武善單者不怒善朕敵者弗與善用人者爲之下是胃不爭□德是胃用人是胃肥天古之極也（208上～208下）

## 第六十九章

用兵有言吾不敢爲主而爲客不敢進寸而退尺是謂行無行攘無臂扔無敵執無兵禍莫大於輕敵輕敵幾喪吾寶故抗兵相加哀者勝矣

・用兵有言曰吾不敢爲主而爲客吾不進寸而芮尺是胃行无行襄无臂執无兵乃无敵矣醿莫囗於於无＝適＝斤亡吾吾葆矣故稱兵相若則哀者勝矣（71～73）

用兵又言曰吾不敢爲主而爲客不敢進寸而退尺是胃行无行攘无臂執无兵乃无敵禍莫大於無＝敵＝斤亡吾琛矣故抗兵相若而依者朕囗（208下～209上）

## 第七十章

吾言甚易知甚易行天下莫能知莫能行言有宗事有君夫唯無知是以不我知知我者希則我者貴是以聖人被褐懷玉

吾言甚易知也甚易行也而人莫之能知也而莫之能行也言有君事有宗亓唯无知也是以不囗囗囗囗囗囗囗我貴矣是以聖人被褐而褋王（73～75）

吾言易知也易行也而天下莫之能知也莫之能行也夫言又宗事又君夫唯无知也是以不我知＝者希則我貴矣是以耵人被褐而褱王（209下～210上）

## 第七十一章

知不知上不知知病夫唯病病是以不病聖人不病以其病病是以不病

知不知尙矣不＝知＝病矣是以聖人之不病以亓囗囗囗囗囗囗囗（75～76）

知不知尙矣不知＝病矣是以耵人之不囗也以亓病＝也是以不病（210上～210下）

## 第七十二章

民不畏威則大威至無狎其所居無厭其所生夫唯不厭是以不厭是以聖人自知不自見自愛不自貴故去彼取此

囗囗囗囗者囗囗囗囗矣・毋閘亓所居毋猒亓所生夫唯弗猒是囗囗囗囗囗囗囗囗囗囗囗囗囗囗而不自貴也故囗被取此（76～77）

民之不畏＝則大畏將至矣毋伸亓所居毋猒亓所生夫唯弗猒是以不猒是以耵人自知而不自見也自愛而不自貴也故去罷而取此（210下～211上）

## 第七十三章

勇於敢則殺勇於不敢則活此兩者或利或害天之所惡孰知其故是以聖人猶難之天之道不爭而善勝不言而善應不召而自來繟然而善謀天網恢恢疏而不失

・勇於敢者囗囗囗囗囗囗囗囗囗囗囗囗囗囗囗囗囗囗囗囗囗囗囗囗囗囗囗囗囗不言而善應不召而自來彈而善謀囗囗囗囗囗囗囗（77～79）

勇於敢則殺勇於不敢則活囗兩者或利或害天之所亞孰知亓故天之道不單而善朕不言而善應弗召而自來單而善謀天罔裇＝疏而不失（211上～212上）

## 第七十四章

| |
|---|
| 民不畏死奈何以死懼之若使民常畏死而爲奇者吾得執而殺之孰敢常有司殺者殺夫代司殺者殺是謂代大匠斲夫代大匠斲者希有不傷其手矣 |
| □□□□□□柰何以殺愳之也若民恆是死則而爲者吾將得而殺之夫孰敢矣若民□□必畏死則恆有司殺者夫伐司殺者殺是伐大匠斲也夫伐大匠斲者則□不傷亓手矣（79～82） |
| 若民恆且畏不畏死若何以殺曜之也使民恆且畏死而爲畸者□得而殺之夫孰敢矣若民恆且必畏死則恆又司殺者夫代司殺者殺是代大匠斲夫代大匠斲則希不傷亓手（212上～213上） |

## 第七十五章

| |
|---|
| 民之饑以其上食稅之多是以饑民之難治以其上之有爲是以難治民之輕死以其上求生之厚是以輕死夫唯無以生爲者是賢於貴生 |
| ・人之飢也以亓取食兌之多也是以飢百姓之不治也以亓上有以爲□是以不治・民之巠死以亓求生之厚也是以巠死夫唯无以生爲者是賢貴生（82～83） |
| 人之飢也以亓取食跣之多是以飢百姓之不治也以亓上之有以爲也□以不治民之輕死以亓求生之厚也是以輕死夫唯无以生爲者是賢貴生（213上～213下） |

## 第七十六章

| |
|---|
| 人之生也柔弱其死也堅強萬物草木之生也柔脆其死也枯槁故堅強者死之徒柔弱者生之徒是以兵強則不勝木強則兵強大處下柔弱處上 |
| ・人之生也柔弱亓死也蓓仞賢強萬物草木之生也柔脆亓死也槀薨故曰堅強者死之徒也柔弱微細生之徒也兵強則不勝木強則恆強大居下柔弱微細居上（83～85） |
| 人之生也柔弱亓死也䐜信堅強萬□□木之生也柔椊亓死也槫槁故曰堅強死之徒也柔弱生之徒也□以兵強則不朕木強則競故強大居下柔弱居上（213下～214下） |

## 第七十七章

| |
|---|
| 天之道其猶張弓與高者抑之下者舉之有餘者損之不足者補之天之道損有餘而補不足人之道則不然損不足以奉有餘孰能有餘以奉天下唯有道者是以聖人爲而不恃功成而不處其不欲見賢 |
| 天下□□□□□□者也高者印之下者舉之有餘者歃之不足者補之故天之道歃有□□□□□□□□□□□□奉有餘孰能有餘而有□□奉於天者此□□□□□□□□□□□□□□□□□□□□□□□□□□□□□（85～88） |
| 天之道酉張弓也高者印之下者舉之有余者云之不足者□□□□□□云有余而益不足人之道云不足而奉又余夫孰能又余而□□奉於天者唯又道者乎是以耴人爲而弗又成功而弗居也若此亓不欲見賢也（214下～215下） |

## 第七十八章

天下莫柔弱於水而攻堅強者莫之能勝以其無以易之弱之勝強柔之勝剛天下莫
不知莫能行是以聖人云受國之垢是謂社稷主受國不祥是爲天下王正言若反

□□□□□□□□□堅強者莫之能□也□亓□□易□□□□□□□□□□□
□□□□□□□□□□□□□行□故聖人之言云曰受邦之詬是胃社稷之主受
邦之不祥是胃天下之王□□若反（88～91）

天下莫柔弱於水□□□□□□□□以亓無以易之也水之朕剛也弱之朕強
也天下莫弗知也而□□□□□是故耵人之言云曰受國之詢是胃社稷之主受
國之不祥是胃天下之王正言□□（215下～217上）

## 第七十九章

和大怨必有餘怨安可以爲善是以聖人執左契而不責於人有德司契無德司徹
天道無親常與善人

和大怨必有餘怨焉可以爲善是以聖右介而不以責於人故有德司□□德司徹
夫天道无親恆與善人（91～92）

□□□□□□□□□□爲善是以□人執左□而不以責於人故又德司□无德
司□□□□□□□□□□□□□□（217上～217下）

## 第八十章

小國寡民使有什伯之器而不用使民重死而不遠徙雖有舟輿無所乘之雖有甲
兵無所陳之使人復結繩而用之甘其食美其服安其居樂其俗鄰國相望雞犬之
聲相聞民至老死不相往來

‧小邦寡民使十百人之器毋用使民重死而遠徙有車周无所乘之有甲兵无所陳
□□□□□□□用之甘亓食美亓□樂亓俗安亓居鄰邦相望雞狗之聲相聞民
□□□□□□□（64～66）

小國寡民使有十百人器而勿用使民重死而遠徙又周車无所乘之有甲兵无所
陳之使民復結繩而用之甘亓食美亓服樂亓俗安亓居文國相望雞犬之□□聞
民至老死不相往來（204下～205下）

## 第八十一章

信言不美美言不信善者不辯辯者不善知者不博博者不知聖人不積既以爲人
己愈有既以與人己愈多天之道利而不害聖人之道爲而不爭

□□□□□□□□□□□□=者不知善□□□□者不善‧聖人无□□□□□
□□□□□□□□□□□□□□□□□□□□□□□□□□□□（66～67）

信言不美=言不信知者不博=者不知善者不多=者不善耵人无積既以爲人己
俞有既以予人矣己俞多故天之道利而不害人之道爲而弗爭（205下～206上）

# 附錄四 馬王堆三號漢墓帛書《老子》甲、乙本與郭店楚墓竹簡《老子》甲、乙、丙本書影

馬王堆三號漢墓帛書《老子》甲本書影

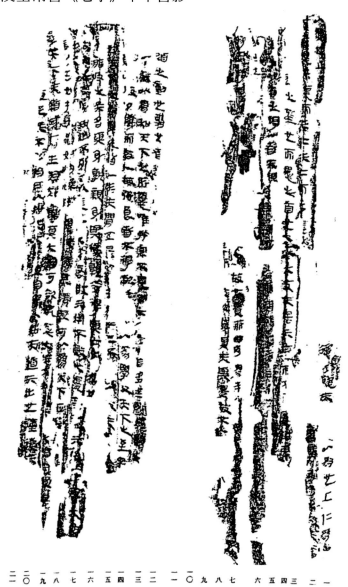

二○九八七六五四三二一○九八七 六五四三 二一

四四
四五
四六
四七
四八
四九
五〇
五一
五二
五三
五四
五五
五六
五七
五八
五九
六〇
六一
六二
六三
六四
六五
六六

六七 六八 六九 七〇 七一 七二 七三 七四 七五 七六 七七 七八 七九 八〇 八一 八二 八三 八四 八五 八六 八七 八八

八九
九〇
九一
九二
九三
九四
九五
九六
九七
九八
九九
一〇〇
一〇一
一〇二
一〇三
一〇四
一〇五
一〇六
一〇七
一〇八
一〇九

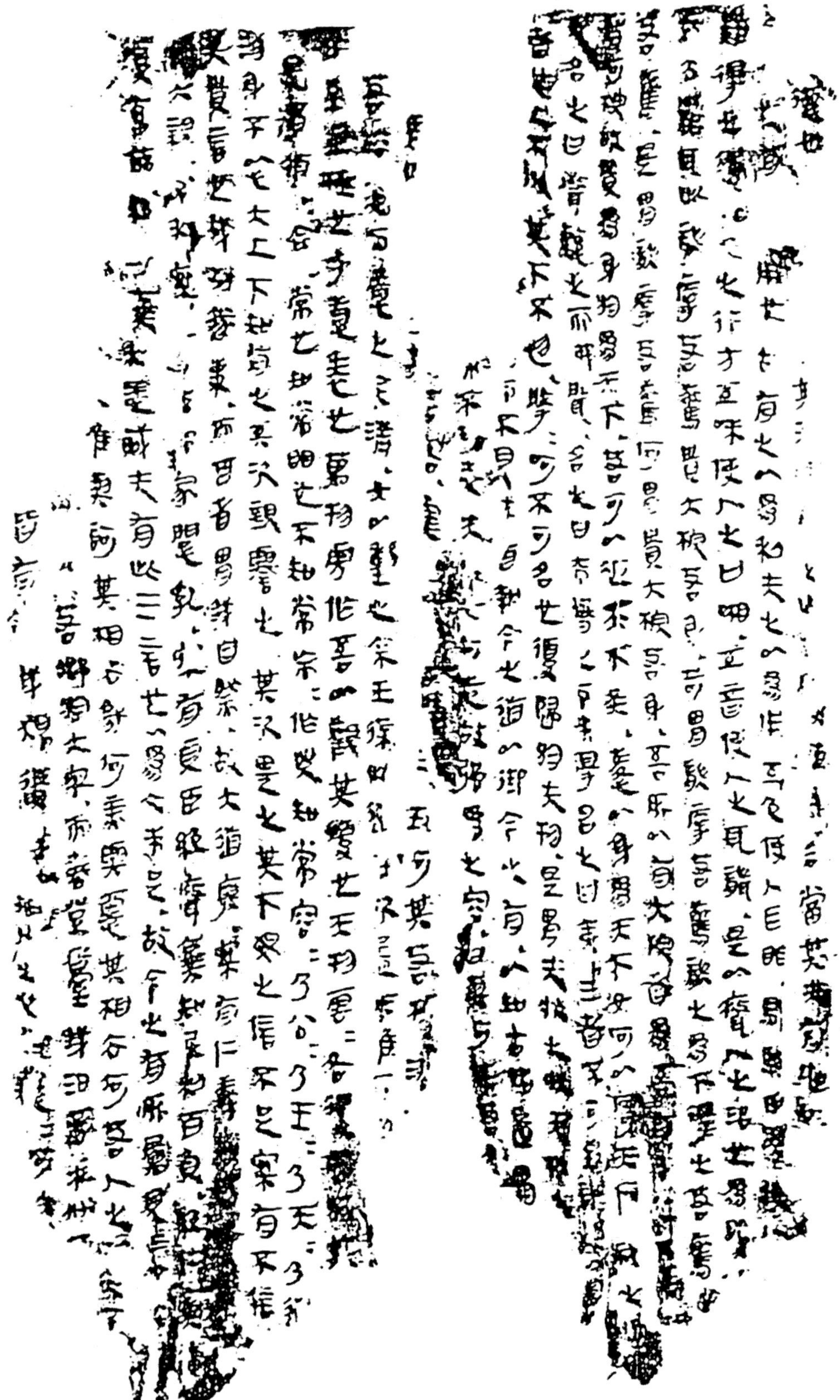

一一〇 一一一 一一二 一一三 一一四 一一五 一一六 一一七 一一八 一一九 一二〇 一二一 一二二 一二三 一二四 一二五 一二六 一二七 一二八 一二九 一三〇

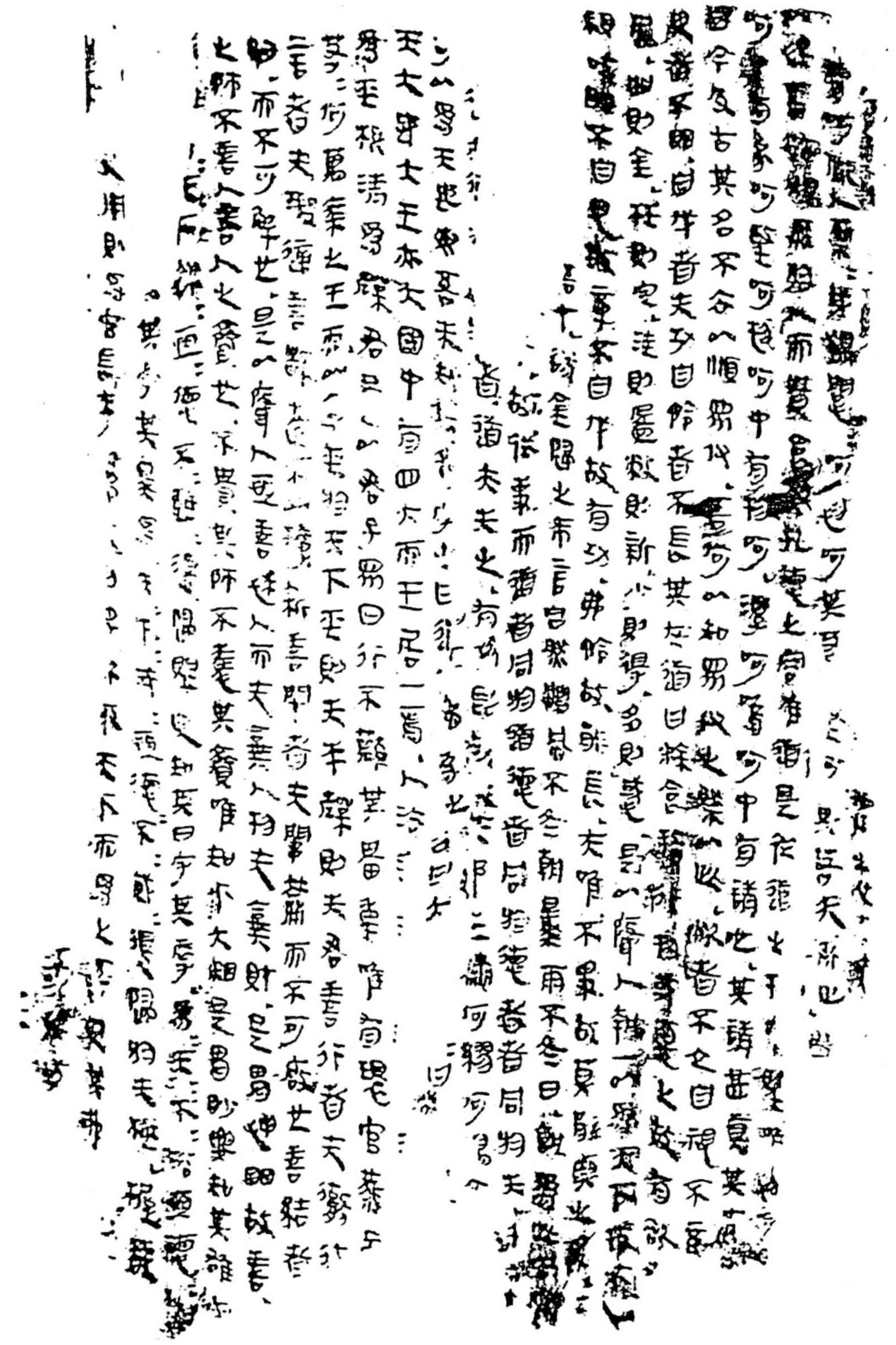

一三一　一三二　一三三　一三四　一三五　一三六　一三七　一三八　一三九　一四〇　一四一　一四二　一四三　一四四　一四五　一四六　一四七　一四八　一四九　一五〇

一五一
一五二
一五三
一五四
一五五
一五六
一五七
一五八
一五九
一六〇
一六一
一六二
一六三
一六四
一六五
一六六
一六七
一六八
一六九

馬王堆三號漢墓帛書《老子》乙本書影

一七五下
一七六下
一七七下
一七八下
一七九下
一八〇下
一八一下

一八二上　一八三上　一八四上　一八五上　一八六上　一八七上　一八八上　一八九上　一九〇上　一九一上　一九二上　一九三上　一九四上　一九五上　一九六上　一九七上　一九八上　一九九上

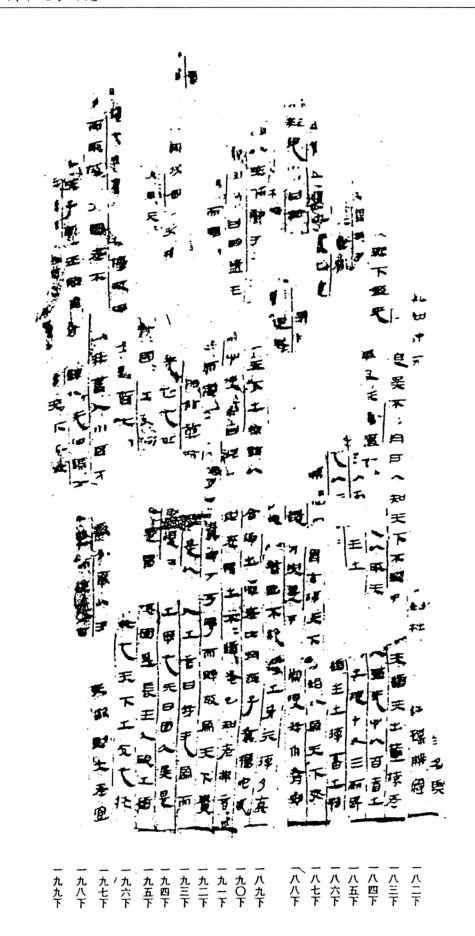

一九九下
一九八下
一九七下
一九六下
一九五下
一九四下
一九三下
一九二下
一九一下
一九〇下
一八九下
一八八下
一八七下
一八六下
一八五下
一八四下
一八三下
一八二下

二一五上　二一四上　二一三上　二一二上　二一一上　二一〇上　二〇九上　二〇八上　二〇七上　二〇六上　二〇五上　二〇四上　二〇三上　二〇二上　二〇一上　二〇〇上

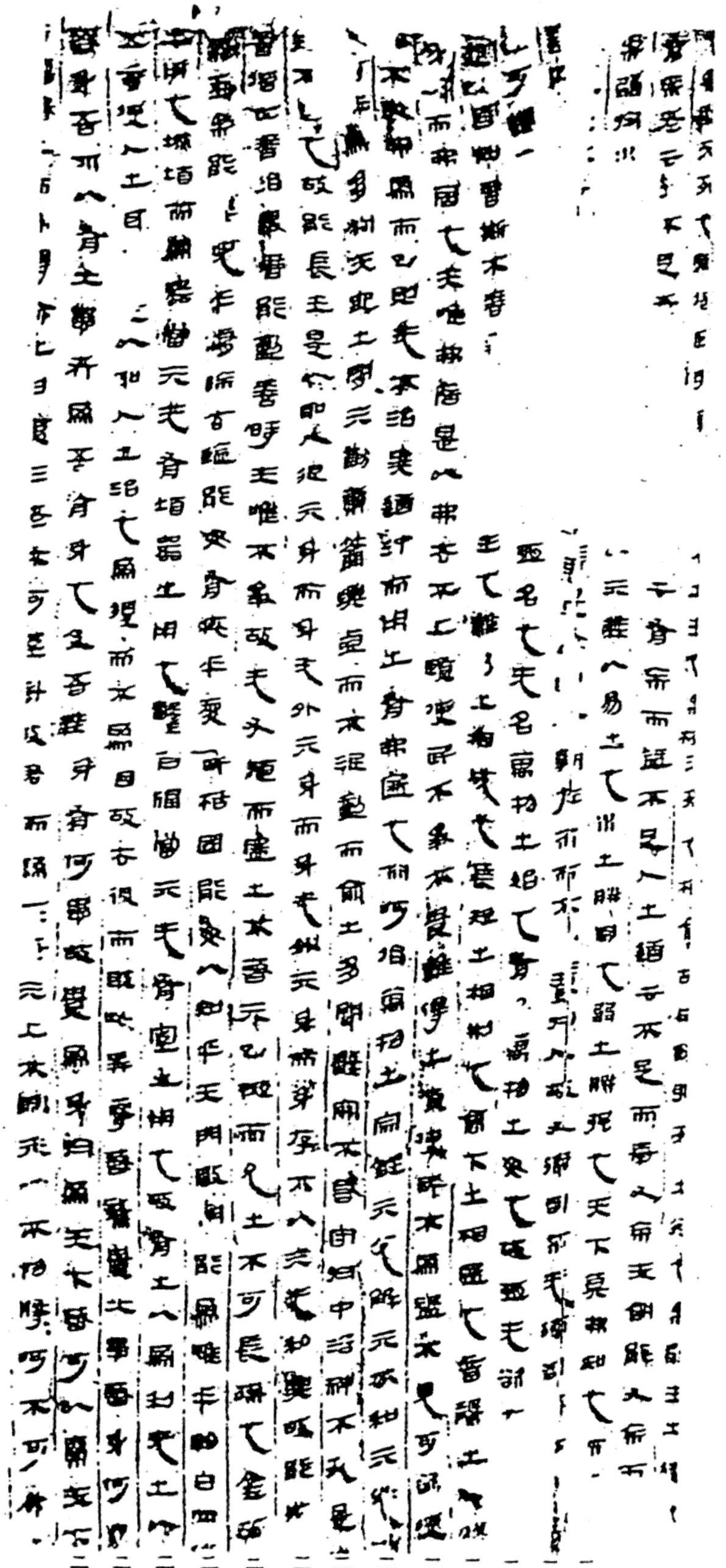

二一六上　二一七上　二一八上　二一九上　二二〇上　二二一上　二二二上　二二三上　二二四上　二二五上　二二六上　二二七上　二二八上

二二六下
二二七下
二二八下
二二九下
二三〇下
二三一下
二三二下
二三三下
二三四下
二三五下
二三六下
二三七下
二三八下

二二九上　二三〇上　二三一上　二三二上　二三三上　二三四上　二三五上　二三六上　二三七上　二三八上　二三九上　二四〇上　二四一上　二四二上　二四三上　二四四上

二二九下
二三〇下
二三一下
二三二下
二三三下
二三四下
二三五下
二三六下
二三七下
二三八下
二三九下
二四〇下
二四一下
二四二下
二四三下
二四四下

二四五上

二四六上

二四七上

二四八上

二四九上

二五○上

二五一上

二五二上

二四五下
二四六下
二四七下
二四八下
二四九下
二五〇下
二五一下
二五二下

## 郭店楚墓竹簡《老子》甲本書影

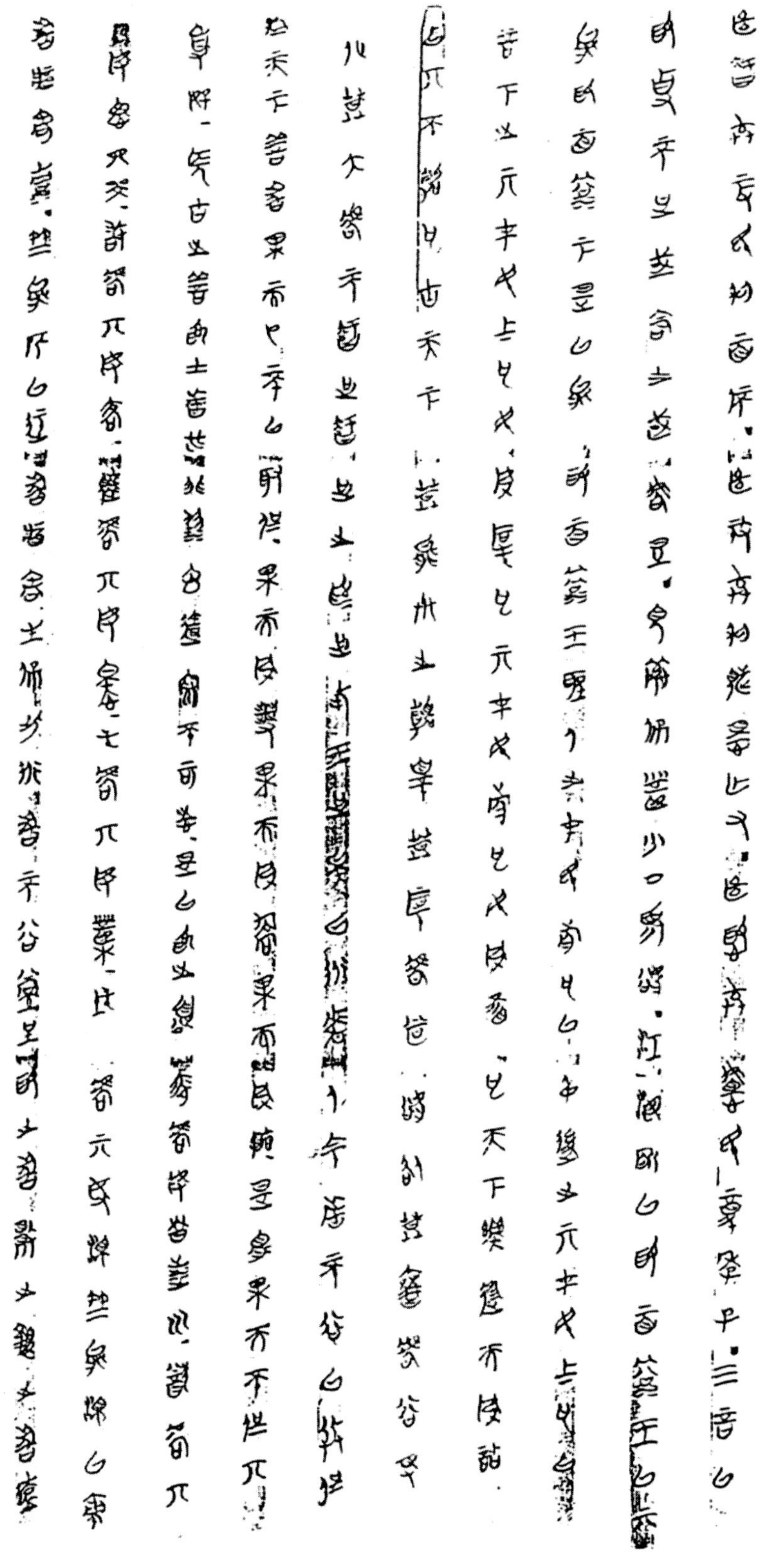

十　九　八　七　六　五　四　三　二　一

一
二
三
四
五
六
七
八
九
一〇
一一
一二
一三
一四
一五
一六
一七
一八
一九
二〇
二一
二二

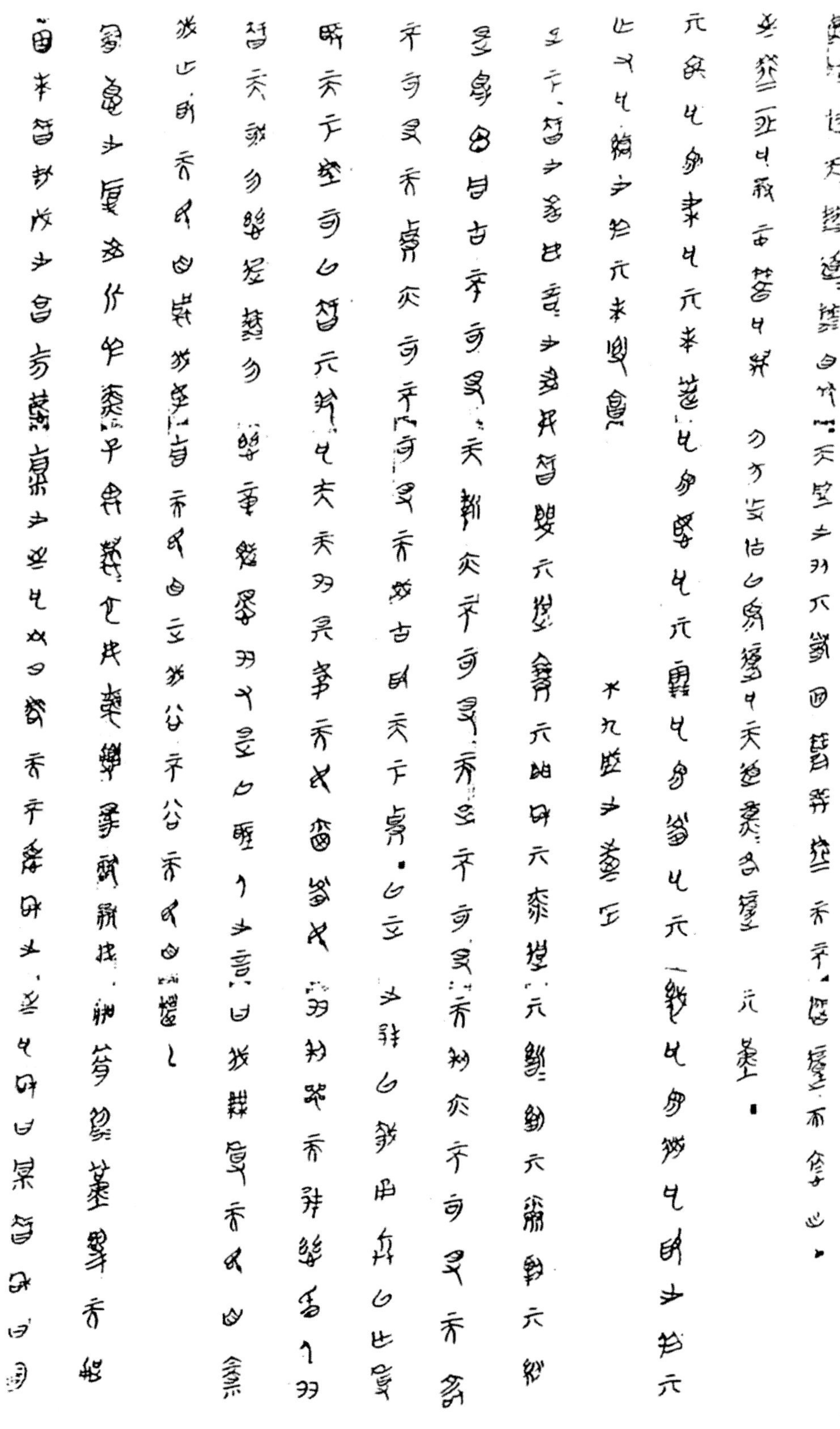

二三　二四　二五　二六　二七　二八　二九　三十　三一　三二　三三　三四

三五

三六

三七

三八

三九

郭店楚墓竹簡《老子》乙本書影

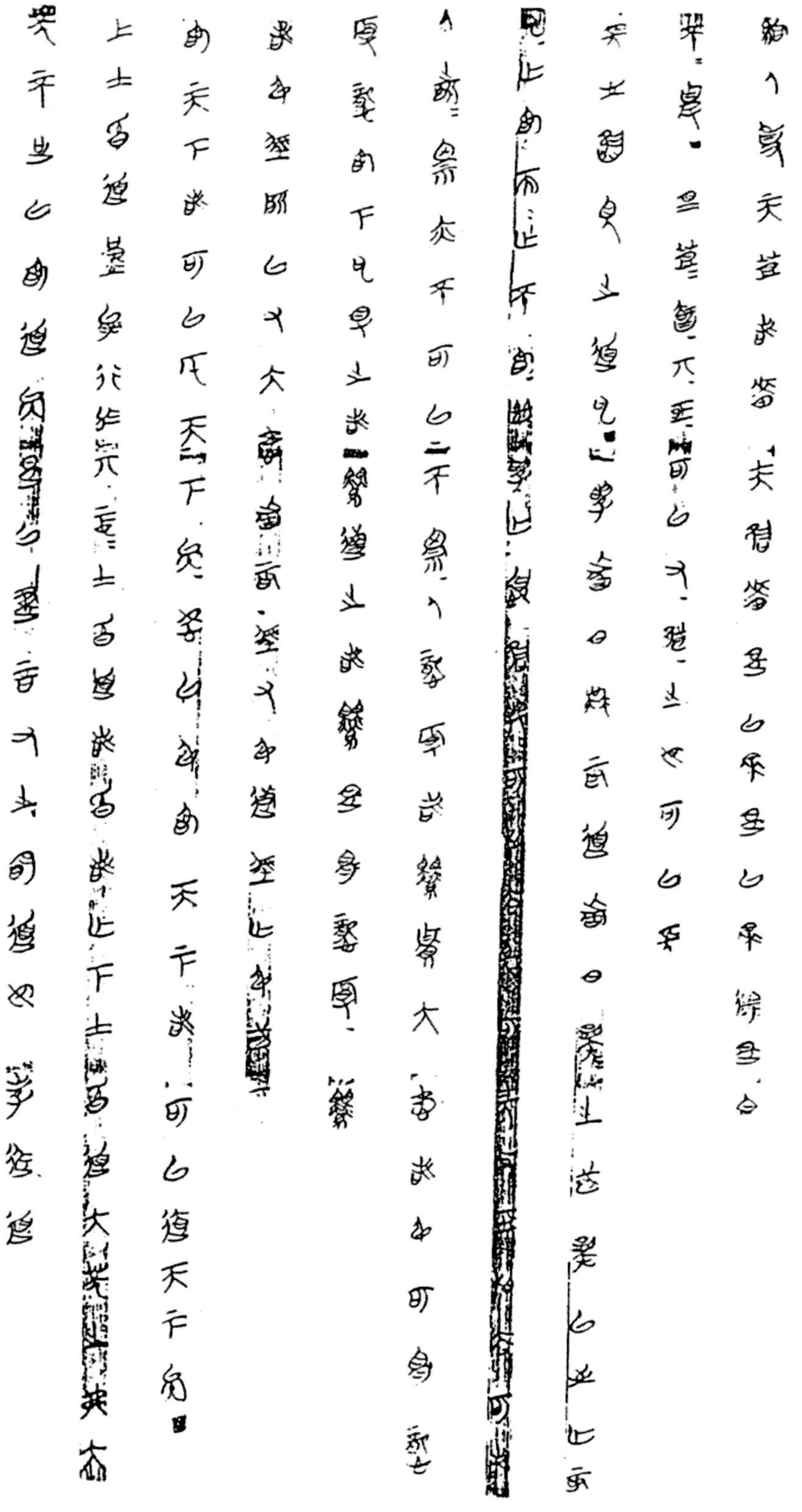

一〇　九　八　七　六　五　四　三　二　一

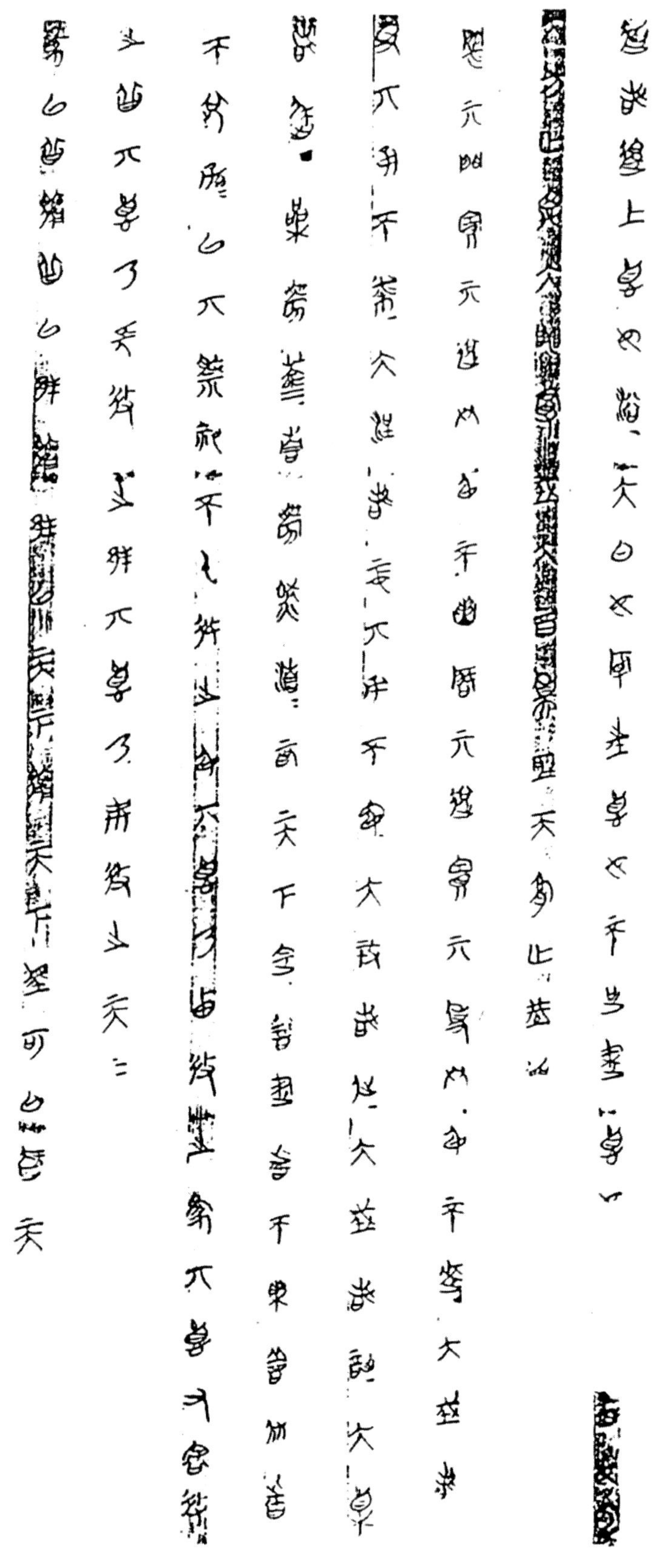

一一 一二 一三 一四 一五 一六 一七 一八

郭店楚墓竹簡《老子》丙本書影

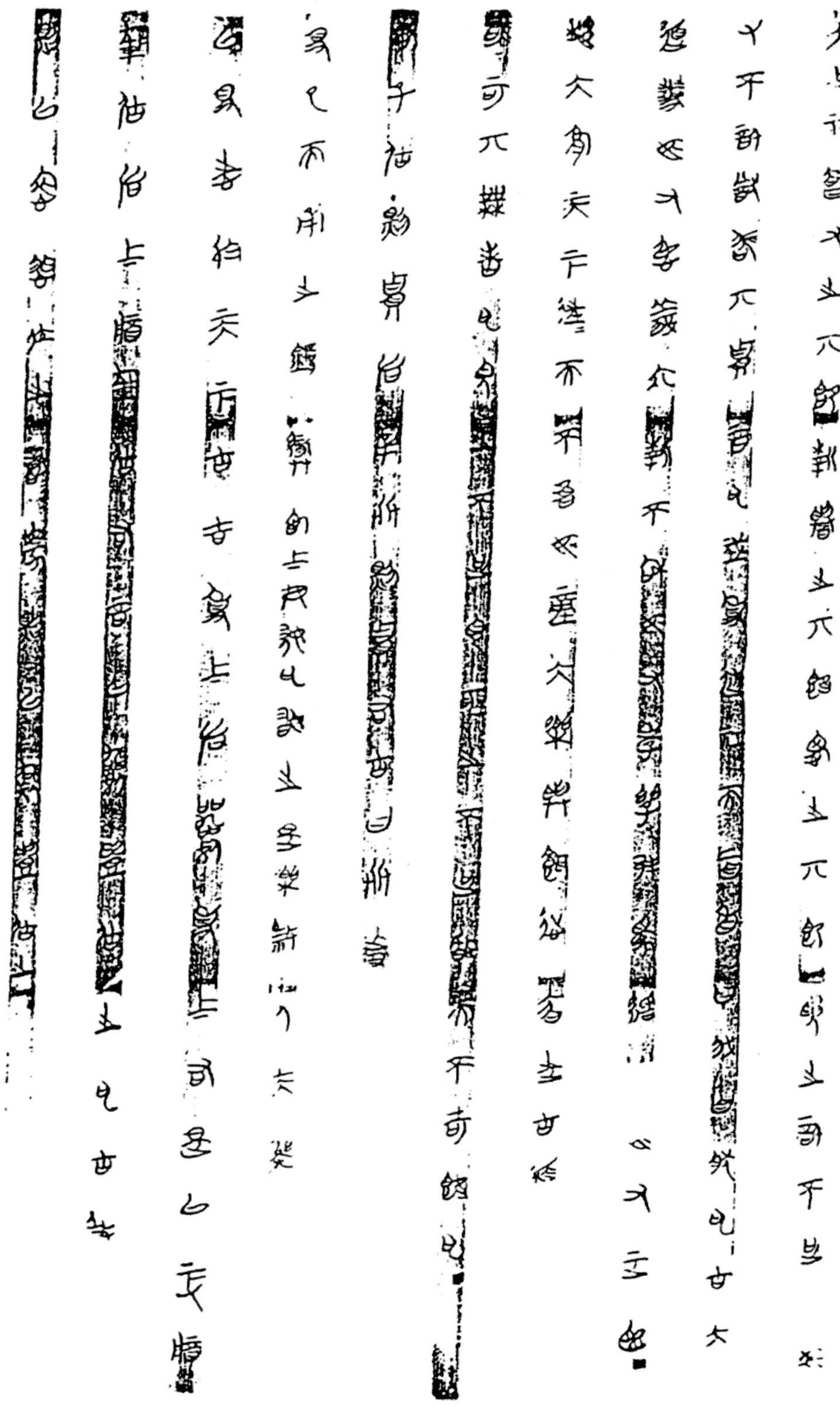

一〇　九　八　七　六　五　四　三　二　一

一　二　三　四

# 附錄五　《說文解字》古文與楚、三晉、齊、秦、燕五系文字對照表

| 楷書 | 小篆 | 古文 | 楚系文字 | 晉系文字 | 齊系文字 | 秦系文字 | 燕系文字 |
|---|---|---|---|---|---|---|---|
| 一 | | | （郭・緇衣 17）〔註 1〕 | | 〈庚壺〉 | | |
| 上 | | | | | 〈洹子孟姜壺〉* | 〈秦公鎛〉*　〈秦公 1 號墓磬〉*〔註 2〕 | |
| 下 | | | | | | 〈秦公鎛〉* | |
| 示 | | | （望 1.51）　祭（天 1）〔註 3〕 | | | （秦陶 424 俑）　（秦陶 426 俑）〔註 4〕 | |
| 社 | | | | 〈中山王𧎜鼎〉 | | | |

〔註 1〕楚、三晉、齊、秦、燕五系文字與《說文解字》古文字形相同者，悉加上「*」符號。

〔註 2〕袁仲一、劉鈺：《秦文字類編》（西安：陝西人民教育出版社，1993 年），頁 3。

〔註 3〕楚簡帛文字偏旁從「示」者皆作此字形。

〔註 4〕以上二例見《秦文字類編》，頁 194。

| 王 | 王 | 玉 | 〈王子午鼎〉* 〈敚戟〉 〈者汈鎛〉 〈楚王酓肯盤〉 | | | | |
|---|---|---|---|---|---|---|---|
| 玉 | 王 | 玉 | 玉 （包 3） | | | 玉 〈詛楚文〉 〔註 5〕 | |
| 中 | 中 | 中 | 中 〈番仲戈〉 | | | | |
| 莊 | 莊 | 埃 | 埃 （郭・語叢三 9） | | | | |
| 君 | 君 | 谷 | 君 （包 4） | 君 〈中山王𧊒鼎〉 | 君 〈叔尸鐘〉 | | |
| 昏 | 昏 | 昏 | 昏 〈姑馮昏同之子 句鑃〉 | | | | |
| 嚴 | 嚴 | 嚴 | 嚴 〈王孫誥鐘〉 | 嚴 〈中山王𧊒方壺〉 | | | |
| 正 | 正 | 正 | 正 〈王孫誥鐘〉* 正 〈蔡侯盤〉* 正 〈考叔𩵋父簠〉* 正 〈姑馮昏同之子 句鑃〉* | | | 正 〈鼄公華鐘〉* 正 〈禾簋〉* | |
| 造 | 誥 | 膌 | | | | 膌 〈邾大司馬戈〉 * | |

〔註 5〕商承祚：《石刻篆文編》（北京：中華書局，1996 年），頁 29。

| 返 | | | ⟨妾子壼⟩ *　〈中山王𧰼方壺〉 | | | |
|---|---|---|---|---|---|---|
| 近 | | （望 2.45）　（郭‧性自命出 36） | | | | |
| 邇 | | （郭‧緇衣 16）〔註 6〕 | | | | |
| 往 | | 〈吳王光鑑〉　（郭‧語叢四 2） | 《侯馬盟書‧納室類》67.21）　《侯馬盟書‧納書類》67.29）〔註 7〕 | | | |
| 退 | | （帛乙 8.6）* | 〈兆域圖銅版〉　〈中山王𧰼方壺〉 | | | |
| 後 | | 〈曾姬無卹壺〉　（包 227）* | 《侯馬盟書‧委質類》3.20）*　《侯馬盟書‧委質類》156.20）〔註 8〕　〈中山王𧰼鼎〉 | （3.922）*〔註 9〕 | | |

〔註 6〕郭店楚簡「厸」字的字形與「邇」字古文所從偏旁相同。

〔註 7〕山西省文物工作委員會：《侯馬盟書‧侯馬盟書字表》（北京：文物出版社，1976年），頁 317。

〔註 8〕《侯馬盟書》，頁 322。

〔註 9〕高明：《古陶文彙編》（北京：中華書局，1990 年），頁 267。

| 得 | | | 〈中山王嚳鼎〉<br>〈舒盉壺〉 | 〈子禾子釜〉<br>〈陳璋方壺〉 | | |
| --- | --- | --- | --- | --- | --- | --- |
| | | （包22） | | | | |
| 御 | | （曾7）<br>（天1） | | | | |
| 齒 | | （仰25） | | | | |
| 牙 | | （曾165）<br>（郭·緇衣9） | | | | |
| 商 | | 〈曾侯乙鐘〉*<br>（雨2） | | 〈庚壺〉 | 〈秦陶1391〉*<br>〔註10〕 | |
| 謀 | | （郭·緇衣22） | 〈中山王嚳鼎〉 | | | |
| 僕 | | 〈䤨鎛〉<br>（包137反） | | | | |
| 弇 | | （郭·六德31） | | | | |
| 共 | | （包239）<br>（帛甲7.5） | | | | |
| 與 | | （信1.3） | | | | |

〔註10〕《秦文字類編》，頁140。

| | | | | | | | |
|---|---|---|---|---|---|---|---|
| 要 |  |  | | | | <br>（灸經三）<br>〔註 11〕 | |
| 農 |  |  | | | <br>（3.1234）<br>〔註 12〕 | | |
| 革 |  |  | <br>（曾 48）*<br><br>〈鄂君啓車節〉 | | | | |
| 及 |  |  | <br>（郭‧語叢二 19） | | | | |
| 彗 |  |  | <br>（曾 9） | | | | |
| 友 |  |  | <br>（郭‧語叢三 6）<br><br>（郭‧語叢三 62） | | | | |
| 事 |  |  | | | | <br>〈石鼓文〉<br>〔註 13〕 | |
| 教 |  |  | <br>（郭‧唐虞之道 4）<br>* | | | | |
| 學 |  |  | | <br>〈中山王（嚳鼎）鼎〉 | | | |
| 善 |  |  | | | <br>〈魯大左𤔲徒元鼎〉* | | |
| 反 |  |  | <br>（郭‧緇衣 8）<br>〔註 14〕 | <br>〈韓釿布〉<br>〔註 15〕 | | | |

〔註 11〕《秦文字類編》，頁 44。

〔註 12〕《古陶文彙編》，頁 320。

〔註 13〕《秦文字類編》，頁 72。

〔註 14〕郭店楚簡「板」字所從偏旁「反」與「反」字古文相同。

| | | | | | | |
|---|---|---|---|---|---|---|
| 目 | | | （郭·五行 45） | | | |
| 睹 | | | （包 19） | | | |
| 自 | | | 〈敬事天王鐘〉 * | | | |
| 百 | | | （信 2.29）*　（郭·忠信之道 7）*　（帛乙 11.3） | 〈中山王嚳鼎〉* | | |
| 難 | | | （包 236） | | | |
| 烏 | | | 〈鄂君啓車節〉　〈鄂君啓舟節〉　（包 219） | | | |
| 棄 | | | （信 1.18）*　（包 179）* | 〈中山王嚳鼎〉 | | |
| 敢 | | | （包 135）* | | | |
| 死 | | | （望 1.176） | | | |
| 臍 | | | （包 168） | | | |

〔註15〕天津歷史博物館藏：《中國歷代貨幣（先秦部分）》（天津：楊柳青畫社，1990年），頁 51。

| 利 | 粉 | 粉 | 粉<br>（包135）<br>粉<br>（包174） | 粉<br>（《侯馬盟書·詛咒類》105.1）<br>粉<br>（《侯馬盟書·詛咒類》105.2）<br>〔註16〕 | | | |
|---|---|---|---|---|---|---|---|
| 剛 | 鬲 | 佤 | 佢<br>〈楚王酓忎鼎〉<br>佢<br>〈楚王酓忎盤〉<br>佤<br>〈秦苛臚芍〉<br>佤<br>〈佢盤埜匕〉<br>佤<br>（郭·老子甲本6） | 佤<br>（《侯馬盟書·宗盟類》1.41）<br>佤<br>（《侯馬盟書·宗盟類》16.9）<br>〔註17〕 | | | |
| 箕 | 箕 | 𠥓 | 𠥓<br>〈王孫遺者鐘〉<br>𠥓<br>〈楚嬴匜〉<br>𠥓<br>〈中子化盤〉* | | | | |
| 典 | 典 | 𠔓 | | | 𠔓<br>〈叔尸鐘〉 | | |
| 巨 | 工 | 工 | 工<br>（曾172）* | | | | |
| 甚 | 𠯑 | 𠯑 | 𠯑<br>（郭·唐虞之道24） | | | | |
| 旨 | 旨 | 旨 | 旨<br>（郭·緇衣10） | | | | |
| 平 | 亐 | 𠀤 | | | 𠀤<br>〈平阿左戈〉* | | |

---

〔註16〕《侯馬盟書》，頁311。
〔註17〕《侯馬盟書》，頁323。

| 虐 | | | （天1）<br>（信1.15） | | | <br>〈詛楚文〉<br>〔註18〕 | |
|---|---|---|---|---|---|---|---|
| 養 | | | （郭·唐虞之道10）<br>* | | | | |
| 倉 | | | （郭·太一生水3） | | | | |
| 侯 | | | 〈曾侯乙簠〉*<br>（天2）*<br>（包243）* | <br>（《侯馬盟書·宗盟類》200.25）*〔註19〕 | 〈齊侯鎛〉*<br>〈齊侯盂〉*<br>〈洹子孟姜壺〉*<br>〈齊侯盤〉* | | |
| 良 | | | | | （3.1303）〔註20〕 | | |
| 嗇 | | | | | | （秦簡29.30）〔註21〕 | |
| 舜 | | | （郭·唐虞之道1） | | | | |
| 弟 | | | （郭·唐虞之道5） | | | | |
| 乘 | | | （天2） | | | | |
| 本 | | | （信2.3） | | | | |

---

〔註18〕 《秦文字類編》，頁228。

〔註19〕 《侯馬盟書》，頁319。

〔註20〕 《古陶文彙編》，頁332。

〔註21〕 《秦文字類編》，頁142。

| 楷字 | 說文古文 | 楚 | 三晉 | 齊 | 秦 | 燕 |
|---|---|---|---|---|---|---|
| 坐 | （字形） | （字形）（包87）*　（字形）（包99）* | | | | |
| 南 | （字形） | （字形）（包90）* | | | | |
| 賓 | （字形） | （字形）〈曾侯乙鐘〉*　（字形）（郭·性自命出66） | | | | |
| 邦 | （字形） | （字形）（0209）〔註22〕 | | | | |
| 時 | （字形） | （字形）（包137反）* | （字形）〈中山王𰯼方壺〉* | | | |
| 游 | （字形） | （字形）（曾120）　（字形）（包175） | | | | |
| 旅 | （字形） | （字形）（包116） | | | | |
| 期 | （字形） | （字形）（包36）　（字形）（包46）　（字形）（包99） | | | | |
| 明 | （字形） | （字形）（帛乙9.16）* | （字形）〈羌鐘〉*　（字形）〈中山王𰯼鼎〉*　（字形）〈壺〉* | （字形）〈齊明刀〉〔註23〕 | | （字形）〈燕明刀〉〔註24〕 |

〔註22〕此字右邊所從偏旁與「邦」字古文相近。見羅福頤：《古璽彙編》之（0209）號璽印。（北京：文物出版社，1994年）。

〔註23〕《中國歷代貨幣（先秦部分）》，頁239～240。

〔註24〕《中國歷代貨幣（先秦部分）》，頁293～429。

| 外 | 外 | 外 | 外<br>（天1）* | 外<br>〈中山王𧬒方壺〉<br>* | | | |
|---|---|---|---|---|---|---|---|
| 多 | 多 | 多 | 多多<br>（包271）* | | | | |
| 栗 | 栗 | 栗 | 栗<br>（包264）<br>栗<br>（包簽） | | | | |
| 宅 | 宅 | 宅宅 | 宅<br>（信1.16）<br>宅<br>（包155）<br>宅<br>（包190） | | | | |
| 寶 | 寶 | 寶 | 寶<br>〈鄥子行盆〉 | | | | |
| 宜 | 宜 | 宜宜 | 宜<br>（天1）<br>宜<br>（包110）<br>宜<br>（包134） | 宜<br>《侯馬盟書・<br>宗盟類》200.<br>30）〔註25〕<br>宜<br>〈中山王𧬒鼎〉 | | | |
| 呂 | 呂 | 呂 | 呂、呂<br>〈曾侯乙鐘〉 | 呂<br>〈少虡劍〉 | 呂<br>〈鼄公牼鐘〉 | 呂<br>〈八年相邦呂<br>不韋戈〉 | |
| 席 | 席 | 席 | 席<br>（曾76） | | | | |
| 市 | 市 | 市 | 市<br>（曾129）* | | | | |
| 保 | 保 | 保 | | 保<br>〈中山王𧬒鼎〉* | | | |
| 仁 | 仁 | 仁尼 | 仁<br>（包180）<br>仁<br>（郭・五行9） | 仁<br>〈中山王𧬒鼎〉* | | | |

---

〔註25〕《侯馬盟書》，頁314。

| 侮 | | | | 〈中山王譽鼎〉* | | | |
|---|---|---|---|---|---|---|---|
| 丘 | | | （包237） | | | | |
| 量 | | | （包53）（包149） | 〈廿七年大梁司寇鼎〉 | | | |
| 衰 | | | （郭·六德27） | | | | |
| 裘 | | | （包63） | | 〈龏君鐘〉 | 〈石鼓文〉 〈詛楚文〉〔註26〕 | |
| 履 | | | （包163） | | | | |
| 般 | | | （仰39）* | | | | |
| 首 | | | （包270） | | 〈叔尸鐘〉 | | |
| 旬 | | | 〈王孫遺者鐘〉 | | | | |
| 苟 | | | 〈楚季嘩盤〉 | | | | |
| 鬼 | | | | | 〈陳肪簋蓋〉 | | |
| 嶽 | | | | | （3.497）〔註27〕 | | |
| 廟 | | | （郭·性自命出20） （郭·性自命出63） | 〈中山王譽方壺〉* | | | |

〔註26〕 以上二例見《石刻篆文編》，頁400。

〔註27〕 《古陶文彙編》，頁167。

| | | | | | |
|---|---|---|---|---|---|
| 長 | | | （包230） | | 〈齊刀〉〔註28〕 |
| 兒 | | | | | （《睡虎地秦簡·日書甲種》157背）〔註29〕 |
| 驪 | | | | | （《睡虎地秦簡·日書甲種》157背）*〔註30〕 |
| 狂 | | | （包22） | | |
| 熾 | | | （包139） | | |
| 赤 | | | | | （3.943）〔註31〕 |
| 吳 | | | （郭·唐虞之道1） | | |
| 慎 | | | （郭·語叢一46） | | 〈䆉公華鐘〉 〈叔尸鐘〉 |
| 恕 | | | （郭·語叢二26）* | 〈姧蚉壺〉* | |
| 愛 | | | （包236） | | |
| 恐 | | | （九621.13）* | 〈中山王嚳鼎〉* | |

〔註28〕 齊國刀幣有「齊建邦䛪法化」六字，「䛪」字所從偏旁「長」與「長」字古文相近。
見《中國歷代貨幣（先秦部分）》，頁204～207。

〔註29〕 張守中：《睡虎地秦簡文字編》（北京：文物出版社，1994年），頁151。

〔註30〕 《睡虎地秦簡文字編》，頁154。

〔註31〕 《古陶文彙編》，頁271。

| 淵 | (字形) | (字形)<br>（郭·性自命出62） | | | |
|---|---|---|---|---|---|
| 巠 | (字形) | (字形)<br>（郭·性自命出65） | | | |
| 州 | (字形) | (字形)<br>（包27）*<br>(字形)<br>（包30）* | (字形)<br>〈趙尖足布〉<br>〔註32〕 | (字形)<br>〈叔尸鐘〉 | |
| 多 | (字形) | (字形)<br>（包2） | | (字形)<br>〈陳璋方壺〉* | |
| 雲 | (字形) | (字形) | | | (字形)<br>（《睡虎地秦簡<br>·法律答問》<br>20）*〔註33〕 |
| 至 | (字形) | (字形) | (字形)<br>〈中山王𧥹鼎〉 | (字形)<br>〈齊侯鎛〉* | |
| | | 〈𪨗鐘〉*<br>(字形)<br>〈𪨗鎛〉*<br>(字形)<br>（曾121）* | | | |
| 西 | (字形) | (字形)<br>〈楚王酓章鎛〉<br>(字形)<br>（包153） | (字形)<br>（《侯馬盟書·<br>宗盟類》85.3）<br>〔註34〕<br>(字形)<br>〈趙刀〉<br>〔註35〕 | (字形)<br>〈國差䱷〉<br>(字形)<br>（3.431）<br>〔註36〕<br>(字形)<br>（3.433）<br>〔註37〕 | (字形)<br>〈石鼓文〉<br>〔註38〕 |
| 戶 | (字形) | (字形)<br>（包簽） | | | |

---

〔註32〕《中國歷代貨幣（先秦部分)》，頁 101～104。

〔註33〕《睡虎地秦簡文字編》，頁 175。

〔註34〕《侯馬盟書》，頁 307。

〔註35〕《中國歷代貨幣（先秦部分)》，頁 441～443。

〔註36〕《古陶文彙編》，頁 150。

〔註37〕《古陶文彙編》，頁 151。

〔註38〕《秦文字類編》，頁 508。

| 閒 | (字形) | (字形)〈曾姬無卹壺〉 / (字形)（包 13） | | | |
|---|---|---|---|---|---|
| 聞 | (字形) | (字形)〈鄴客問量〉 / (字形)（包 130 反） | (字形)〈中山王𧊟鼎〉 | | |
| 手 | (字形) | (字形)（郭·五行 45） / (字形)（包 272）〔註 39〕 | (字形)〈叔尸鐘〉〔註 40〕 | | |
| 妻 | (字形) | (字形)（包 91） / (字形)（包 97） / (字形)（郭·六德 28） | | | |
| 奴 | (字形) | (字形)（包 122）* | (字形)（6.195）*〔註 41〕 | | |
| 民 | (字形) | (字形)（帛乙 5.25） | | | |
| 我 | (字形) | (字形)（郭·老子甲本 31） | | | |
| 無 | (字形) | | | (字形)《睡虎地秦簡·為吏之道》43）〔註 42〕 | |

〔註 39〕 包山楚簡「拜」字所從偏旁「手」與「手」字古文相同。

〔註 40〕 〈叔尸鐘〉「拜」字左邊所從偏旁「手」與「手」字古文相近，唯一不同者僅為偏旁位置經營上的差異。

〔註 41〕 《古陶文彙編》，頁 596。

〔註 42〕 《睡虎地秦簡文字編》，頁 90。

| 曲 |  𦾔 | 𠃊 |  𠃊 (包 260) | | | | |
|---|---|---|---|---|---|---|---|
| 絕 |  絕 | 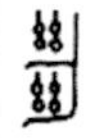 𢇍 |  𢇍 (曾 14) * |  𢇍 〈中山王𦋺方壺〉 * | | | |
| 紹 |  紹 |  綤 |  𦅥 〈楚王酓忎盤〉 | | | | |
| 終 |  終 |  央 |   央 〈𪉦孫鐘〉 央 〈曾侯乙簠〉 | | | | |
| 彝 | 彝 | 彝 |  彝 〈楚王酓章鎛〉 | | | | |
| 二 | 二 |  弍 |  戔 (郭・語叢三 67) | | | |  寺 〈𣂪𢘑君扁壺〉 |
| 恆 | 恆 |  死 |  死 (包 217) * | | | | |
| 堂 |  堂 |  坐 | |  坒 〈兆域圖銅版〉 | | | |
| 坐 |  坐 |  坐 | | |  街 (3.987) 〔註 43〕 | | |
| 毀 |  毀 |  毀 |  𣪠 〈�君啓車節〉  * 𣪠 (郭・語叢一 108) | | | |  毀 (《睡虎地秦簡・秦律十八種》43) * 〔註 44〕 |
| 堯 |  堯 |  𡼙 |  林 (郭・六德 7)  * 𡉉 (帛乙 9.7) | | | | |
| 圭 | 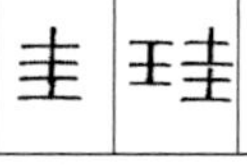 圭 | 珪 |  珪 (郭・緇衣 35) | | | | |

---

〔註 43〕《古陶文彙編》，頁 278。

〔註 44〕《睡虎地秦簡文字編》，頁 202。

| 董 | 蓳 | 蓳蓳 | 蓳<br>（郭·老子甲本24） | | 董<br>〈洹子孟姜壺〉<br>蓳<br>〈齊陳曼簠〉 | | |
|---|---|---|---|---|---|---|---|
| 野 | 野 | 壄 | 壄<br>〈楚王酓忎鼎〉<br>埜<br>（包173） | | | 壄<br>《睡虎地秦簡<br>·日書甲種》<br>144）〔註45〕 | |
| 勳 | 勳 | 勳 | | 勳<br>〈中山王嚳方壺〉 | | | |
| 勥 | 勥 | 勥 | 勥<br>（郭·五行34） | | | | |
| 勇 | 勇 | 勇 | 勇<br>（郭·性自命出63） | | | 勇<br>《睡虎地秦簡<br>·爲吏之道》34）<br>〔註46〕 | |
| 金 | 金 | 金 | 金<br>〈王孫誥鐘〉<br>金<br>〈徐王義楚盤〉<br>金<br>〈王孫遺者鐘〉<br>金<br>〈中子化盤〉<br>金<br>〈沇兒鎛〉<br>金<br>（曾20） | | 金<br>〈叔尸鐘〉<br>金<br>〈陳財簋蓋〉* | 金<br>〈石鼓文〉<br>〔註47〕 | |
| 鈕 | 鈕 | 玨 | 玨<br>（包214） | | | | |
| 陟 | 陟 | 陟 | 陟<br>（包25）<br>陟<br>（包105）<br>陟<br>（包151）<br>〔註48〕 | | 陟<br>1291）<br>陟<br>（3.1292）<br>〔註49〕 | | |

---

〔註45〕 《睡虎地秦簡文字編》，頁203。

〔註46〕 《睡虎地秦簡文字編》，頁167。

〔註47〕 徐中舒：《漢語古文字字形表》（臺北：文史哲出版社，1988年），頁527。

| | | | | | | |
|---|---|---|---|---|---|---|
| 四 | 四 | 兀 | 兀〈包266〉<br>兀〈楚鈝布〉*〔註50〕 | | | |
| 五 | 又 | × | ×〈集劍鼎〉* | ×〈趙國武平布〉*〔註51〕 | | |
| 成 | 戒 | 戒 | 戒〈沈兒鎛〉<br>戒〈包91〉 | | | |
| 己 | 弖 | 己 | 己〈包150〉* | | | |
| 辜 | 辜 | 辥 | | 辥〈舒盆壺〉 | | |
| 寅 | 寅 | 鑒 | | | 鑒〈叔尸鐘〉 | |
| 申 | 申 | 㲋 | 㲋〈敬事天王鐘〉 | | | 㲋〈石鼓文〉<br>㲋〈秦公1號墓磬〉〔註52〕 |
| 牆 | 牆 | 牆 | 牆〈信2.21〉 | 牆〈兆域圖銅版〉<br>牆〈中山王嚳方壺〉 | | |
| 亥 | 斉 | 斉 | 斉〈鄂君啓舟節〉<br>斉〈包181〉 | | | |

---

〔註48〕包山楚簡「步」字與「陟」字所從偏旁「步」的形體相近。

〔註49〕以上二例見《古陶文彙編》,頁330。

〔註50〕《中國歷代貨幣(先秦部分)》,頁183。

〔註51〕石永士、石磊、河北省文物研究所編:《燕下都東周貨幣聚珍》(北京:文物出版社,1996年),頁199。

〔註52〕以上二例見《秦文字類編》,頁441。